地震と文学

災厄と共に生きていくための文学史

前田 潤
MAEDA Jun

笠間書院

はじめに

一九九五年一月一七日の朝、月齢五ヵ月で首が据《す》わったばかりの息子の泣き声で起こされた私は、彼を抱き上げ、狭いマンションの部屋の中を歩き回っていた。当時私は埼玉県浦和市に住んでいた。

気難しい赤子の機嫌がすぐにはおさまらないような時に彼をあやすのは、私に割り振られた仕事であった。

息子を抱いた両腕を揺すりながら、いつものようにリモコンを手にとってテレビのスイッチを入れると、そこには見たことのない光景が映し出されていた。

ヘリコプターから撮影された俯瞰《ふかん》映像は、早朝の街の風景を捉えていた。

すでに多くの箇所から炎が上がっていたと思う。

煙を上げる神戸市街は驚くほどに静まり返っていた。

聞こえていたはずのヘリの爆音も、災厄《さいやく》の始まりを報じていたはずの記者のアナウンスも、なぜだかまるで記憶にない。どこまでも広がる果てしのない静寂。むずかる赤子の体温と、朝焼けに染まる美しい街並みを覆《おお》ってゆく炎と煙。そればかりが蘇《よみがえ》ってくる。

初めて見る映像に何時間も釘付けにされながら、ふとした瞬間にある疑問がわいた。数百キロ離れた遠方の安全地帯からテレビで災厄を眺め続けることにどのような意味があるのだろうか。

自分はここでこうして子供をあやしていていいのだろうか。

そんな思いはすぐに薄れたが、煙に包まれた早朝の神戸の街並みや、横倒しになった阪神高速神戸線、前輪を中空に浮かせて停止した観光バスの鮮烈な映像は、脳裏に刻《きざ》まれ、眼を閉じてもいつまでも頭から離れなかった。

これがひとつの契機だったのだろう、災厄をめぐって考えることがその後の自らのテーマとなってしまった。災厄と関わる文献や議論に触れる機会が多くなり、ことに震災をめぐる文学テクストに強く惹《ひ》きつけられるようになった。

阪神淡路大震災以後に発表されてゆく小説や識者の発言を読み、共感や違和感を日々抱き続けた。しかし、自分の中に生起している思考や感情の全体を的確な言葉に変換することはできなかった。

やがて関心は過去に遡《さかのぼ》り、関東大震災発生期に起きていた様々な事柄に心を奪われるようになった。

当時、働きながら大学院に通っていた私は、研究テーマを「震災と文学」との関係に定めた。

一九二三（大正一二）年九月一日に関東地方を襲う大地震が、同時代の言説と絡《から》み合ってゆくプロセスについて、徹底的に考える時間を持った。本書第二部の元となる文章をどうにか書き上げて大学に提出したのは、二〇〇一年三月のことである。

論文提出の半年後、二〇〇一年の九月一一日を迎えた。

曇りなき青空を背景としてビルに吸い込まれる旅客機と、ツインタワーが崩落する様を、テレビ画面を通じて目撃することになる。

おそらく多くの人がそうであったように、その時、一九六〇～七〇年代にテレビ画面を通じてベトナム戦争を注視していた世界の目とは異なる新しい眼差《まなざ》しが、自らの中に生み出されていると直感した。やはりそれを確かな言葉に翻訳することはかなわなかったのだが、それが全く新しい事態の到来であり、なおかつ「主体」なるものを超え出る体験であることがおぼろげながら理解できた。明らかにそれは、自らに深く関わるものでありながら、自らを越え出る経験であった。

関心の向かう対象も自ずと広がった。直後のアフガニスタン、イラク戦争から、二〇〇四年一二月に発生するスマトラ沖地震・インド洋大津波、二〇〇五年八月のハリケーンカトリーナ、二〇〇八年五月の四川大地震、二〇一〇年のハイチ地震に至る時間の経過の中で、それらはそれぞれが別々の出来事であるはずなのに、まるで一続きの物語を見ているかのようにさえ感じられた。少なくともそれらが日本に住む自己と地続きの出来事であることを忘れることはできなくなっていた。

そして二〇一一年三月一一日がやってきた。

二〇〇四年一〇月二三日の新潟中越地震の際とは比べものにならないぐらいに、東京にいる私の足元は揺れた。部屋は散乱し、仕事も停滞した。ある意味で私は当事者であるはずなのだが、多くの死者を前にして全くそのようには感じていない自分がいた。相変わらず、私は傍観者に過ぎなかった。時を経て被災地に行くことで、その気持ちはさらに強まった。私にとっては、災厄は足元の揺れや電力の欠乏として以上に、地表をゆっくりと覆いつくそうとしている黒い津波の俯瞰映像として存在していた。

やはり、災厄は画面の向こうにあったのだ。

やがて時間の経過と共に、かつて一度は忘却し、遠ざけていた問いが、また私の心を領するようになった。

自分にとってこの出来事は何を意味するのか。

地震と文学というテーマを選び、そこに関わってきた私にとって、今度こそは回避できない局面に立たされているように感じた。

そして不思議なことに、そこで考えることを余儀なくされたのは、自己とは何かという問いであった。出来事の意味を問うことを通じて、それを問う自己について考えることが避けようのない主題として浮かび上がってきたのである。

まるで思春期の再来のように。

おそらく、究極的な意味においては、「当事者」とは死者を含めて自己を当事者と感じていない存在のことを指している。「当事者」とは自らの「当事者性」についてあれこれと思考しない／できない存在者である。

私は災厄のあまりの巨大さにたじろぎながら、それを「眺め」つつ、そこに引き寄せられずにはいない「当事者」にあらざる「自己」の存在を見出し、それでは一体、そこにいる「自己」とは何者なのかという問いを問い始めずにはいられなかった。あたかも震災という出来事を「他者」であるかのようにみなして、その前に現われ出る「自己」について考え始めた。そしてこの問いはもちろん、「出来事」とは何か、「他者」とは何か、という問いと切り離して考えることはできないものであった。災厄の前に現われ出る自己という主題が、不可避のものとして眼前《がんぜん》に置かれたのである。

こうした経緯から、第一部「災厄の起源」は、「災厄」そのものとその淵源《えんげん》、あるいは「災厄」の前に出現する存在者を思考の対象とする論考となった。第一部では、阪神淡路大震災の発生を契機として生み出された「震災文学」の名篇、小田実の『深い音』、村上春樹の『神の子どもたちはみな踊る』を思考の導き手として、また、東日本大震災発生時における、菅直人首相をはじめとする政権担当者の決断をめぐる「証言」の検討を通じて、「災厄」のありかに迫ろうと試みた。ここでは、微力ながらも、「人間にとって災厄とは何か」という、およそ解答が出そうもない、根源的かつ怪しげな問題に向き合おうとしている。

第一部より一〇年以上も前に書かれた第二部では、関東大震災の発生によって連載が中断された新聞・雑誌の連載小説の動態を追跡している。

震災による言説の多様な切断面をつぶさに眺めることによって、災厄の発生後、何が変貌し、何が維持されたのか、そしてまた、何が隠蔽されたのか、こうした点について探ろうとする営みである。

大正期の文学テクストに鮮明に残された痕跡は、物理現象が人間の文化社会に与えた忘却された側面を焙《あぶ》り出す契機となるのみならず、天災が人災へと変貌する瞬間を克明に記録している。あるいは、人災が天災と呼ばれ始める瞬間すら記録している。これは、大正期の文学テクストが、あの原発危機を経験したわたしたちの現在を照らし出す可能性を有するということを意味している。

第一部・第二部に通底する本書全体の関心は、もちろん、災厄と文学との関わりという点に尽きるのだが、およそ一〇年を隔てた執筆期間における興味のありかの変遷は、出来事としての災厄というものへの距離の置き方の変化という点に要約できるかもしれない。

かつて私は、まず災厄がやってきて、それを人が認識し記憶するのだと思っていた。だが今は必ずしもそうは思っていない。

地震を観測するのは、地震学者だけではない。

「私」が「観測」し、それと認めないかぎり、それは「地震」ではない。そもそも、自然現象、物理現象などという概念は、観測する人間の存在を内包している。「私」の存在と「地震」の発生とを直ちに無縁なものとするのではない地平で、両者の関係を語る語法が必要なのだ。

もちろん、地震を発生させるのは人間ではない。しかし、地震を災厄に変えてゆく過程には人や社会が深く関与しているし、また、観測者の存在を差し置いて地震を考察する行為には重大な虚構性が潜《ひそ》んでいる。観測者を透明化することが自然科学ほど上手ではない人文的な学知は、その意味で、地震の考察に適している可能性がある。

災厄と人、あるいは、出来事とそれを把握する主体、こうした二分法的な前提を置く発想や叙法から自由になって災厄を見つめ直さなければならないと気づいた時、地震が災厄と化す瞬間に向けられていた関心は、「災厄」とはそもそも何か、という問いへと変貌した。こうした変化が、おそらく、本書第一部／第二部の間には横たわっている。

とすれば、自己の存在と地震の発生とを自明の前提とせず、両者をできるかぎり一つの出来事として考えてゆこうとする拙い苦闘の痕跡が、本書を作り上げているると言えるかもしれない。

地震と文学——災厄と共に生きていくための文学史

目次

第一部

災厄の起源
——文学を通じて考える意味と可能性

序章　「災厄」を引き起こした「わたし」とは何者か

災厄を「待つ」ということ

足元を覚束《おぼつか》なくさせる大地の揺れがひとまずは収まり、経験したこともない黒く大きな津波が引いた後に、暫《しば》し沈黙していた人々は、まるでその時を待っていたかのように口々に語り出した。その様子は、一見、放射性物質の拡散が次々と告知されてゆく過程を見ているのにも似ていた。周縁部へ向けて、言説が秩序なく無際限に拡散する。議論の発生やその中身に規則性はなく、発言はランダムに飛び火し、レフリーのいない議論はいつまで経っても終息しない。

だがしかし、震災をめぐる議論は、原発事故のありようとは決定的に異なってもいる。止むことなく熱エネルギーを生み出し続ける事故の中心地に対して、無際限に湧出・拡大する議論の中心点には、「沈黙」の闇が深く沈殿していた。言葉は、あくまでも中心を巡って旋回するのであって、決して中心から発せられたわけではない。それどころか、言葉は炉心の沈黙＝空白に容易に近付くことはできない。中心地における言葉の不在と、周縁部の饒舌。四囲《しい》の饒舌ぶりが際立つにつれて、放たれたありとあらゆる言葉を吸収し飲み込んで沈黙を一層深め、ますます弧絶してゆく炉心＝被災地。地震発生後の、震災をめぐる言葉の基本的な状況とは、およそこのようなものではなかっただろうか。

だがそれにしても、人々はなぜ突然、堰《せき》を切ったように語り始めたのか。人々は、あるいは、人々の言葉は、「千年に一度」の災厄を、長い間待ち続けていたとでもいうのだろうか。災厄の後に爆発した言葉の群れの存在は、ややもすると、あまりにも不謹慎なイメージを結ばせる。

災厄を「待つ」人々。そして、災厄を「待つ」言葉。

実のところ、きわめて不謹慎に聞こえるこの「問い」の言語的配置の中にこそ、思考を回避することのできない重大な内実が含まれている。災厄の到来を「待つ」こと。災厄の到来を「待つ」者として人が生きていること。災厄の到来を「待つ」言葉こそが「わたしたち」を存在せしめていること。無論これは、人間に対する災厄の教訓性について述べているのでもなければ、災厄の発生とその克服が人類文化の発展を促してきたという歴史的事実について語っているのでもない。災厄の後、慌ただしく語り始めた「わたしたち」の心の一隅に、かつて、災厄の到来を希《こいねが》う思いが、本当に、全く、微塵も、去来したことがなかっただろうかという自己への問いかけとしてこそ、この問いは発せられる意味がある。

もちろん「わたしたち」は災厄に遭遇したくはない。そこに異論はない。また、他者への厄災を待ち望む自己という想像は、あまりにも醜悪だ。ここにおいても大方は異論がなかろう。

だが、にもかかわらず、あの時、「わたしたち」は、災厄の到来を「待って」いたのではなかったか。逃げ惑う小さな車両が黒い波に次々と飲まれる瞬間を目撃しながら、心のどこかで、「それ」を見たいと願っていた自己の存在に気付いていていたのではなかったか。

このように考える時、人間とは畢竟《ひっきょう》他者の不幸を見て喜ぶ醜悪な存在にすぎない、などといった単純化されたテーゼには還元できない事柄が、ここに潜在していることに思いあたる。おそらく、波に飲み込まれてゆく集落や自動車の映像を何日も何日もテレビの前に釘付けになって見続けた人々の中には、そして、波にさらわれてゆく無数の瓦礫《がれき》のどこかに人間の姿を発見することができないかどうかを画面上で何度も何度も確認しようとした人々の中には、非人間的な好奇心に覆われた自分の心の片隅に、単なる「好奇心」とは呼べない、何ともうまく処理しがたい、切迫したある種の感情がせり上がってくるのを感じ取っていた者たちがいたはずだ。そう、あの時、画面を通じて眼前《がんぜん》で進行していることを見つめながら、これは全くもって他人事ではない、というより、赤の他人が波にさらわれているのでありながら、もしかすると、それは自分であったかもしれない、それが自分でなかったのは本当に単なる偶然にすぎない、といった思いに強く囚《とら》われた者が少なからずいたのではなかろうか。生死の境界線の偶然性と不条理性。主体的な関与を一切拒む確率的なものしての人間の死▼(1)。もしかするとそんな風に主題化されるかもしれない表現し難い感情の動きを経験した者たちが、あの時、筆者以外にも存在したはずなのだ。

それでは、一日中テレビに張り付き、画面上から作為的に排除された「死」を発見しようと血眼《ちまなこ》になっていた人間と、あたかも災厄を「待って」いたかのように災厄について声高に語り始めた人間、そして、画面いっぱいに見える波の深みで汚泥《おでい》を飲み込み今まさに死につつあるのは、他ならぬ「わたし」であると痛感していた人間―果たして、そうした人間たちは別人なのだろうか。もちろん、そうではなかろう。おそらく、「彼ら」は、同一人物なのだ。画面上の他者の「死」を誰よりも必死に探していた人間こそ、「わたし」が生き延びていることの「偶然」を深く噛み締めていた人間であり、「彼」こそ、災厄を希い、災厄を語る自らの欲望に抗うことができなかった人間に他ならない。そして、思考すべき点はまさにそこにある。「彼」とはいったい誰のことなのか。果たして「わたし」は「彼」とは異なるのか。災厄の表象に囚われた複数形の「彼」を、「わたしたち」と言い換えることができるのか。視角を変えてみれば、これらの問いは、災厄における「当事者」とは誰か、という非常に不遜な問いに通じてゆくものでもあることに気が付く。

無論昨今議論されているように、災厄の「当事者」を確定することは困難を極めている。多かれ少なかれ、人々は災厄から何らかの影響を被《こうむ》っている。ことに「フクシマ以後」の「当事者」の射程を問うてみるならば、地球上のあらゆる存在と未来世代とを含めて、ほぼ無限とし か回答できないものとなるだろう。だがそれでいて、「当事者」を問わずに災厄を思考することはできない。なぜなら、「当事者」とは誰なのかという問いを迂回した災厄をめぐるあらゆる思考は、「問い」としては頓挫《とんざ》する宿命にあるからだ。「当事者」を問おうとすることは、死者や、生きる術を奪われた多数の被災者の傍《かたわ》らに自ら並び立とうとする傲慢な挙措《きょそ》であることは間違いないが、「当事者」を問わずに災厄を考えることは、当事者を不問に付すことで災厄をめぐる思考から災厄の射程そのもの（ということは災厄の災厄性そのもの）を除外することを意味してしまうし、また、「問い」を自明の当事者の元へと送り返すことを意味してしまうことになる。それは、「問い」が自らのものではないことを表明することに他ならない。

結局のところ、「当事者」の境界を問う姿勢は、災厄をめぐる思考にとって原理的に不可欠なものなのであって、自らの当事者性への疑念を問いの核心に据えながら、災厄が、「わたし」及び「わたしたち」にとって何か、と考えることでしか「わたし」が災厄を前にして語る行為に意味を与える術はない。あの日、あの時以来、自らをも誘い込むものとしてあった災厄に向き合いつつ、災厄にとって「わたし」とは何か、災厄にあって「わたし」・「わたしたち」とは一体何者か、という問いを問わないことは不可能なのである。

「災厄」をどの視角から問うのか

上述のような見方を思考の前提としつつ、今この場において問われようとしている事柄について若干の整理を試みてみよう。

本書（この第一部）が議論したいのは、地震・津波・原発問題それ自体として画然と分節で、きるかのように見える対象についてではない。また、それらによって与えられもたらされた文化的社会的変容なるものを対象化するのでもない。無論そこへの問いが重大な意義を含んでいること、複合的な社会連関として顕現した震災・原発事故被害とその社会的余波を丹念に紐解き検証することの重大な意味ついて本書は一切否定するものではない。ただ同時に、そうした検証を実施する思考の基盤へ向けた不断の批判が行われてゆくことこそが、そうした検証を真に価値あるものとするために必要なことであるというのもまた事実であろう。

　その際、震災をめぐって出現した無数の言説の衝突に関して、単にそれらが調停を欠くままに齟齬《そご》を来しているとみるばかりではなく、そもそも諸言説の起点に置かれた存在そのものが、本来全く異なる別のものに他ならないのではないかという疑念を持つことが重要である。個人的な問題関心のありようや利害関係から生ずる立場の違いのみならず、同一のものと思い込んでいる災厄を前にして、実のところ、個々人は、災厄の輪郭やその様態を含め、他者とはまるで別の事態を眺め、別の事柄に同一の名前を与えていながら、同一のものについて語っているという幻想の中で自由に身勝手に語っているのに過ぎないのではないか、という疑念を持つことも可能なのだ。

　出来事の事実性そのものへの一般的疑念へと逢着しかねないこうした不穏なものの見方が、それでいて必須であるとさえいえるのは、「フクシマ」や「3・11」の語を口にする時に、どうしても含み込まれるはずの、対象の輪郭をかたどる微細な差異をも乗り越えて、その語を口にした人々が、ある同一の出来事について他者と自らが語っているに違いないと確信する地平が構成されてゆく幻想醸成の過程を問題化できるからである。各々の「震災」像が元来多様な差異を含むことを知りながら、別のものに同一の名称を与え、それが同一の場へと帰着するという強い確信を抱かせる力とは何か。異なる災厄像をめがけた独善的な思考の継続が空疎な独白の応酬と熟慮なき現実を生み出すことがないように警戒する試みが必要なのである。

災厄がもたらした人間と文化社会の変容という因果論的な問題構成を一端留保し、災厄を災厄としてあらしめる諸力の構成、あるいは、「災厄」の顕現と同時に出来する、それをそれとして把握する「わたし」の存在や、そうした複数の「わたし」の関わりについて、その根源から考えてみることが重要なのだ。それは取りも直さず、災厄の境界と帰属、災厄と「関わる」、あるいは「関わらない」、「わたし」と「わたしたち」の自明性を問うことにも繋がるはずである。

こうした点へ向けての集中的な議論を行うために、本書では三方向からのアプローチを準備している。三つの視点を簡潔に言語化すれば、①「共同性」、②「表象」、③「主権」、ということになる。もちろんこれらの視点は密接に絡まり合うものでもあるため、つねにそれぞれの圏域を行き来しながら考察を進めてゆくことにならざるを得ないのだが、ひとまずは混乱を避けるためにも、便宜的に三つの主題を順番に辿りつつ思考を深化させるべく試みてゆきたい。

そしていうまでもなく、これら三つの主題をめぐっては国内外・新旧を問わず既に価値ある多くの知見が示されている。本書はそうした知見に積極的に関与してゆこうとするものだが、その際、参照対象とすべきテクストの選別においては、時間の経過によってその価値を大きく変貌させないと思われるテクストを優先することにした。第一章ではJ＝L・ナンシー、第二章ではJ・ラカン、第三章ではG・アガンベンという、現代を代表する、様々な意味で巨大な、ある意味で問題含みの、しかしながら、自らの言葉を用いて語る、紛うことなき「思想家」を取り上げ、彼らの思考との拙い格闘を試みてゆく。無論本書は不朽不滅なる思想の存在を盲信するものではないし、災厄をめぐるアクチュアルな研究・批評の意味を否定するものでは全くない。また、読まれることを求めている限りにおいて、本書が「今日性」や「わかりやすさ」を訴求している可能性を否定するものでもない。ただし、思考されるべき方位の特異性を鑑みた上、本書は、現在的・網羅的・実効的であろうとする試みよりも、原理的・遡行的・求心的であろうとする欲望を内包するテクスト群と対話する道を選んだ。

なぜ今、「地震と文学」なのか

本格的な考察に入る前に最後にもう一点、本書が文学テクストに執着する根拠について述べておこう。

それはまず、筆を執る筆者自身の能力の限界に大きく依拠している。これまで「文学」領域にしか触れてこなかった筆者の発言にほんの僅かにでも意味があるとすれば、それは文学テクストをめぐる思考を通じて以外では有り得ない。災厄から遥か遠方に位置するようにも思える「文学」を通じて、災厄を考えることの可能性を探りたいと思っている。

つぎに、本書の問いの核心に、災厄における「共同性なるもの」を置いていることが根拠となる。「共同性」とは、何よりも「文学」のうちに自らを開示するものであると考えているからである。現在まで「共同性」の問題を圧倒的な質量で思考し続け、倫理や政治や国家、主体や人間主義や共産主義、そして何よりも「形而上学」から解放された場所で「共同性」を再考することの必要性を説くJ＝L・ナンシーの、「なぜ共同なるものはまず何よりも文学において、また文学として前面に出てくるのか」（J＝L・ナンシー、J＝クリストフ・バイイ『共出現』、大西雅一郎、松下彩子訳、松籟社、二〇〇二年七月、一一七頁。引用部の傍点は原文、以下同様）という問題意識を、本書は共有するものである。

さらに、本書の主たる関心は災厄の物理的起源から継起的に辿ることができる諸現象の性質にあるのではない。本書は、「もはや自然的な破局はない」（ナンシー『フクシマの後で―破局・技術・民主主義』、渡名喜庸哲訳、以文社、二〇一二年一一月、五九頁）という認識を思考の起点に置いている。地震の発生は直ちに大災厄に結果するわけではない。「災厄」の原理的射程、つまり、「災厄」を「災厄」たらしめる諸力・諸因子の摘出、およびそれらの関係性の分節が本稿の主目的である。それはいわば、災厄を引き起こしたものとしての「わたし」について語ることを可能とする次元を模索する論考となることを意味している。実のところ、ここで取り上げてゆくことになる文学テクストの中には、「災厄を引き起こしたのはわたしであったかもしれない」といった一見不可解にも思える問いを（もしくはそれに似たつぶやきを）、テクスト内でごく自然に露呈させているものがある。もちろんこれは、被災者の中の加害者性―たとえば原子力発電所を受け入れ稼動させてきた結果、原発事故を引き起こし広範囲に放射性物質の拡散をもたらしたという民主主義的プロセスが孕む責任―という、災厄の直後には容易に口にできなかった問いかけと無縁ではない。本書が注目する文学テクストは、ある種の自明性に居直ることによって、こうした問いを忌避したり排除したりする方法を選択しないのである。

災厄後の深刻で厳粛な雰囲気の中で、通念に反する非常識的とも見える発想を真っ向から取り上げようとする領域は数多くはない。その意味で、文学テクストの特異性は際立っている。これこそ、本書が幾つかの文学テクストに積極的に言及する最大の理由である。

なお、第一部「災厄の起源」は、阪神淡路大震災の発生を直接の契機として開始した思考を、東日本大震災の経験を経た後に文章化したものである。第一・二章では主に阪神淡路大震災と関わる文学テクストを取り上げ、第三章では東日本大震災後に書かれたテクストに触れてゆくこととなる。第三章のみ、文学テクストに代えて東日本大震災発生当時の政権担当者による「証言」を主たる考察の対象に据えている。政治家の手になるテクスト分析の試みである。これも上述してきたように、事実の検証や現実的な政治責任の追及を目的とする叙述ではないが、文学的言説を対象化する思考とは自ずと異なる効果を生み出しているように思う。その目論見《もくろみ》については第三章冒頭にて記した。

阪神淡路大震災と東日本大震災、様相の完全に異なる二つの災厄を同一視するつもりはないし、また同時に、東日本大震災における地震津波被害と福島原発事故とを同一視することは決して許されないとも考えている。しかしながらこの第一部は、現代における「災厄の起源」に思考の照準を当て、そのことを通じて、「災厄」と共に生きてゆくための言葉をもう一度織り直し、自らの新しい言葉を獲得してゆくことを目的としている。そのため、二つの災厄の連続的な側面を捉えて思考・発言してゆく場合もあることを了承いただきたい。

第一章　共同性

——宙吊りの「わたし」と分有《パルタージュ》の思考——

生と死の偶然性

東日本大震災発生後、人間の「孤立」と「連帯」をめぐる主題が様々な形式で変奏され、災後社会の言論を特徴付ける一つの潮流を形作った。人は孤立しており、畢竟《ひっきょう》は寄る辺なき孤独な存在の群れに過ぎないのか、はたまた「われわれ」は本来的に苦境に陥《おちい》った隣人に手を差し伸べる存在でありうるのか。万人の問いでありながら、ありふれた問いとして日常的には抑圧されている問いが、災厄の発生と共に改めて表在化したことは記憶に新しい。

そんな中、東日本大震災発生数か月後の日本社会の状況を、「震災でぼくたちはばらばらになってしまった」（東浩紀『思想地図』vol 2、コンテクスチュアズ、二〇一一年九月）と捉え、震災による死を、絶滅収容所における大量虐殺の死の残酷さと重ね合わせる見方が出現した。大量虐殺の死の残酷さとは、多数の人間が殺されることそのこと以上に、「ある人が殺されある人がたまたま虐殺を免《まぬが》れ生き残る、その選択にまったく合理的な理由がないこと、つまりはひとりひとりの人間の生死が完全に偶然的なものに、言い替えれば「確率的」なものにかわってしまう」点にあり、それは震災における死とある意味で通底しているという見方である。

M9の揺れの体感を記憶に留めつつ、ある僥倖《ぎょうこう》によって自分はたまたま被害を受けなかっただけだと感じている者にとっては、まさに首肯《しゅこう》できる発言である。またたとえ、そうした実感を持たなくとも、放射性物質を拡散させる事故当日の風向きや、車両の運行速度と津波到達時間との関係などを想像してみると、生死が「確率」に委《ゆだ》ねられる瞬間の残酷さを誰もが感得できるだろう。境界線上にあった個別の生死の分かれ目はどうしても説得的に説明できないため、全てを「運」と呼ぶほかないような苛酷な現実を踏まえた発想が広がりを見せたことは理解しやすい。そして、意味と物語を失い、自己を「確率的」な存在として見出す時、他者と「連帯」することにどんな意味があるのかという感情が拡散してゆくのは、ある意味で必然であるのかもしれない。「震災でぼくたちはばらばらになってしまった」という言葉は、そうした感情を見事に一筆で掬《すく》い取る優れた批評家の発言であった。

しかしながら、言うまでもなく、人間の死を「確率的」なものとみなすことができるということは、そうした認識を持つ人間が、「死者は自分であってもよかったのかもしれない」という考え方を同時に所有しうるということを含意する。「運」よく自分の身を襲わなかった「死」とは、他者の死でありながら、完全に他者に所属しているとばかりは呼べない境界線上にある「死」なのではないだろうか。「自分は死ななくてすんだ」という意識、言い換えれば、「もしかしたら自分の代わりに誰かが身代わりとなって死に、自分が生き残りとして残されたのかもしれない」という意識は、他者の死を介して、他者の死の「目撃者」としての、他者の死の「証言者」としての、「生き残り」の「われわれ」という圏域を形作る可能性すらある。

もっとも、こうした言い方には、既に「確率的」なものと化した死の認識に対して、それを事後的にどのように解釈するかという別次元の処理が加味されている。重要なのは、人の生死が「確率的」なものと化す、とはいかなる事態であるのかということ、「確率的」なものと化した死という発想が、いかなる布置《ふち》において可能なのかというところにこそある。死を前にして自己と他者とが交代可能であり、その決定に特別な意味など見出せないという認識には、「連帯」の可能性とも不可能性とも直接には結び付かない内実が含意されているのではないか。その内実の特定が必要である。

小田実による被災死者の仮構

小田実に『深い音』という小説がある。阪神淡路大震災の被災者である小田実が、死の五年前、二〇〇二年六月に刊行した小説（初出は『新潮』二〇〇二年二月号）である。

この小説は実に奇妙な場面から始まっている。

ある「仮構」された罹災場面がこの小説の始まりに置かれている。それは、現実における参照点不在の罹災場面が描かれているということではない。自らが震災被害の渦中《かちゅう》にある罹災者が、夢うつつの中で、自分の置かれた状況とは全く異なる罹災場面を幻視するところから物語は始まるのだ。誰も見たことのない、見ることのできない、いわば、証言の決定的な不可能性のもとに置かれているはずの「場」における、他の誰であってもいい「誰か」の罹災場面、「可能性」としての罹災場面を作品の冒頭に据えているのである。

午前五時四十六分、喫茶店を営む中年女性の「わたし」は、平屋建ての借家の住居で地震に襲われる。その後十二時間、屋根や太い梁など落下物の瓦礫《がれき》の下で寝床から動けぬまま生き埋めになるが、接近してきた火の手に巻かれる直前に、偶然近くを通りがかった老人とその孫に救い出されることになる。しかしその「わたし」の体験は、地震のさなかに「わたし」が幻視するフルーツ・パーラーの親子の体験と重ね合わされることで、物語内部に奇妙なねじれを持ち込んでいる。「今はもうめっきり見かけないように」なった、大きな果物屋の店の奥にあるフルーツ・パーラーの風景が、あたかも未明の地震発生直前の現実の光景であるかのように、実にきめ細かく鮮やかに叙されてゆくために、語り手の体験の時空を特定しようとする読者の眼差しは、一時宙に浮くことを余儀なくされる。小説世界を基礎付ける時空のありかを明確に特定できないまま、読者は「わたし」の語りに引き込まれていくことになる。

女の子はお澄まし顔で、丈の高いグラスに入ったその白いジュースをストローの音をジユウジユウわざと大きくさせて飲んでみせた。お母さんはしかめ面をして（これ）というふうに女の子をにらんでみせるが、女の子はどうせお母さんは他の客がいることやから声をあげて叱ったりはしないとタカをくくって、さらに大きくストローの音をたてると、そのうち、それまで静かに飲んでいた横のお兄ちゃんまでが妹の真似をしてジュウジュウ飲みをやり始める。お母さんはいっそうしかめ面をして男の子もにらみつけ始めますが、眼は笑うている。そのうちにこらえきれなくなったようにお母さんはほんとうに笑い出してしもうた。お母さんだけが笑い出したのやなかった。二人の子供も笑い出していたし、その心あたたまる光景を何ということもなくそれまで眺めていたまわりの客もつられて笑い出していた。それほど、その笑顔は、まだまだ若いお母さんをふくめて愛らしいものに見えていました。ひろびろとして、明るいフルーツ・パーラーのなかでのことやった、すべては。／それから足もとが大きく、激しく揺れ出した。足もとの直下深く大地がゆらぎ、割れ、裂け、ゴウッという深い音がその裂けた地の底からした。そう聞こえて来た。／一瞬のうちに万物崩壊、落下が始まっていました。フルーツ・パーラーの天井が、天井の上の重い屋根が、屋根を支える太い梁が、まわりの壁が崩壊、落下して来て、三人のからだの上に、他の客のからだの上に轟音をたてて覆いかぶさる。光は消え、暗黒が来た。もうどこにもあのひろびろとした明るさはない。すべてが瞬時のことでした。誰にも悲鳴をあげる時間さえなかった。あげたところで、万物崩壊、落下のなかでかき消されていた。

後に明かされてゆくように、本当はフルーツ・パーラーなどではなく、自宅のベッドの中で生き埋めにされる語り手の「わたし」は、薄れゆく意識の中で、かつて聞き覚えた「ハンニャシンギョウ」を唱え、自ら口ずさむ経文《きょうもん》に誘い出されるようにして、記憶の底に内蔵されていたフルーツ・パーラーの光景を想起する。そして、その風景の中にいる幸福な親子三人が、フルーツ・パーラーもろとも地震によって崩されてゆく様を、まるで自らがその場所にいるかのように、まざまざと「見る」のである。「わたし」の体験のさなかにあって、「かれら」は、眼前に実在する「誰か」として捉えられており、後に「わたし」がそれを反芻《はんすう》する場合であっても、彼らの被災は、神戸のどこかで「現実」に起きたにちがいない出来事として把握されている。しかもそればかりでなく、幸運にも救助され大きな怪我を負わなかった「わたし」は、自分の「見た」視覚像を、どこかでは幻であると感じながら、その後、幾度も「事実」として他者に語るのである。

この世に生きる死者

この小説には、未だ完了していないかのような「誰か」の死が、生き残りの「わたし」の語りを促《うなが》し、残された者たちの世界を紡《つむ》ぎ出してゆくような奇妙な感触がある。瓦礫の中で幻視したものを「事実」として語る「わたし」は、独特の死生観を所有している。震災による死を、「あの世、あの世界と関係ない死」、「現世で解決する」ほかない死と捉え、語り出すのである。

「死」が「わたし」の側にあるというその自覚は、やがて、「わたし」の固有性を融解させてゆくかのような不思議な想念を生み出すことに繋がってゆく。

地震後暫くして喫茶店を再開し、アルバイトに雇った少年と共に、神戸の瓦礫の上に立つ「わたし」は次のように考える。

もう地震直後のことではありませんでしたから、瓦礫のかけらのただの積み重ねの瓦礫の墓の下には死体はなかったし、ふつうの墓の下でのように骨壷が仰々しく収められたりしていませんでしたが、ただ、そこにはその瓦礫の墓に葬られている、そうもくされている人間にかかわってきた人々の思い、気持、記憶がいっぱいに詰まっている。その人々は、誰やってもいい。親であろうが子供であろうが、妻であろうが夫であろうが、姉、妹、兄、弟、その他親類縁者、友人、知己、近所の人、あるいは行きずりの他人、誰でもいいのです。その人々の思い、気持、記憶が瓦礫の墓の下にはいっぱいに詰まっていました。だから、わたしは拝んだ。拝むことで、わたしはその人々につながって行く。いや、もうつながっているような気になった。その人々のむこうに死者がいました。あの世の死者でなく、現世、この世に生きている人間としての死者です。わたしは瓦礫の墓を拝んでいると、わたしがもう少しでその現世、この世の死者の一人になっていた人間であったせいかもしれませんが、わたしは奇妙に安らかな気持ちになった。わたしは時間を見つけては瓦礫の堆積や焼け跡のひろがりのなかに瓦礫の墓を探し出しては、拝んでいた。山村少年があるときわたしのその姿を見て、けげんな顔をするので、あんたもわたしも、ひょっとすると、今この下にいるんかも知れへんのやでと言うと、判ったのか判らんかったのか、ただ「ウン」と言うた。

「わたし」は、震災における死者と「かかわってきた人々の思い、気持、記憶」について述べた上で、そうした思いの先にある誰かの「死」が、「現世」に「生きて」あると語っているのだが、これは、他者の死が、生き残った者＝死者に関与した者、に帰属しているということを意味するようにも思える。「死者」が「生きている」とは、単にその人々の生前の無念が残されているということばかりを指すのではなく、その死者の「死」が、生きている者にとってこそ「ある」のだ、ということを意味するのではないだろうか。

ただしそれは、死者の死を意味づけることによって、死者を生者の所有にあらしめるというような、死者を収奪し使役するようなあり方として、生者のために死者の「死」があるということではなく、生者の「生」をその根源から照らし出すようなものとして、「死」を触知《しょくち》させるような弔いの時間が、ここに書き込まれているということである。

引用部中には「生きている人間としての死者」とあるが、この認識こそが、生き残った者と繋がる語り手の「わたし」の存在を規定し、さらには、死者と繋がる「わたし」の像を結ばせているのである。ここでは明らかに、「誰か」の「死」を前にして、その「誰か」と共にあるほかない存在としての「わたし」のありようを触知する「わたし」の姿、換言すれば、「死」を前に他者との紐帯《ちゅうたい》を自覚することにおいて、初めて「わたし」となる「わたし」の姿が描きこまれていると言えるだろう。

引用部末尾の、「あんたもわたしも、ひょっとすると、今この下にいるんかも知れへん」という見方と、「死者」を「この世に生きている」と捉える「わたし」のまなざしは無論通底している。「わたし」は自らを、「死者」との相互受動的な、交換可能な存在として見出している。さらにまた、死者と連続する場に立つ「わたし」の「自覚」は、以前とは異なる「わたし」意識の刷新として経験されているわけなのだから、ここには、「わたし」にとっての、「わたし」の「揺らぎ」とも呼ぶべき事態が出来《しゅったい》していると言えるかもしれない。

震災との遭遇において、死が自分に到来していてもおかしくはなかったという思いは、「わたし」の唯一無二性への確信を一時宙吊りにして、他者の死を前に「わたし」が溶解してゆくかのような脱―存在論的な時間を出現させる効果を持つ。「生き延び」たことによって意識化される死の所有不可能性・無人称性を前に、「死ぬ」のは常に「わたし」以外の誰かであるという事実、また、即自的な「わたし」というものの臨界と虚構性があらわとなる。この「わたし」の揺らぎ、他者の死の認識の揺らぎによって引き起こされたこの「わたし」の揺らぎこそ、主体の不在として顕現する共同性の端緒ではなかろうか。しかもこの脱主体化の契機は、その始まりにおいては、必ずしも絶対者や超越者、主権への帰依《きえ》という形をとって現われるものではない。それは、自己以外のものに帰属する存在の始まりであり、意識の終末によって閉じられる「わたし」とは異なる存在の端緒でもあると言える。

ナンシーと「分有」の思考

ここで、現代において、死と共同性の問題を、それまでとは全く異なる視覚から見つめるJ＝L・ナンシーの思考を参照してみたい。

ナンシーは、その主著ともいえる『無為の共同体』（西谷修、安原伸一朗訳、以文社、二〇〇一年六月）の中で、死と共同性の問題に眼を向けながらも、その果てまでは考え抜かなかったハイデガーを批判しつつ、その乗り越えを試みている。ハイデガーは、死と共同体のモチーフを、それまでの主体の形而上学を脱構築する形で展開しながらも、両者の正しい結びつきを見損ねているとナンシーは捉える。ハイデガーが「現存在《ダーザイン》」を「死へと関わる存在」と規定したことはよく知られているが、その「死へと関わる存在」をめぐるハイデガーの探求について、ナンシーはこう述べる。

> （前略）もし私なるものが自分は死んだと言うことができないとすれば、もし私なるものがその死、その私のものでありまさしくその私に最も固有なものであり、誰にも渡すこと

のできない死のなかに、実際に消滅してしまうとすれば、それは私なるものが一個の主体とは別のものだからである。「死へと関わる存在」をめぐるハイデガーの探求のすべてはこう言い表そうとすること以外の意味をもってはいない。つまり私なるものは主体ではない——私は主体ではない——と。

「主体」足り得ない「私」という発想は、たとえ自らの死を所有できないとしても、自らの死と全くの無縁ではない「死へと関わる存在」としての「私」について思考する可能性を開くものであり、ひいてはその意味で、死と関与しない主体を離れて、脱主体化した「私」という特異な場所について改めて考えることを促す可能性を秘めている。ところがナンシーに言わせれば、「主体」ならざる「私」を構想しながら、ハイデガーはその先の共同体へと至る道を辿ることはなかった▼(1)。

ナンシーはそこで、ハイデガーが迂回した場所、主体ならざるものと共同性とが相互に他を意味づける場所について思考し始める。「死へと関わる存在」と規定されたハイデガーの「現存在《ダーザイン》」が、根源的には「共同存在《ミットザイン》」には含みこまれたことがなく、ハイデガーに忘れられた両者の包括関係こそが問われなければならないものであるとした上で、ナンシーは、あくまでも死のうちに、「共同性」を開示する可能性を見出してゆこうとする。

共同体は他人《たじん》の死のうちに開示される。共同体はそうしてつねに他人へと開示されている。共同体とは、つねに他人によって他人のために生起するものである。それは諸々の「自我」――つまるところ不死の主体であり実体であるが――の空間ではなく、つねに他人である（あるいは何ものでもない）諸々の私の空間である。共同体が他人の死のなかで開示されるとしたら、それは死がそれ自体、諸々の自我ではない私の真の共同体だからである。それは諸々の自我を一つの自我あるいは上位のわれわれへと融合させる合一ではない。それは他人たちの共同体である。死すべき諸存在の真の共同体、共同体としての死とは、それら諸存在の不可能な合一である。共同体はしたがって、次のような特異な位置を占めている。すなわち共同体はそれ自身の内在性が成立せず、主体としての共同存在などないという、そうした不可能性を引き受けているのである。共同体は言わば共同体の不可能を刻みつけ自らそれを担っている――これが共同体の身振りであり固有の輪郭である。共同体とは融合の企てでもなければ、一般的に言って生産のためのあるいは活動のための企てでもない――端的に言えば企てと言われるものではありえない。

ここには、『共出現』や『複数にして単数の存在』（加藤恵介訳、松籟社、二〇〇五年五月）へと繋がるナンシーの共同体（共存在）論の核心が現われている。ナンシーの知見は、本書が試みている思考に実に重大な示唆を与えてくれるものだ。不死の主体ならざる「私」の存在とは、他者の死を前にして、他者と自己との交換可能性を感じていた震災の渦中にこそ、すなわち、死すべきもの＝生き残りとしての自己を認識していた瞬間にこそ、最も説得的に受け入れることのできる発想なのだということが明瞭になる。自己の死の可能性を予感するばかりでなく、他者の死を前にして自他の交換可能性を感じ、自己の生死を確率的なものとみなす時、主体として死と対峙する（そしてそれを決して語りえない）自我を離陸し、真の意味で自己の死に関与しうる存在、死に条件付けられた存在としての「私」が出現する。自我を逸脱する実存としての「私」が、定義不在の残余として出現する。その「私」の出現が他者の死の認識を条件とする以上、「私」は単独者ではありえない。この「私」の存在は、他者との共同存在であることが必須の条件となる。ナンシーのキーワードを借りて言えば、「私」の存在は、死を前に「他者」と「分有《パルタージュ》」されるのである。

存在の複数性を開示する震災

東日本大震災の後に、人々は「ばらばら」になったのか、はたまたその逆なのか、その実態は明らかにしがたいところがあるが、震災直後に多くの人が他者との「連帯」を主題として発言する傾向が生じた根拠は、ナンシーの議論を参照すると説明できる面があることに気が付く。共同体は不死の主体に帰属するものではないという上掲のナンシーの命題に照らせば、不死の主体であることから降りる瞬間、すなわち、大地の揺れと共に、自明な「わたし」への信頼が揺らぎ始めた瞬間に、「私」は死すべきものとして、他者との共同性に向けて身を開くことになる。そこでは、「私」をめぐる言説は、不可避的に「他者」をめぐる言説にならざるを得ない。どんなに閉じられた世界観を生きている者が発した言葉であろうとも、そのようにして与えられる言葉は、「他者」をめぐって回避することになるはずだ。なぜならそこで発話する「私」とは、死を前にして他者と分有された存在に他ならず、端的に言えば、「他者」のことであるからだ。

こう見てくると、震災という災厄が、そして、災厄の同期的広域的な視聴覚体験が、人間に何をもたらすのかということの本質が露《あら》わとなってくる。そこで起きていることの核心は、固有の価値観や世界観の崩壊や再生といった事態とはまるで別のことである。自己の同一性に裏付けられた「変身」とは異なる世界の変貌がそこには見られる。そこでは、他者の死と共に、主体の死が発生している。同時に、別の空間を占めながらも不可分な「他者」と「私」の存在が前景化し、その「何ものでもない」脱自的な存在が自らへの意味付けを「待つ」ことになる。もちろん、そこへの意味付けとは、他者と分有された共同性の時空に名前を与えることに他ならない。

「震災」の体験とは、このように、主体の形而上学の脱構築プロセスを、実感的に追体験させる契機となるかのような構造を有している。もちろん、実体的な感覚次元の経験と、ハイデガーとブランショとバタイユの言説を戦略的に脱構築することによって生み出されてゆくナンシーの共同体をめぐる精緻な言語的営為とを同一視することはできない。だが、「同胞が死んでゆくのをみたら、生きている者は我を失う［自己の外に投げ出される］ことなしにはそれに耐えることができない▼(2)」とバタイユも言うように、震災の体験が、「自己」を「自己以外のもの」とする重大な契機の一つであることは疑いなく、その意味でそれは、「共同体」へと至る道を開く可能性を有する体験であるといえる。「自己」を滅却《めっきゃく》せざるを得なくなった存在が、自らの場に「自己以外のもの」として現われた存在者を表象する契機として震災があるとすれば、そこには明らかに、他者に至る契機と、共同性への思考の端緒が孕《はら》まれている。小田実が、「この世の死者の一人」であったかもしれない者の立場から、「この世に生きている人間としての死者」の声を聴こうとする語り手の「わたし」の営為に仮託して語っているように、震災の体験には、他者と共にしか有り得ぬ複数的な存在への覚醒の瞬間が芽ぐまれているはずなのだ。

「無為」の共同体

次に、少し角度を変えて、ナンシーの提示する全く新しい「共同体」の、「前代未聞の使命」（『声の分割』、加藤恵介訳、松籟社、一九九九年五月）に沿って考えてみることにしよう。

「死」について、それを「自我」ではなく「私」の「真の共同体」と呼び、「諸々の自我を一つの自我、あるいは上位のわれわれへと融合させる合一ではない」（前掲引用部）と規定するナンシーの思考は、可能性として捕捉する他ない、どこにもない何か、としての「共同体」を、構成員を死へと駆り立てる共同体（国家・民族など）や、あらゆる「企て」と呼び得るものから明確に区別しようとする強い志向を有している。死を前にした脱自と、主体の解消が、上位の主体への帰還を意味するならば、そこに真の意味での「共同」性は存在しない。そこでは、自我を喪失した盲目的な存在が、大いなる別の自我によって自らの「死」の意味を付与されるのを待つだけのことになる。主体の完全なる解消と、現存在の不断の宙吊り状態こそが、共同体の出現を可能にする条件なのである。そのような共同体とは、従って、既存の現実的枠組みとして存在する共同体に抗《あらが》うものとして出現し、それを脱構築するものとなる。それは、共同体をめぐる既存の倫理的・政治的・哲学的思考を逸脱し、共同体の分有の思想として理解される他ない場所に提示されてゆくことになる。ナンシーは『無為の共同体』でこう言っている。

> 分有とは次のような事態に対応している。すなわち、共同体は私に、私の誕生と死とを呈示することによって、自我の外にある私の実存を開示するのだ。とはいえそれは、あたかも共同体が弁証法のモードや合一のモードに則って私にとって代わるような別の主体であるかのように、共同体においてあるいは共同体によって再び投じられた私の実存ではない。共同体は有限性を露呈させるのであって、その有限性にとって代わるものではない。共同体とは結局、それ自体この露呈と別のものではないのだ。共同体とは有限な存在たち

の共同体であり、それ自体がそのようなものとして有限な共同体である。言いかえれば、無限で絶対的な共同体と比較して限定された共同体ということではなく、有限性の共同体なのである。なぜなら、有限性こそが共同体的「であり」、それ以外の何ものも共同体的ではないからである。

震災によって「ばらばらになった」と感じる存在は、一体次に何を見出すのだろうか。国家なのか反国家なのか地域なのか個人同士の協同なのか、はたまた、サヴァルタン的な境域の連携なのか。連帯と孤立の主旋律を多様に変奏するそうした「企て」が、いずれにせよ、これまで言及してきた「共同体」の「次」の段階に準備されているにすぎないことは明らかだ。それらはいかにも「企て」であり、生産的、政治的、人間的な色調に染め抜かれていて、「死」と「他者」とを遠方に置き去りにしたまま、揺るぎない「主体」に再び確たる地位を占めさせてゆく装置として作動する危険を有している。

といってもちろん、「無為」の「共同体」を、そのまま我々の現実を基礎付ける根拠とすることは困難である。我々は、「無為の共同体」に形を与える「神話」を所有してはいない。「共同体についての一切の基礎づけ的、あるいは目的論的な論理《ロジック》を放棄するときが、我々の共生を解釈することを放棄するときが、来ている」（『声の分割』）というナンシーの呼びかけに応ずることは相当に難しい。だがしかし、「共同体」が死すべき存在に疑いなく与えられてゆくものであり、「解釈」を寄せ付けぬ前提としてあることへの気付きが、全ての始まりの前に置かれなければならないことだけは確かなのである。死および他者と、常に共にある私として、全ての営みを始めなければならないのだ。

言うまでもないことだが、災厄の体験とは、死をめぐる体験であり、死の体験ではない。それは、他者の死に見《まみ》えつつ、死それ自体からは果てしなく遠ざかる体験である。ただ遠ざかるためには、一度は近づいていなくてはならない。災厄は人を死に近づけ、そして遠ざける。その過程を経ることなしに、つまり、災厄の経験を経ることなしに、死のもとで私が目覚めることはない。いついかなる時にあっても、災厄だけが私を目覚めさせ、私に他者を呼び入れる居場所を準備させようとする。その意味では、災厄の前に「私」が存在したことはないし、「われわれ」が存在することも有り得ない。私が生起する場として災厄がある以上、目覚めるべき存在はいつも災厄を「待ち」続けていることになる。私と他者との共同体も、同じく、災厄を「待つ」存在であるといえるだろう。

問題なのは、それが本当に災厄であるのか、ということだけなのだ。災厄めいた何かではなく、それが、正真正銘の災厄であるのか否かということ。もちろん、何かが災厄でなければならない理由などない。何ものも災厄でありうる。病室で最愛の人の死を看取ろうとしている者は地震の揺れを感じない、という一つの比喩は、災厄のあり方を語るものとなるだろう。

何人にとってもそれが真に災厄である時、人は常にその災厄の当事者である。各人が自らにとっての真の災厄を前にした時、「私」が、「我々」の共生を解釈しようとすることはない。共生は、当事者であることの前提であり、解釈すべきことではないからだ。

小田実『われ=われの哲学』

阪神淡路大震災発生から七年後、二〇〇二年に、『深い音』で震災被災者と被災後の神戸を正面から取り上げて小説化する小田実は、その一五年以上も前、一九八六年の段階で、市民運動のリーダーとしての、また、アウシュビッツを始め世界各地を経巡《へめぐ》った旅人としての経験を踏まえつつ、未来における市民の連帯のあり方を思考する『われ=われの哲学』（岩波新書、一九八六年六月）という著作を刊行している。そこで小田は、市民運動の継続に根差した自らの実感を足がかりにして、人間の共生の可能性についての思考を展開している。

「われら」の基底にあるものは、血縁、地縁、国家縁、民族縁、階級縁、組織縁いろいろあっての「縁」だろう。そうした「縁」がさまざまにからみあって、「縁」における強者が大きく無数の「われ」をまとめ上げて「われら」をかたちづくり、同時に「われら」の生きる「場」を強力に形成する。そこで「われ」は多かれ少なかれ「われら」の一員であって、本質的に言って「われ」は「われ」として「自立」しているのではない、たとえ見かけはどうあろうともだ。「われ」が「われ」として自立しようとするとき、それは何らかの「自立」の行為となって波風がたち、彼、彼女の立つ「場」は「現場」に転じる。／それは、別の見方をすれば、その彼、彼女が「われ＝われの現場」の連環のなかに入ったことだ。彼、彼女はそのときひとりであるかも知れない。見かけはそうだし、また自分でもそう考えているかも知れない。しかし、すでにこの本のなかで十分に述べて来たように、その「現場」は地理的なワク組み、時間のワク組みを超えて四方にむかって開かれた「現場」だ。たとえ、彼、彼女が十分に認識していなくても、彼、彼女がその「現場」で眼に見えない無数の、彼、彼女と志を同じくする「われ」とつながっているのはたしかなことだろう。「現場」は「われ＝われの現場」となり、彼、彼女は、そこで助け、助けられる人間として立つ。そして、実際にも、多くの場合、「われ＝われの現場」の連環のなかで、はじめて「われ」は「われ」として「自立」できるのだ。

「われら」と対置される、「現場」に立つ「自立」した存在としての「われ＝われ」の「連環」に、小田は人間の連帯のモデルを見出そうとしている。ここで小田の言う「われ」を、単なる「個人」とみなしてしまうと、「われ＝われ」の「連環」は、直ちにある種の「われら」へと回収されて、別の「われ＝われ」の「連環」との利害を形作る無限の連鎖を想像せざるを得ないことになるのだが、「現場」という小田のキーワードが、彼の論述をそうした事態から救済している。

小田によれば、「地震の現場」、「大震災の現場」という言い方はあっても、「微震の現場」と言わないように、「現場」とは、波風の立たない空気のような「場」とは決定的に異なり、「きわだって意識される、されざるを得ないもの」として存在する、問題解決を強く要求する場所のことである。そこは、「行為であれ、認識、倫理、論理であれ、人間の全面性を要求する場所」であり、そこで人は、行為者・運動者として存在する他ない。小田の構想する人間の連帯とは、そのような場に立つ「われ」の結びつきであり、あくまでも「われ＝われの現場」の「連環」なのである。それはいわば、「現場」に立つことを余儀なくされた「当事者」の連携、「当事者性」の同時多発的な覚醒とでもいった事態を意味している。

だがたとえ上掲の議論をそう読んだとしても、ここでの小田の見解には一つの疑念を差し挟まざるを得ない。「現場」において既に「当事者」と化した「われ」は、いったいどのようにして「連環」すべき他の「われ」を見出し、紐帯《ちゅうたい》を結ぶのか。「われ」はいかにして「われ＝われ」となりうるのか。「われ」が繋がるべき別の「われ」を発見するプロセスには、「現場」の諸々の条件が関わり、そこには「われ」の「解釈」が強力に作用することになるだろう。「われ」から「われ＝われ」への道は依然果てしなく遠く、そこに介在する「現場」の「現場性」こそが、「地縁、血縁、国家縁、民族縁、階級縁、組織縁」といった無数の縁を巻き込み、「われ」と「われ」との間の道に無限の意味と解釈とを書き込んで、両者の遭遇を不断に邪魔してゆくことになる。「われ」が発見する別の「われ」とは、その実、既に「われら」であった「われ」に過ぎないということにもなりかねない（たとえば、「ばらばらになってしまった」という事実の確認を、自明の「ぼくたち」への呼びかけとして行う営為のように）。「われら」の内にいる以上、「われ」が外部の「われ」に出会うことは難しい。主体の内の、あるいは、主体としての、「われ」が他者と出会う道のりは、永遠の距離を残しているのである。

「深い音」が響いてくる場所

小田実が震災を経た二〇〇二年の『深い音』が描き出す世界のありようは、「われ＝われ」の「連環」によって結び合わされた世界とは少々位相を異にしている。『深い音』における被災者の「わたし」は、「われ」のようでいて「われ」ではない。「わたし」は、「この世に生きている人間としての死者」の声を聴き、見ることのできないはずの光景を「見た」と証言する。「わたし」は自分と全く同じ条件で生き埋めになった人間（いわば同じく当事者と言ってもいいだろう）との協同を人に語るのだが、その共同存在とは、この世に生きる死者、そして、他の誰であってもいい人間、すなわち、「他者」なのである。

地震後の生き埋め状態から解放され病院に担《かつ》ぎこまれた「わたし」は、翌日、病院で同室になった若い女に、どのような体験をしたのか尋ねられる。その場面を少々長めに引用してみる。

わたしの彼女についての素性調べのあとは、彼女のわたしについての素性調べです。

「おばさんは家が壊れたあと、ずっと生き埋めになってはったらしいけど、それ、ほんとう?」とまず訊ねて来ました。「ほんとうや」とうなずくと、「そのあいだ、なに考えてはったん」と大きな顔の大きな眼をさらに大きく円くしてわたしをふしぎな生き物でも見るように好奇心に満ちあふれた表情で見ながら聞いた。

「これからどうなるか、いろいろ考えてはったん。」

「いろいろなんか考えてへんがな、もうこれでわたしはこれから死ぬやろうと考えていた。」

「何してはったん。」

「お経の文句をとなえていた。」

「何んのお経。」

「ハンニャシンギョウ。」

「うち、それ知ってる。」

大きな、お多福の顔が輝いて、大声を出した。「それは、うちのおばあちゃんがようブツダンのまえでとなえてはった。」そんならわたしも同じやと思うた。

「あの世が見えて来はった?」

唐突にお多福顔が訊ねた。おばあちゃんが、ハンニャシンギョウとなえていたら、あの世がありありと見えて来るよとよう言うていたと言うのでした。わたしは言うた。

「あの世は見えなんだけど、フルーツ・パーラーが見えて来た。」

「フルーツ・パーラーて、それ、何」

（中略）

「ひろびろとした明るいところや、そこに二人、子供がいて、フルーツ・ジュース飲んどるんや、お母さんも飲んでいた。」

それだけことばがまるで自分の心と意志をもっとるみたいに自然に口から出て来たのですからふしぎでした。お多福顔―木下芳美は呆気にとられたようにわたしを見ていましたが、何をどう聞いたらいいのか判らんかったにちがいない、黙っていました。わたしはつづけた。いや、ことばが勝手に自分でつづけていた。

「そのひろびろとした明るいところに地震がきたんや。アッという間に暗闇や。屋根も梁も天井板も壁も落ちて来た。三人はすぐ……まっすぐ生き埋めや。生き埋めということはな、芳美さん……」

わたしはお多福顔を名前で呼んでいました。これも自然な勢いでした。自然な勢いでわたしは続けていた。

「生きているということですがな。わたしも生きていましたがな。暗闇の中でな、わたしは生きていたからこそ、助けてくれ、と叫んだんや。そしたら、フルーツ・パーラーの三人も生き埋めになっとるやろ、三人は三人でわたしのうしろでわたしと同じ文句叫んでいよりましたんや。これで三人にわたし、四人《よったり》でいっしょに叫んでいたことになりますやろ。いっしょにと言うたかて、はじめからそんなこと決めていたんやないんです。みんなはそれぞれにおのれひとりの生命助かろうと思うて必死になっていたんや。おのれひとりが叫んでいるつもりやったんが、四人《よったり》で力をあわせていっしょに叫んでいたことになった。……四人《よったり》でいっしょに叫んだからこそ、声が大きなって瓦礫の山の外にまで聞こえたんやで。」

「おのれひとり」の個々の力が連携してゆくという論理において、無論「われ＝われの現場」の「連環」というかつての小田の思考はここにも生きている。ただし、ここで見るべき重要な点は他にもある。「ことばがまるで自分の心と意志をもっとるみたいに」流れ出ると形容される「わたし」の語りのありようこそ、ここで最も注目すべき点ではなかろうか。「わたし」はここで、何ものかに語らされていて、その何ものかとの確かな接触が「わたし」の語りを紡《つむ》ぎ出しているのである。そして端的に言えば、その何ものかによって語らされるというその挙措によって（決してどのような主体でもない、他の誰であってもいい存在に促されて語ることによって）、「わたし」は、自らが死を前にして、主体とは別のものとして、あるいは「存在するとは別の仕方で」（レヴィナス）存在していた瞬間に触れている。また、幻視された死へと近付く体験は、それ自体固有でありながら、幻視であるが故に、別の光景への交換可能性を担保されていて、そのことによって、その光景のみならず、当の「わたし」自身が、別の「わたし」へと変り得る時空を出現させているのである。そうした手続きを通じて、この小説は、他者と分有された時空の、すなわち、共同体の、到来を語り得ているのである。

幾つかの文章の中で、自らの身の上に起きたことを語っている小田実の実際の震災体験については、ここでは立ち入らない。また、『深い音』が描き出す、生命を救われた者と救った者との運命的な顚末《てんまつ》についても触れることはしない。だが、常に死者を前にして声を発しているような『深い音』の「わたし」の語りにじっと耳を傾けていると、小田実の阪神淡路大震災の体験は、幼少期の空襲体験や、世界旅行体験、反ベトナム戦争の市民運動体験とは全く質の異なるものだったのではないかと思えてきてならないのだ。

もしかすると、常に「当事者」として、「当事者」の立場から発信し続けた書き手に、その「当事者」であることの意味を大きく変容させざるを得ないような出来事として、阪神淡路大震災の、災厄の体験は生起していたのではなかっただろうか。

第二章　表象

――鏡像としての「震災」――

地震に揺さぶられるということ

その時、震源地からずっと離れた日本のどこか深い山の中で自給自足の生活をしていて、テレビやラジオやパソコンや電話を持っておらず、他者と関わる情報を手に入れるのは数ヶ月に一度、燃料や調味料やその他の必需品を調達するために山から町に下りる時だけであるような人間（一人の男）がいると仮定してみよう。直接に大地の揺れを感じなかった彼にとって、その地震は存在しなかったことになるのだろうか。

もちろん、何ヶ月ぶりかに山を降りた際には、誰かが彼に何が起きたのかそのあらましを語って聞かせるだろうし、たとえそうでなくとも、商店の品揃えの変化や物価の変動や人々の表情から、彼は、自分の住む山以外の場所で何かが起きた（起きている）のだということを察知するに違いない。大地震であれば、彼がそれを知らせる情報を全く眼にしないで暮らし続けるという想定はあまり現実的なものではない。現代の日本に生きている限り、発生した大地震と全く無関係であることは困難であって、その人の置かれた情報環境によって、情報伝達の速度や情報の量に差異が生まれるに過ぎないだけだと考えることもできる。

もしかすると、山で暮らす彼には、宮城県石巻市に残してきた高齢の老母がいるかもしれない。波に呑《の》まれたその老母のことを彼に知らせるために石巻から不眠不休で人が駆けつけて来て、彼は遠方にいながら、存外早く地震の発生を知る可能性もある。地震の発生が、彼に山を降りる人生の決断をさせるケースだって考えられないわけではない。

そこには、諸々の偶然や人の繋がりが深く関与していて、震源から離れて居住しているからといって、あるいは、その発生を遅れて知るからといって、その人の地震との関わりや思い入れが浅薄であるとは限らない。自覚的であるか否かはひとまず措くとしても、現代の全ての人間は大地震と何らかの形で繋がりを持たざるを得ず、地震の発生と共に、誰もが災厄と関わる場所に位置付けられるのに違いないのだが、その位置というのは、震源を中心とした同心円状のマップに書き込むことができるような性質のものではないのだ。

地震と人との位置関係は容易には決められない。それをどのように受け止めるのかという心境のあり方のバラつきには、地震の認知様態から震災体験の密度に至るまでの無数の条件が関わってくるばかりではなく、人が地震の発生を情報として知るということとは全く別の水準で語られるべき事柄が複雑に絡んでいる。「震災」と呼ばれる出来事の発生を承認する国家的メカニズムとも密接に関わりながら（国家が大地震の発生を一向に認めないということはよくあることだが）、人が、その「震災」の何をもって「自己」への波及を認めるのか、言い換えるなら、人が何をもってそれを「震災」と肯《がえ》んずるか、あるいは、「震災」の前に人がどのように「出現」するのかという重大な問題がそこには含まれている。言うまでもなく、このことは、老母が震災ではなく、偶然の「交通事故」に巻き込まれて死んだ場合にも、果たして彼は、山を降りるか否かという人生の選択について同じように悩むのだろうか、という疑念と無縁ではない。この人生の選択には、思想信条などその人固有の条件に加えて、何が「災厄」を公認し、また誰がそれを承認するのか、というきわめて原理的な問題が根深く関わっていると考えられる。

山深い場に居住する人間が事後的に震災に触れるという前述した仮定は、携帯電話やネットワーク環境の整備のもと、瞬《また》く間《た》に発生情報が国内外に伝播した東日本大震災を前にしては大きな含みを持たないかもしれないが、一九九五年、兵庫県南部で発生したM７・３の地震について、数日経過した後に初めてその発生を伝え聞いた海外在住の日本人の存在や、そこまでのタイムラグはなくとも、一月一七日当日、昼近くに目覚めテレビをつけて初めて大地震の発生を知った日本各地の人々の存在を想起してみる時、あながち荒唐無稽な事例ではないかもしれないという思いが湧く。前述の極端な仮定の先に浮上するものとは、地震の発生を同期的に体験していなくとも、その災厄を自らのものとして、自らに帰属するものとして、重く深く受け止める人間が存在する可能性についての思考なのである。いわば、災厄の表象を、自らの、あるいは、我々のものとして受容せざるを得なかった存在者についての思考が浮上するのだ。

村上春樹の「震災小説」が提示するもの

たとえば、村上春樹が二〇〇〇年二月に刊行する『神の子どもたちはみな踊る』（新潮社）という書物を取り上げてみることにしよう。

この本は、物理的には震災に巻き込まれることのない人間の群像を描き出していながら、それでいて、「震災小説」とでも呼ぶほかない性格を持つ短編小説集である。すでに加藤典洋の指摘がある通り（『村上春樹　イエローページ　part2』荒地出版社、二〇〇四年五月）、全六編の短編小説に描かれる物語内部の時間は、すべて、阪神淡路大震災が起きる一九九五年一月一七日から、オウム真理教による地下鉄サリン事件発生の一九九五年三月二〇日までの間に設定されている。村上春樹が別の場所で自ら示唆《しさ》してもいるように▼(1)、この設定は意図されたものであり、天災と人災という全く別の次元に位置づけられるべき「暴力」を、同一の場において、連続するものとして、改めて捉え直そうという壮大なビジョンに基づいて構想された小説である。

この小説には、阪神淡路大震災を直接には体験していない、いわば、出来事から遠く離れた場所にいる人間たちの、にもかかわらず「震災」をめぐるとしかいいようのない体験が描き出されている。それぞれに事情は違えども、空間的時間的な距離を隔てて、地震の発生という同一の出来事に様々に感応せずにはいられない登場人物たちの姿は、総体として、「震災」の発生によって現実に生み出されていたに違いない、「震災」をめぐる人間の心的なグラデーションのありようを想像させるものである。そして、六編の短編の束は、いわば「震災」と共に、その周縁に過渡的に生起した緩やかな「われわれ」の連携を示唆するようにさえ見える。「われわれ」は決して共謀したりせず、各々が個々別々に、そしてただ静かに、「震災」の遠方に身を置きながら、「震災」の縁辺をひたすらに徘徊し身を震わせているのである。また同時に、作中、そうした登場人物たちの振る舞いの固有性が、他ならぬ「震災」との関わりにおいて印《しるし》付けられてゆく様は、現実に、「震災」に誘い出されるようにして自己の生き方を問い始めた、無数の「わたし」の多様な「踊り」を想起させるものでもある。

　阪神淡路大震災では、テレビ画面の中央で移り変わる死者数を示す数値が事態の深刻さ（地震発生当初においては逆に深刻さの不在）を印象付け、出来事の外延を表象する役割を担った。暫定的なものでしかない数値の上昇が出来事を輪郭付け、「震災」の創出に寄与した。

『神の子どもたちはみな踊る』は全編を通じて、そうした震災表象の「暴力性」に対する違和を表明し続けていたともいえるが、同時に、表象の限界や伝達の技術・方法といった議論からはどうしてもすり抜けてしまう重要な主題を提出するテクストであったことも見逃せない。震災の表象とそれを捉える主体との関係、また、表象の前に出現する存在者という視点。そこに触れる契機が、とりわけこの小説集全体を方向付けるエピグラフにおいて提出されていたように思う。

「リーザ、きのうはいったい何があったんだろう？」

「あったことがあったのよ」
「それはひどい。それは残酷だ！」

ドストエフスキー「悪霊」（江川卓訳）

〈ラジオのニュース〉米軍も多大の戦死者を出しましたが、ヴェトコン側も一一五人戦死しました。
女「無名って恐ろしいわね」
男「なんだって？」
女「ゲリラが一一五名戦死というだけでは何もわからないわ。一人ひとりのことは何もわからないままよ。妻や子供がいたのか？　芝居より映画の方が好きだったか？まるでわからない。ただ一一五人戦死というだけ」

ジャン＝リュック・ゴダール「気狂いピエロ」

作品冒頭、見開きの左ページの中央部分に、各々別のページをあてて掲げられているこの二つのエピグラフは、結果的に、全短編を束ねテクスト全体を貫く指標としての効力を有している。
最初の「悪霊」からの引用、正妻マリヤの死をほのめかすスタヴローギンとリーザとの会話も、「気狂いピエロ」でジャン・ポール・ヴェルモンドとアンナ・カリーナが演ずる男女の対話も、元のテクストに多様な意味を散布している重要なセンテンスだが、原テクストの物語を一端離れて、二つの断片を密接に関係づけて新たなテクストとして読む時に、このエピグラフの効果が鮮明に浮かび上がってくるように思える。

後者「気狂いピエロ」の引用は、時間の経過と共にテレビ画面上の数値を刻々と上昇させてゆくことで、出来事の重大さを周知させようとした阪神淡路大震災の報道の無神経さをすぐに想起させ、そうした表象のあり方への痛烈な批判の意志を看取できる。しかし、それだけでは前者「悪霊」からの引用との関わりが十分に見えてこない。

後者の、伝達を意図しても決して通じ合えない場合と、前者の、伝達を意図しなくても意思疎通が行えてしまう場合という対照性（もちろんそれは、メディアを介した伝達と、何かを媒介としない直接の交渉という対照性と重なるものである）。ここに目を向ける必要がある。

これが現実に起きた地震をめぐる短編小説集のエピグラフであることを踏まえるならば、ここでは、出来事の表象＝伝達の限界が問題化されていると同時に、出来事を捉える認識基盤の共有可能性に関わる問い、出来事の発生と連動する共同性出現の可能性／不可能性に関する問い、が提起されているのではないだろうか。「悪霊」の、何かが起きたことをめぐる、明確な言葉を介在させない「わかりあい」（もっとも、何の言葉も発しないわけではないのだが）という事態は、出来事を認識・共有する「資格」について思考することを要請しているように感じられる。

出来事が出来事として成り立つためには、また、出来事がある表象のもとで受容されるには、まずあらかじめ、それをそれとして受け入れる共同的な基盤が条件となるといった考え方。「出来事の表象」や、「表象の可能性」という語順で表現される、出来事の先行を前提とした論理では決して語ることのできない、出来事＝われわれ、あるいは、出来事＝表象＝われわれ、といった水位で思考することを要請する問いが、このエピグラフには含まれているのではないだろうか。

ジジェクによる補助線

このことについて考えてゆくための一つの手がかりとして、しばしば引用されている言説だが、米国の世界貿易センターへの攻撃について述べたスラヴォイ・ジジェクの発言（『「テロル」と戦争―〈現実界〉の砂漠へようこそ』長原豊訳、青土社、二〇〇三年四月）をまずは参照してみたい。

こうして、世界貿易センター攻撃は私たちの幻想的な球域を粉微塵に粉砕した〈現実界〉の侵入であるといった理解を導き出す標準的な読解はひっくり返さねばならない。それとはまったく反対に、次のような読解が必要とされている。九月一一日以前の私たちは、第三世界における恐怖を自分たちの社会的現実には無縁の何か、〈テレビ〉スクリーンに映し出される（自分たちにとっては）亡霊のような幻として存在している何かと思える、そうした現実に生きていた。だが九月一一日以降は、そうしたスクリーン上で幻のように見えていた亡霊が現実に入り込んできたのだ。現実が私たちのイメージに入り込んできたのではない――イメージが私たちの現実に入り込み、私たちの現実（すなわち、私たちが現実として経験することを決定してくれる象徴的座標軸）を粉微塵に粉砕したのだ。九月一一日以降、世界貿易センター崩壊に似たシーンを――高層ビルが火に包まれていたり攻撃を受けているといった、テロリストの行動を暗示する作品――撮った多くの大作の公開が見送られた（あるいは、お蔵入りにさえなった）という事実は、こうして、世界貿易センター崩壊のインパクトの原因であった幻想的な背景の「抑圧」と解釈されねばならない。言うまでもなくここでの問題は、世界貿易センター崩壊を、暴力ポルノ映画のカタストロフ版と読み、単なる新たなメディア・スペクタクルに還元するといった擬似ポストモダンのゲームを行うことではない。九月一一日をテレビ・スクリーンから論ずることで私たちが自問せねばならない疑問、それは、これと同じものを、すでに幾度も繰り返し観たことがあるはずだ――だがそれはどこだっただろう？　という疑問なのだ。

語る主体によって召喚されながらも、主体が不断に出会い損ねる場であり、語りえぬ不可能なものの領域としての（ジャック・ラカンの言う）〈現実界〉の「侵入」など起きてはいないと断じつつ、ジジェクが指摘しているのは、ある者が「現実」と感じる場を構成する象徴的秩序が「粉砕」されたということである。それまでは「イメージ」や「亡霊」として追いやられていたもの—その実、そうした排除の機制によってある者にとっての「現実」を可能としていた当のもの—が眼前の「現実」に「割り込んで」到来したのである。

ここで生起していることを、「イメージ」の到来、ないしは「象徴的座標軸」の「粉砕」、と捉えることは、表象システムの再組織＝「現実」を構成する表象群の攪拌《かくはん》が開始されたということを意味しており、表象を通じて出来事に触れようとする主体が、それとの出会い損ねを通じて、語りえぬ出来事からどこまでも遠ざかってゆくという事態を示唆するという点で意義深い。しかしここでは同時に、こうした発想こそが、「イメージ」と共に析出される「われわれ」の存在を照らし出すという点にも目を向けておきたいのだ。

ジジェクは「アメリカのパラノイア幻想《ファンタジー》の究極」を示す作品の例を掲示しながら、同じ書物の中でこうも言っている。

> 『時は乱れて』や《トゥルーマン・ショー》のプロットを支える根底的経験には、まさにハイパーにリアルでありながらも、ある種反現実的で実体を喪失し物的慣性力を剥奪された、後期資本主義的な消費主義的カリフォルニアのパラダイスが存在している。これに似た恐怖の「脱現実化」が、世界貿易センター崩壊後に到来したのだ。三千人という犠牲

者の数が繰り返し強調された。にもかかわらず、私たちがそうした惨状を観ることがいかに少なかったことか！だがそれも驚くべきには当たらないのだ。飢餓で死に絶えていくソマリ人、陵辱されるボズニアの女たち、喉を掻き切られるボズニアの男たちといった、あらゆる出来事が身の毛をよだつまでに詳細にスクープされてゆく第三世界のカタストロフについての報道とは対照的に、そこにはバラバラ死体もなければ血痕もなく、死に行く人々の絶望的な顔すらないのだ。第三世界のカタストロフを映しだすショットには「ご覧になるいくつかの画像には過激なものがあり、お子さまに悪い影響を与える可能性がありますというた例の警告が付いているのに、世界貿易センター崩壊についての報道ではそんな警告など、観たこともない。これは、このような悲劇的な瞬間にあってさえ、〈彼（女）ら〉から、すなわち彼（女）らの現実から〈私たち〉を分け隔てる距離、本当の恐怖はここではなくあそこで起きているといったそうした距離が、いかに維持されているかを証す、より徹底的な証拠ではないのか？

もちろん、「お子さまに悪い影響を与える可能性」のある画像がそこに映り込んでいたとしても、それが生々しい〈現実界〉の露呈だなどと言うことはできない。イメージの壁は決して破れない。たとえ規制され排除されていた映像の一部が持ち込まれて再編集されたとしても、そこには別のアングルによって生み出される別の〈私たち〉が存在するだけの話である。

このジジェクの指摘で最も重要なこと、それは、災厄の表象が〈私たち〉の誕生を告げるという事実である。死の不在、死を告げる衝撃的な音声の不在、死の苦痛の不在、死を前にした闘争の不在、崩落する直前のビルから頭を下にして美しい姿で落下する男の不在、内臓をはみ出させた死体の不在、多様なものの不在が、出来事の形を印付けようとしている。そこでは、そうした不在によって印付けられる出来事が、それを捕捉する存在としての〈私たち〉と、〈彼ら〉とを鮮明に分節してゆく。〈彼ら〉の現実から「距離」を置くものとしての〈私たち〉が生み出されてゆく。もちろん、〈彼ら〉の全てが死者ではないから、〈彼ら〉が〈私たち〉へと変貌する契機は無数にあるし、〈私たち〉が直ちに〈彼ら〉と化す危険性もある。その意味で両者の線引きは分明ではない。また、何を目にして、何を目にしないのかによって、異なる無数の〈私たち〉が誕生しているという風にも考えられる。しかしここでは、表象として与えられる出来事が、絶え間なくある主体を産み落とし続けているという点が何よりも重大なのだ。主体が表象を通じて出来事を捉え損ねるのではない。表象が、出来事の発生の仄めかしを通じて、出来事を捉え損ね続ける主体を不断に生産していくのである。

災厄の表象と立ち上がる「主体」

世界貿易センター崩壊に関する前掲のジジェクの発言は、ゆっくりと地表を覆ってゆく重く黒い津波が、玩具のような小さな車両を次々と飲み込んでゆくヘリコプターからの俯瞰《ふかん》映像を目に焼き付けることになった東日本大震災の状況を強く想起させるものである。そこには、死が、人の痛苦が、死をめぐる苦闘が、決定的に欠如していた。

あの時、震災報道番組の視聴を通じて、映像を眺める者の多くが、見ることを止められない自分というものへの居心地の悪さを覚えると共に、画面のどこかに存在するはずの死者を探しながら、そのうち、見ている画面から、もしかすると死というものが意図的に排除されているのではないか、ということを感じ取っていたはずだ。アングルや画面の切り替え、映像の繋ぎ方や、唐突《とうとつ》にスタジオ映像や公共広告機構の画面に切り替わる不自然な編集手法に違和感を覚え、映像から死が排除されようとしていることを鋭敏に嗅ぎつけ、同時に、そうした作り手の手つきこそが、むしろ見る者を強く死に惹《ひ》きつけさせているという事実に思い当たった者もいたかもしれない。

福島原発事故において意図的かつ露骨な情報操作・隠蔽《いんぺい》が行われたこともあって、映像を見る目に恒常的な不信感が宿っていた東日本大震災では、報道の映像表現に自覚的になる機会がふんだんに用意されており、「あちら」は決して「こちら」と地続きではなく、手を伸ばしても自分は「あちら」には触れられないということ、そもそも「あちら」は自分の見ているものとはまるで別のものではないかということを感じ取る局面が少なからずあったはずである。

にもかかわらず、「あちら」を確かに「見た」かのように感じている瞬間が、本当に、全く、存在しなかっただろうか。余震に揺さぶられ、出来事の中に巻き込まれてゆく実感の中で、映像は、それを「自らのもの」と感じさせる幻影をも生み出していたはずだ。悪いことに、映像を見る者はたいていの場合、自らの冷静さを過信している。「あちら」と「こちら」を分節する映像効果について語り得る確たる位置を自らが占めているように思いなしつつ、その実、ある出来事としての表象をその限界をも含めて受け入れることで、その表象の元でしか語れない主体として自らを生み出してゆくような場所に置かれてしまう危険。いわば、自らが、新たなイメージで、新たなシニフィアンで頑なに身を纏《まと》おうとする主体であることに気付かない存在となることを危惧する必要があったのだ。

そういえば、村上春樹『神の子どもたちはみな踊る』の冒頭に置かれた短編、「UFOが釧路に降りる」では、災厄の表象が人間の心を奪い去る場面、いや、もっと正確に言うなら、災厄の表象が、その表象と分かちがたく結び付く強固な主体を立ち上げる場面から物語が始められていた。小説の冒頭部を引用してみよう。

> 五日の間彼女は、すべての時間をテレビの前で過ごした。銀行や病院のビルが崩れ、商店街が炎に焼かれ、鉄道や高速道路が切断された風景を、ただ黙ってにらんでいた。ソファに深く沈み込み、唇を固く結び、小村が話しかけても返事をしなかった。首を振ったり、うなずいたりさえしなかった。自分の声が相手の耳に届いているのかいないのか、それもわからない。

妻は山形の出身で、小村の知る限りでは、神戸近郊には親戚も知り合いも一人もいなかった。それでも朝から晩までテレビの前を離れなかった。少なくとも見ている前では、何も食べず、飲まなかった。便所にさえ行かなかった。ときどきリモコンを使ってテレビのチャンネルを変えるほかは、身じろぎひとつしなかった。

（中略）

五日後の日曜日、彼がいつもの時刻に仕事から帰ってきたとき、妻の姿は消えていた。

スマートフォンの画面に魅入りながら黙々と駅の階段を上り下りする人間の群れの出現を予告するかのようなこの妻の突然の出奔《しゅっぽん》と、それによる心的衝撃が、会社を休んで中身の分からない小箱を釧路まで運ばせるという目的不明の使命をその夫・小村に課してゆく契機となるわけだが、妻の変貌を促すものが、震災を報ずるテレビの集中的な視聴であったことは注目に値する。小村との離婚を申し出る妻の決定が、強い主体の覚醒とでも呼ぶべき事態であることは、「あなたの中に私に与えるべきものが何ひとつない」と記した手紙を残す妻が、小村との五年に渡る結婚生活を中身のない空虚なものとみなしていることからも推察できる。妻は小村との結婚生活に満足を覚えておらず、震災の映像を眺め続けることによってそうした自分に気付いたのだ。

妻の出奔が、表象との痛烈な出会いによって呼び覚まされる頑迷《がんめい》な主体のありようを語るものであったとするならば、理由もわからないまま釧路まで小箱を届けた小村が、箱の中身が実は小村自身であったと告げられ、自らを奪い去るかのごとき「圧倒的な暴力の瀬戸際」にさらされてゆく結末において、小村の脳裡に、当初はまるで気にしてもいなかった「地震の光景」が蘇《よみがえ》っていることはさらに重要である。小村にとっての災厄とは、本来、地震そのものであるというよりも、地震発生を引き金とする妻の出奔であったはずだが、結末近くで突如震災の表象が蘇り、「高速道路、炎、煙、瓦礫の山、道路のひび、彼はその無音のイメージの連続をどうしても断ち切ることができなかった」という状態に陥る以上、理由のわからない申し出に応じて釧路へ向かい、そこで初めて会った女と身体を合わせようと試み、挙句の果てはその女に、運んできた箱の中身同様の〝からっぽさ〟を告げられるに至るという道行きを辿る小村という主体が、そうした地震の表象と、決して無縁なものではなかったことが明かされていると言えるからである。

どうやら実のところ、この小説においては、妻ばかりでなく、妻に去られた夫である小村という人間もまた、災厄の表象の促しによって生み出されていた存在であると言えそうなのだ。災厄の表象が、それと不可分の主体を成型するという主題は、『神の子どもたちはみな踊る』のエピグラフばかりでなく、このように、冒頭の短編「ＵＦＯが釧路に降りる」にも鮮明に刻《こく》印《いん》されているといえるのである。

震災表象とボランティア・田中康夫のケース

実はフィクション内部に限定するまでもなく、災厄の表象と主体をめぐる同様の傾向は、災厄の表象をめぐる職業作家の実体験の中にも散見できる。

阪神淡路大震災後の被災地ボランティア活動を大きな契機として、小説家から政治家へと転身を遂げる田中康夫のケースを取り上げてみよう（『神戸震災日記』、新潮社、一九九六年一月）。

西宮に実家のある一人の親密な女性と共に西新宿のホテルで震災発生の朝を迎えた田中康夫は、「普段は滅多に見ることのないTVをつけ」、「阪神高速神戸線の倒壊区間」を捉えたヘリコプター映像を目にし、傍らにいる女性と共にしばし「無言」の時を過ごしたという。「正直な話、地震当日は僕も数多の傍観者の一人でしかなかった」と書く田中が、テレビの中の被災地に駆《か》けつけたいという衝動を押さえ切れなくなるのはその翌日のことである。

地震発生の二日後、一九九五年一月一九日の段階で、田中は神戸に出向くための行動を開始する。これは死者数を含めた震災被害の正確な全体像が未だ十分には形成されていない時期のことである。周知の通り、後に「ボランティア元年」と呼ばれるようになるほど、この時、学生を含め多くの人々が強烈な衝動に突き動かされて神戸に行くのだが、その背景には、やはりテレビ・新聞などマスメディアの集中的な震災報道が流布した象徴的な映像の喚起力が大きく関係していたと考えられる。確かに、横倒しになった阪神高速の衝撃的な映像は、ボランティア受け入れの準備のなかった神戸に、にもかかわらず飛び込んでゆく田中のような熱意溢《あふ》れる個人の内部に深く食い込んでいた。首都直下型地震の強大なパワーと、メディア側の思惑とが織り成す「見慣れぬ」光景は、それを見る者に衝撃を与え、「見たことのない」映像に「意味」を与え得る「自己」像の創造に彼らを駆り立ててゆく。しかもそこでは、その光景の衝撃ばかりが強調されて感受され、それが特殊な条件下で生み出されたある種の過剰な「表現」であることが忘失されていたために、危機そのものと、目にした表象とが何らの疑念なく等号で結ばれてしまうような事態が生起していたのである。別の見方をすれば、与えられた驚くべき表象の向こう側に突き抜けることができれば、それを凌駕《りょうが》する圧倒的な真実に遭遇できるはずだという錯誤に満ちた大きな期待を抱かせる格好の機会が到来したのだ。

　本来、災害の初期報道とは、現実的な救援戦略と密接に結びつき救援活動に指針を与えるべきものでなければならない。「救援の遅れは、被災のイメージを正確に喚起できなかった報道に最大の原因がある▼(2)」と後に回顧される無力さを露呈させたテレビ報道の、空撮に頼りきった画面構成は、その単調さと、奥行きの欠如感ゆえに、画面の、さらにその先にあるものを目がけた人間の好奇心を呼《よ》び覚《さ》ますようにも機能していた。前輪を中空に浮かせたあの観光バスのドライバーが、その時何を思い、どのような行動を取ったのかという、初期のテレビ報道が看過した事情に肉薄する個人が後に現われるように▼(3)、ある硬直したアングルの流通は、与えられたアングルにどうしても自足できない心性を醸成する効果を持つ。たとえそれが、所与の表象に囚《とら》われることによって生み出されてゆくものであったとしても。

テレビ画面の震災報道を横目で眺めつつ、神戸行きの思いを徐々に太らせていった田中康夫は、神戸に行こうとする自らの衝動について、控えめに、次のように記している。

こうした衝動は、「湯煙のようです。温泉場に来たような」と三文文士の僕でも気恥ずかしくて口に出来ないような〝文学的〟表現が第一声だった筑紫哲也氏だったり、沈痛な面持ちで現地からの報告を聞いて尤もらしい一言を付け加えた直後に相好を崩して長島監督話を始めた徳光和夫氏だったり、所詮は対岸の火事でしかない「東京目線の報道」振りを見て、さらに僕の中で大きくなったと思う。

田中康夫の欲望を駆《か》り立てていたものとは、強力な自明性と共に手渡されたあるアングルへの疑義にあったのではないかと思う。そのような表象として存在するものへ向けた強い異和が、書く主体を動かしていたのではなかったか。

それは、すでに生起した出来事の真相を、自らの目で、より詳細にリアルに見つめてみたいといったジャーナリスティックな欲望とは、やや質を異にしている。田中はあくまでも既存の報道のレトリックを批判しているのである。これはいわば、多様なアングル間で不断の関係調整が行われ続けている情報フローの中で、あるアングルを主体化できない別の主体が組織されたということを意味している。時代支配的な表象が、無数の主体を同質の行動に強く駆り立てる一方で、そこへの修正を迫る形で、別の主体をも生み出してゆく。

こうした意味において、田中康夫は確かに、多くのボランティア青年たちとは異なる側面を有する存在であったが、同時にまた、テレビの箱の中に出現した表象にそそのかされ、他ならぬその表象の「向こう」に出向こうとしていた点では、他の若者たちと何ら変ることはなかった。ただ田中の場合は、眼前の箱に囚われていたとしても、少なくとも、その箱の中に自らの手を伸ばして、何らかの「文字」を書き込もうとしてはいたのである。

焼け跡をゆく「私」

田中康夫の神戸での活動に関していえば、それは、それまでの「ボランティア」の常識を覆《くつがえ》す問題提起的なものであった。「風呂とベッドの〝都市生活〟を満喫した上での甘ったれ坊やのボランティアごっこかい、と揶揄されるのは覚悟の上だ」と自ら書き記している通り、田中の震災ボランティアは、自己犠牲に基づく奉仕精神を至上とする価値観に疑義を呈する、最後まで自己のスタイルを貫く意志的な行動として展開される。

自ら大阪で購入した50ｃｃバイクを駆使《くし》して、断裂・渋滞した神戸の道路の脇を縦横に走り回っては路地裏の被災者の一人一人に声をかけ、顔を見て必要な物資を手渡してゆく。終日それを続け、一日の活動が終わると定宿とするウエスティンホテル大阪に戻り翌日の行動に備える。暖かいホテルに戻ると、抱えている多数の連載原稿を執筆し、ホテルから送稿する。時には朝一番の飛行機で東京に戻り、レギュラー出演しているテレビ・ラジオに出演し、被災地の現状を語り、最終便で戻って翌朝は再び50ccバイクに跨《また》がる。

作家としての個人的なコネクションをフルに活用するという田中の手法も優れて画期的なものだ。東日本大震災においても改めて問題化されたように、阪神淡路大震災は、被災者に必要とされるものが刻々と変化してゆくということや、報道のあり方と直結する救援物資の偏在が深刻な事態をもたらすということを、行政担当者やボランティア参加者たちが身をもって知る機会であったわけだが、田中は毎日の自らの行動を通じて、被災者たちがその時々に本当に必要としているものを鋭敏に察知し、独自のルートで入手してはそれを心から欲している人にサーブするという行為を実践した。化粧品会社にドライシャンプーや口紅を、航空会社にアイマスクを、出版社に漫画本やファッション雑誌をというように、その行動は局所的散発的ではありながら、行政主導の救援活動の中からは決して生まれてこない発想で、企業を「脅して」協力を要請し、物資を調達してはそれを求める人に分け与えた。

田中の実践したボランティアの魅力を挙げていると、実に枚挙に暇がないのだが、残念ながら、ここでは田中の画期的な、それ自体高く評価できるボランティア・スタイルを紹介することが主眼なのではない。こうした田中の自由闊達《かったつ》な行動が、また、こうした柔軟な活動を発案する田中康夫というきわめて個性的な主体が、その実、「阪神淡路大震災」を作り上げてゆく表象の促《うなが》しに強く支配・拘束されていたことを述べておかなくてはならないのだ。

田中が自らの活動を軌道に乗せるまでには紆余曲折があるのだが、自分のボランティア・スタイルを決する大きな契機となる体験が、田中の神戸到着第一日目に起きている。その日の事に触れておこう。

外部からやってくる他の一般ボランティア同様、神戸周辺の複数の市役所に東京から連絡し、来訪を止められた田中は、カトリック教会を頼って半ば強引に神戸入りする。救援の前線基地となる中山手教会に到着、そこで初めての活動を開始する。物資の分配過程が目に見えてこないという不安を感じつつも、まずは教会に山積した救援物資の「仕分け作業」の手伝いを始める。しかし、単純作業を続けながら田中は、「ウズウズとした気持ちが矢張り抑え切れなくなってしまう」。

ここには、ボランティアに参加した人の陥《おちい》るジレンマを象徴する苦痛が語られている。確かに効率よく多くの被災者を救済するためには、人員を適切に配置した組織的合理的な作業が必要であるのだが、それでは要請されるボランティア活動のすべてが究極的には物資の仕分けや運搬などの単純作業に終始する可能性すらある。無論それはわざわざ遠方から足を運んだ者たちが希望していたことではない。

単調な仕分け作業に業を煮やしていた田中に、教会の神父から、別の教会まで食料品を届けて欲しいとの依頼がある。神戸の道を知り尽くした自らの経験と、せっかく持ち込んだ50ｃｃバイクの機動力を存分に発揮する機会に恵まれた田中は、仕分け作業から離れる大義名分を得て、ヒロイックな感情に満たされながら夕闇の神戸の町を疾走する。

ガレキが散乱する路地に入って、裸電球が辛うじて点いているだけの半壊建物の間を縫って行くと、午前中、大阪から向かって来た時とも又違った不思議な昂揚感が心の中に湧いてくる。出火した跡の見られる建物が所々に並ぶ。暖を取る為に焚き火の回りに人々が集まっている。猶も進むと、未だ通電していない地区に差し掛かる。電気工事会社の作業員がクレーン車の上に乗っているのを見守る人々が居る。そうした中を走り抜けてゆく自分は、ひょっとしてクマさん体型のサンダーバード――国際救助隊の一員かも知れない、などとちょっぴり自惚れる。

言うまでもなく、ここには、田中を神戸に促した欲望と関わる原初的な風景がある。それは、〈焼け跡を行く「私」〉とでも題すべき風景だ。

確かに彼は、ここでテレビの箱の中に降り立って、自らのアングルを手に入れようとしている。バイクを降りて人々に語りかければ、彼らは皆何か返事をしてくれるのだろうし、事実この後、田中は何箇月もの間そうした対話の努力を続けてゆくのだから。そしてまた、わずかボランティア開始第一日目にしてすでに、救援拠点の教会と、そこでの仕事から解放されたいと願い始めており、そこを離れることが自らの心を自由にしたと正直に書くことで、テレビで見たあの「震災」の衝撃を、初めて対象化することができたわけなのだから。

しかし同時に、田中の語る「昂揚感」は、やはり、「阪神高速神戸線の倒壊区間」の映像を、無言で凝視し続けていた何日か前の自分を観客とする感情であることをも確認しておかなくてはならないだろう。テレビ番組が量産した表象群への厚い信頼なくして田中の「昂揚感」は有り得ない。あのような場に（「こちら」ではなく間違いなく「あちら」に）真に自分が降り立っているという幻惑がここでの田中を痺《しび》れさせているのに他ならず、田中の行動や感情はその意味で初発の震災表象の強い規制を受けている。もちろん彼はこの後、毎日のように神戸の隅々《すみずみ》を走り回って、自分を教唆《きょうさ》したアングルの衝撃力を相対化する営みを続けてゆくはずなのだが、にもかかわらず、時を経てまとめあげる日記の「プロローグ」を、やはりその光景の反芻から始めてしまわずにはいられなかったように、田中の言動の準拠枠《じゅんきょわく》としての震災表象の効力が完全に払底《ふってい》することはない。

その意味では、田中康夫という作家主体もまた、「UFOが釧路に降りる」の小村や妻のように、「震災」を生み出してゆく表象と共にあったと言えるだろう。

ラカンの語る「主体」の場所

危機の表象の出現と共に成型され生まれ出る主体の存在を俎上《そじょう》に乗せて思考してゆくためには、表象の生産と流通に関わるメディア論的・社会学的アプローチだけでは充分ではない。大衆商業主義的社会において消費の的となる災害スペクタクルが国家や資本主義イデオロギーにいかに貢献し、いかに支配されているのかを問う観点からは洩《も》れ落ちる重大な論点が確実に存在する。無論、危機に際するある表象の生産・流通現場には、それ自体、その意図・目的や効果に対する問いという不可避の課題が内包されてはいるが、そこには、表象の作動と主体の成型とに関して、因果論的射程を離れた同期的現象として両者を同時に把握する契機が欠如している。問われなければならないのは、やはり、表象＝主体という水位なのである。

そこでここでは、J・ラカンの「主体」をめぐる思想の一端を参照しつつ、災厄の表象が有する意味について考えてみることにしたい。

著名な鏡像段階論においてラカンは、本来全身感覚のまとまりを欠く筈の幼児が、眼前の鏡の中にある統一的なゲシュタルトを自己として引き受けることによって、精神的な恒常性を担保するかに思える「自我」という自己愛的なナルシスの鎧《よろい》を生み出す代わりに、鏡像という本来の自らを疎外する他なるイメージとしてそれを受け取るために、その本来的な全体性を決定的に損なってゆくものであると考える。これは、自分が自己像を手に入れ自分自身となるためには、統合不能な本来の自己を忘却して他者の姿（鏡の中の自己像）を自らに重ねるという矛盾に満ちた作業が必要であることを意味する。つまり人は、その出発の地点において、自らであるためには他者でなければならないという自家撞着《じかどうちゃく》を抱え込むことになるのだといえる▼(4)。

ラカンにとって、想像的な自己の仮面に過ぎない「自我」とは、主体に無知を持ち込む頑迷なる存在であって、決して主体の本質ではない。主体のあるべき場とは、したがって、自我から疎外された意識の外に位置する場所に要請されるべきものとなる。

もとより、ラカンの思想の根底に置かれているとも言うべき難解な「主体」概念を（なおかつ時期によって微細に変化する意味の輪郭を）厳密かつ網羅的に定義することは本論には到底不可能なので、ここではあくまでも、ここでの議論と関わる論点に絞ってきわめて恣意的にラカンの思考の一部に目を向けてゆくことにする。

ラカンが主体の場所を表す記号に斜線を引いて示した通り、主体とは、象徴的世界（言語世界）への参入を印付ける「去勢」の効果として、また、自らの「存在」の放擲《ほうてき》の結果として、無を書き込まれた場所を示す刻印として成立するものである。鏡像段階において、幼児が到達不可能性としてしかあり得なかった自己を、鏡に映る存在と誤認することで初めて捕獲することができたように、主体は言語の世界へと足を踏み入れ、主体の「存在」そのものを消し去ることによって、言葉の世界である他者の場に、中身を欠いた象徴的なものとしてその姿を現すことになる。主体は消し去られた無なるものとして出現し、自らの不在を示す痕跡としてのみ存在する。主体とは、自らの場ではない他なる場所に自己を引き渡すことで、はじめてその誕生をみるものである。

ラカンの「主体」概念を理解する上でさらに重要なのが、ラカンがソシュールから受け継ぐ差異の体系としての「シニフィアン」との関わりである。「主体」の概念を用いなかったフロイトは、「自我」について、それを備給された「表象」の集合体とみなした。フロイトへの回帰を主張するラカンは、ソシュールを脱構築して「シニフェ」に対する「シニフィアン」の優位を説きつつ、自らの「主体」概念を「表象」ならぬ「シニフィアン」との関わりの中で提示する。「表象」が、表象する指示対象との関係を一次的なものとするのに対して、「シニフィアン」とは、それが指示する対象との関係に先立ち、他のシニフィアンとの間に一次的な関係を有する存在である。そのシニフィアン相互の関係のもとに、ラカン的な「主体」は姿を現す。

フロイトの「自我」概念とラカンの「主体」概念の親近性を、そしてまた、フロイトの考える「表象」とラカンの依拠する「シニフィアン」との類縁性を指摘しつつ、立木康介《ついきこうすけ》はこう言っている。「シニフィアンは、それがもともと表象していたかもしれない対象との関係を切断され、この指示対象の位置が空になっているからこそ、主体を代表＝表象するという余地が生まれるのであって、その意味では、シニフィアンの指示対象の無化が、主体が主体として成立するための条件となっているとさえ言える」（立木註（4）書）。

該当するラカン自身の発言を引いてみよう。

ラカンは「記号」と「シニフィアン」の概念を明確に区別しながら、フロイトの高弟アーネスト・ジョーンズの用語を引きつつ、主体の消滅と出現に関して次のように述べている。ラカンがここで用いる「記号」の語は、「表象」ときわめて近接していないだろうか。

記号というもののそもそもの曖昧さは、記号は何かあるものを誰かある人に対して表す、ということに由来しています。今、誰かある人と申しましたが、これはさまざまな物事であってもかまいません。たとえばそれは、しばらく前から人々がしばしば口にしているように、エントロピーに逆らって情報が宇宙を駆け巡っている、という意味での全宇宙であってもよいわけです。記号に関することはすべて、記号が何かを表しているかぎりは、誰かに対してであると見なしうるでしょう。ちょうどこれとは逆に、強調しておかなくてはならないのは、シニフィアンは、もう一つのシニフィアンに対して、主体を代表象するものだということです。

〈他者〉の領野に発生したシニフィアンは、その意味作用の主体を現出せしめます。しかし、シニフィアンがシニフィアンとして機能するとき、シニフィアンは、問題の主体をも、もはや一つのシニフィアンでしかないものまでに還元してしまいます。シニフィアンは、主体を、主体として機能するように、すなわち話すように召喚するのですが、その召喚そのものによって、主体を石化させてしまうのです。ここにまさに時間的拍動と呼ばれるものがあります。無意識そのものの出発点を特徴づけるもの、すなわち閉鎖は、時間的拍動のうちに設立されます。

ある精神分析家が、別の角度からこのことに気づきました。そしてこれを、新しい術語を使って言い表そうと試みました。この術語は「アフェニシス aphanisis」つまり消失ですが、分析の分野の中では、それ以来使われてきませんでした。この術語を作り出したジョーンズは、これを何かかなり不条理なもの、つまり、欲望が消え去ってしまうことを経験する恐れと捉えています。しかし、アファニシスはもっと根源的な仕方で、すなわち致死的とも呼ぶべきあの消失の運動においてこそ主体が姿を現すという意味において、位置づけられるべきです。さらに別の言い方をすれば、この運動は、私が主体の「消失fading」と名づけたものです（『精神分析の四基本概念』、岩波書店、二〇〇〇年一二月、二七七頁）。

ここでラカンは、意味への還元を前提とする記号と、必ずしもそうではないシニフィアンとを区別しつつ、主体がシニフィアンの「召喚」によって、シニフィアンの効果としてはじめて成立してくるものであることを語っている。シニフィアンが発せられることで主体の「存在」は消し去られ、そこに語りえぬものが生まれる。この「石化」＝「消失の運動」こそが、主体の出現の要因である。

「ママ」と口にした、あるいはそれを耳にした幼児が、「ママ」という語の通ずる場に住まう者となることによって、実体としての、自他未分化の「ママ」を求めていたかつての存在には戻れない者となる。しかし同時に、そうしたかつての存在を失うことで、はじめて、存在の喪失を刻印された者としての主体が、語の世界に出現する。シニフィアンは主体の消去を次のシニフィアンへと差し出し、無を書き込まれた主体は、シニフィアンの連鎖の中で自らの喪失を未来へと先送りにして補完してゆかねばならないものとなる。言葉を連ねても決して自己には至れないものとしてのみ、言葉をいくら継いでも決して完結しない語りえぬものとしてのみ、主体はその姿を見せることとなる。

ラカンのテクストは、その思想的展開のあらゆる時期において、「主体」の生み出されてゆく瞬間を多様な角度から記述・口述しようと試みているように見える。デカルトの「我思うゆえに我あり」を「我あらざらんところにて我思う」と読み換えたように、存在の欠落を穿《うが》たれたものとして成立する主体という発想に、精神分析的な知に支えられたラカンの「主体」論の核心はある。

震災を引き起こした「私」

ところで、シニフィアンによって召喚される主体というラカンの発想は、震災の映像を目の当たりにして、自らが何者で、何をなすべき存在なのか、といった事柄について考え始める人間たちの姿を想起させはしないだろうか。「シニフィアン」＝「音声」＝「記号表現」に対して、「シニフェ」＝「概念」＝「記号内容」の側面をも併せ持つ「映像」という、「シニフィアン」と「映像」との隔たりを念頭においても、なおかつその類似性には否定できないところがあるような気がする。というのも、映像＝表象は、いったん表象として成立してしまえば、それが表象していると想定される対象から切り離され、表象同士の関係、いわばシニフィアン同様の差異の体系の中で機能するはずだからである。

空無を抱え、宙吊りにされ、災厄の表象のどこかに自らの帰属する場所を見出そうとする「わたし」。自らの存在が既に奪われてあることに改めて気付き、始原のありようを欲望しつつ、見たことのないスペクタクルに見入る＝住まわれる「わたし」。

災厄の表象の前で主体が目覚めてゆく過程とは、自己の存在全体と出会い損ね、それを異次元へと一方的に手放してゆく代償として、無を穿たれた不在の場所＝象徴的世界のもとに主体が現われ出る瞬間の、あの原初的な風景と似通っている。主体はシニフィアンの海を泳ぎ、自らの欠如を埋めようとする。というより、欠如を埋める運動の持続こそが、主体であることを辛うじて保証するのだ。シニフィアンの連鎖の中に根源的な欠落の補塡を求めることで、自らであろうとする主体の運動が必然のものとして召喚される。

自らの不在を携えた主体は、シニフィアンの海に浮かび出ようとする。それはちょうど、連日繰り返される震災の報道を目にして、夫がまるで予想していなかった生き方を唐突に宣言する「ＵＦＯが釧路に降りる」における小村の妻の決断のようなものである。またあるいは、同じく『神の子どもたちはみな踊る』中の小説、「タイランド」に登場するさつきが、震災を前にして、永遠に失われた自己を見出そうとするようなものだ。

「タイランド」のさつきは、自分から重大なものを奪い去った最も忌むべき場所であるはずの日本に、自ら帰国することを選択する不可解な存在として読者の前に出現する。

米国人の夫と離婚し、甲状腺の研究医として長年勤務していた米国を離れ、震災発生直後の日本に帰国する途中に静養のために立ち寄ったタイで、さつきは、不可思議なタイの案内人ニミットに連れられて訪問した「夢」の予言者に、「その人は死んでいません」と告げられる。さつきが死を望み続けてきた「その人」とは、日本にいた高校時代に、実父を失ったさつきと関係を持ち（あるいは陵辱《りょうじょく》し）、彼女の「生まれるはずだった子どもたち」を（おそらくは）堕胎させた、さつきの義父にあたる男のことを指している。

> その夜、広い清潔なベッドの中でさつきは泣いた。彼女は自分がゆるやかに死に向かっていることを認識した。身体の中に白い堅い石が入っていることを認識した。うろこだらけの緑色の蛇が暗闇のどこかに潜んでいることを認識した。生まれなかった子どものことを思った。彼女はその子どもを抹殺し、底のない井戸に投げ込んだのだ。そして彼女は一人の男を三十年間にわたって憎み続けた。男が苦悶に悶えて死ぬことを求めた。そのためには心の底では地震さえも望んだ。ある意味では、あの地震を引き起こしたのは私だったのだ。あの男が私の心を石に変え、私の身体を石に変えたのだ。

このように、村上春樹の「タイランド」という小説には、自らが地震を「引き起こした」と考える極端な主体が登場している。彼女は、自分と関係し堕胎を強制した義父へのあまりにも深い憎しみが、義父の住む関西で大地震を引き起こした要因なのだと考える。これは確かに途方もない考え方だが、同時に、ここには、主体とシニフィアンとの必然的な関係を語る挿話が提出されているともいえる。

ラカンによれば、「シニフィアンは、その意味作用の主体を現出」させる。主体とは常にシニフィアンの効果として現われる。

さつきという主体を生み出す「地震」は、必ずしも同一の意味に還元されないシニフィアンのようなものとして機能している。「地震」と共にあるさつきは、とうに失われた自己を、「地震」という意味を喪失した表象に重ねることで、すでに存在を奪われた場所に、自らを差し出す主体として構成されてゆく。

「あの地震を引き起こしたのは私だった」というディスクールは、シニフィアンの効果による主体の誕生を告げるものである。あるいは、主体がシニフィアンを必要とすることを端的に語るディスクールである。「地震」というシニフィアンに自らの無を接《つ》ぎ木し、その先のシニフィアンの連鎖の中に失われた自らの可能性を繰り延べる形で出現する主体として、「タイランド」のさつきは存在している。

日本のどこかにいるかもしれない母の不在、幸福な時間もあったにちがいないデトロイトでの結婚生活の不在、そして最も帰りたくないはずの日本に帰国しないという選択肢の不在、これらはある意味ですべて、さつきという主体を生み出す必須のシニフィアンの連鎖であると言える。

「われわれ」という幻影の発生

ここでラカンの述べていたように、「シニフィアン」が、意味へと翻訳される「記号」と異なるものであることを、もう一度正しく想起しつつ考えてみたい。

震災報道の映像、震災の表象を考えてみよう。

崩落した高速道路、今にも落下しそうな観光バス、黒い波に飲まれてゆく小さな車両。これらの表象は無論、本来は確固たる指示対象に応ずるものだが、同時に表象とはそれ自体、実体そのもの、存在そのものから切り離される可能性を多分に帯びている。記憶の内部への登録を済まされた表象群は、外部存在との応答抜きに機能し始める。いわばそれらは、「何か」から剥離された空無を伝える因子でもあって、主体を立ち上げるシニフィアンとして機能する大きな可能性を宿している。人はそれに魅入られ、失われたものとしての自己をそこに託す。幼児が存在の無を記す何らかの言葉を発して意味の世界に移るように、主体は、それらの無に、自己の無を重ねて今一度象徴界へと跳躍する。

記号と異なるそれらの表象は、同一の意味へと還元されることのないまま、別の表象との関係を待ってある主体を構成する。「シニフィアンは、もう一つのシニフィアンに対して、主体を代表象する」。その限りにおいて、シニフィアンとして機能する災厄の表象は、表象システムの中で、無数の「主体」を再生産し得るものとなる。シニフィアンは連鎖の末端の遡及作用によって、はじめて意味を決定するのであって、それはつねに無限の意味へと開かれている。

災厄を前にして、人が本来バラバラの方向を見ているにもかかわらず、あたかも同一の対象について語っているように思いなすという事態は、こうして可能なものとなる。シニフィアンは決して単一の意味に還元できない。シニフィアンは、つねに他なるシニフィアンとの連鎖の中で、意味の次元にある無数の主体を構成し続ける。幼児の発する言葉が常に誤読され続けることで、その欠如の叫びが完全に満たされることのないまま部分から部分へと永遠に回付され続け、不在の換喩《かんゆ》として欲望を成立させてゆくように、意味を求めて回送される無志向的で過剰なシニフィアンは、帰着点を持たない無限の回廊を生み出し続ける。言うまでもなく、このことは、人が災厄の表象の何を感受し、どのような表象の連鎖の中を生きるかという問題と地続きである。またもちろん、災厄の表象が饒舌に語る主体を無数に生産すべく機能する傾向とも連続している。

厄介なのは、人がまるで別のものを見ていながら、同一のものを見ていると「信じる」状況が生み出されることである。災厄の表象が、それ自体本来は恒常的に反復されているはずの主体化の瞬間を、華麗な演出を伴って再演してしまうことである。スクリーンセーバーを見ているかのように、ある表象が反復され、インプリントされる。それは必ずしも一枚の写真である必要などない。どのようなかたちであれ、ある真理へ行き着くと「信じられる」見かけが提示されれば良い。そこに生み出される主体は、表象に囚われた圏域に住まう他者の群れの中で、皆が同じものを見ていると「信じる」。主体は想像の中で複数化され、信じることのできない「彼ら」との差別化を行いつつ、「われわれ」の幻影を形成するに至る。

さらに厄介なのは、無数の強固な主体を立ち上げる危険性を有する劇的な表象を生み出そうとする政治的経済的な力が、災厄の発生によってもたらされることである。ある表象のもとで生み出されてゆく主体を束ね操作しようとする意図が浮上する。本来、人が動画や写真のどこを見ているかは厳密には特定できないはずなのだが、そのまなざしを同質のものと思わせる強い力が作動し始める。なおかつ、現代における災厄の表象群は、つねにすでに束ねられたものとして提示され、一つの表象の意味を遡及的に確定させる表象の連鎖の末端は、既にフレーミングされた同一の平面から選択することを要求される。かくして、発語によって過剰なものとして象徴界に差し出されてゆく幼子《おさなご》の一回的なシニフィアンの効果とは異なり、シニフィアンとして振る舞う表象の意図的な反復は、協働する主体の幻影を生み出すように機能してしまうのだ。

その意味で、圧倒的な牽引力を有する時代のアイコンの登場、人の目を釘付けにする鮮烈な画像の氾濫という事態は、後期資本主義時代が招く危機の象徴と言わざるを得ない。現代において、人は氾濫する画像の前で主体化する。主体化の契機と資本の蓄積は切り離せない。もちろん、戦争と災害の報道が金になるという真理も、同様の文脈にある事情と言えるだろう。消費の場における災害イメージや戦争イメージ、さらにテロルのイメージと人との親和性の根拠は、単にそれらが刺激的な破壊と死のスペクタクルを提供しているからという点に留まらない。それらはすべて、主体を生み出し、束ね、牽引するスペクタクルなのである。

主体化を促す表象の効果を相対化することは、現代においては、きわめて困難であるという事実から目を背けるべきではない。

「主体」化の危険

災厄の表象は、「すでに幾度も繰り返し観たことのあるはず」（ジジェク）の光景の再来でありながら、同時に、信頼に足る「象徴的座標軸」を決定的に破壊するものとして現前するがゆえに、記号的意味論的な規範の中に帰還不能な因子としていつまでも浮遊し、表象が本来的に抱えている自らの空虚さを際立てつつ、シニフィアンとして機能することを余儀なくされる。さらには、他の表象との連鎖のもとで独自の「法」を駆動し始め、主体と意味を生成するものとして作動する。もとより表象の効果として到来した主体は、無を穿《うが》たれた災厄の表象を前に自らを重ね、欠如を生めるべく自らに課された運動を開始することとなる。

こうして、災厄の表象を前に、あらゆる主体は出現するのである。

「ＵＦＯは釧路に降りる」における小村や小村の妻、また、「タイランド」におけるさつきとは、まさにこうした主体を代表する存在であったと言えるのではないだろうか。

ところで、村上春樹が『神の子どもたちはみな踊る』の冒頭に掲げていたエピグラフを記憶しているだろうか。


「リーザ、きのうはいったい何があったんだろう?」

「あったことがあったのよ」

「それはひどい。それは残酷だ!」


ドストエフスキーの「悪霊」から引かれたこの部分が、言葉にしなくても分かり合える、伝達を意図しなくても何かを共有できる地平の存在を暗示するものであることについてはすでに述べた。

しかしながら、伝えなくとも分かり合えるとは、一体、どのような事態を指しているというのだろうか。そんなことは、本当にあり得るのだろうか。もちろん、すでに互いを知り尽くしている親密な者たちであるならば、それは必然のことでもあるだろうし、またあるいは、本当は互いへの理解など不在であっても、両者の完全なる誤解と、そうした自己への無知によって、共感の地平が形作られているかに見える状況が生み出されてゆくことなどは、日常茶飯の事柄かもしれない。

ただし前にも述べたように、このエピグラフは、あくまでも連続する「気狂いピエロ」との対照性を視野に置いた上で読まれる必要がある。

ラジオ報道による戦死者数の告知が、その者たちの死を奪い去るという事態について語る「気狂いピエロ」からの引用を、ある種の表象から絶え間なく疎外されてゆく人間の「存在」を描き出すものと捉えるならば、すなわち、ジジェクの言うところの、〈彼ら〉と〈私たち〉との永遠の出会い損ねを語る挿話と捉えるならば、『悪霊』の方は、伝達不在の場で出会う「私たち」の誕生の瞬間が告知されていると言えるのではなかろうか。

出来事の前に不意打ちのように出現する「私たち」は、寡黙なように見えながら、その実、伝達の意思を完全に放棄している者たちではない。出来事をめぐって、「きのうはいったい何があったんだろう?」と問う者として、すなわち、出来事から時間的な距離を隔てた場において、そのような問いに纏《まつ》わる表象として出来事の発生を覚知し、それに問いかける者として「私たち」は召喚されている。この「私たち」とは決して、すでに存在した出来事の発生を嗅ぎ付け、その前に集う者たちではない。換言すれば、主体が、既存の出来事の表象に接近しているのではない。「私たち」は、問いの形をした表象として出現する出来事と共に、生み出されてゆく存在者とでもみなすべき者たちである。いわば、このエピグラフが提示しようとする「私たち」とは、災厄の表象の前に出現する主体にほかならない。

彼らは災厄が呼び寄せた主体であり、誰もがあらゆる災厄の前に、こうした主体として顕現する可能性を孕《はら》んでいる。

それは確かに、ある意味では主体化の契機ではある。しかし同時に、そこでは、ある表象と分かち難く結び付く強固で頑迷な主体として覚醒しかねない危険性を、誰もが負っているとも言えるのだ。災厄の発生に応ずるようにして出現する特異な表象の効果を増幅させる強大な力は、むしろ表象から、その細密な表象性を奪い去るべく機能する。目の前に差し出された何も意味しない表象＝シニフィアンの意味的な補塡を求められる無数の主体たちは、その後、歩みを共にする者として、強大な力の求めに応じて協働することになるかもしれない。


村上春樹『神の子どもたちはみな踊る』の最後の短編、「蜂蜜パイ」では、夜になると女の子の夢の中に登場し、彼女を小さな箱の中に閉じ込めようとする恐ろしい「地震おじさん」から、愛する女の子を守ろうと決意する小説家の姿が描き出されている。「地震おじさん」はテレビの奥に潜《ひそ》んでいて、女の子の夢に何度も繰り返し現われ、彼女の心を奪おうとする。やがて「地震おじさん」は、女の子だけではなく、「みんな」を閉じ込めるために「箱のふたを開けて待っている」と、女の子の夢を通じて告げる。この「地震おじさん」から愛すべき者たちを守ろうとする小説家の強い覚悟が、小説の末尾に描かれているのだが、それは故《ゆえ》なきことではない。

もちろん、言葉を扱う小説家が、言葉を奪い去る表象の力に抗《あらが》う存在であるということともその一つの理由だが、そればかりでなく真の理由は、言葉を紡ぐ小説家が、多くの者を「同じ箱」の中に閉じ込めてしまうような恐るべき事態、つまりは、表象を前にした無数の虚ろな主体が、箱の中で同時に目覚めてしまうような事態に対して、最後まで抵抗する存在として生きるべきものだからにほかならない。

第三章　主権

——例外状態と災厄の恒常性——

二〇一一年三月、首相官邸

最初に、あの「特別」な瞬間に時計を巻き戻してみることから始めてみよう。二〇一一年三月に私たちが遭遇した苛酷な時間、地震と津波を一つの契機として発生する東京電力福島第一原子力発電所事故。ここでは、あの原発事故に焦点を当ててみたい。

ただし、扱うのは東電原発事故という巨大な出来事それ自体ではない。科学的に、政治経済的に、文明史的に、あまりにも議論の射程の広い原発事故について総括的に議論することは、ここでは到底不可能である。発災から五年が経過した今、事故をめぐる議論はますます多様化広域化しており、そこに新たに実効的で有意義な見解を提示できるほどの資格や力量を本書は有していない。

そこで、本書が試みるアプローチは、以下のような極めて限定された方法を取る。対象化するのは、公刊された三者の言説。福島原発ではなく、そこに遠方から関与する言葉の束に目を向けてみよう。当時官邸に詰めていた政権担当者たちの言説、つまり、極限的な状況下、寸秒刻みで決断＝政策決定を余儀なくされていた菅直人首相を筆頭とする民主党政権中枢部の面々による、事故を回顧する三つの「証言」を考察の対象として取り上げることにする。

①福山哲朗『原発危機　官邸からの証言』（ちくま新書、二〇一二年八月一〇日）

②細野豪志・鳥越俊太郎『証言　細野豪志「原発危機500日」の真実に鳥越俊太郎が迫る』（講談社、二〇一二年八月二七日）

③菅直人『東電福島原発事故　総理大臣として考えたこと』（幻冬社新書、二〇一二年一〇月二五日）

刊行順に並べたこの三冊の「証言」に基づいて考察を進めてゆくことにするが、その際、充分に心得ておかなくてはならないことがある。

細野豪志からの要請に応える形で聞き手となる鳥越俊太郎が書物の冒頭でその警戒感を吐露してもいるように、元来政治家の回顧録や証言というものには、責任を回避し都合の良いことだけを書き残すような、自己弁明的傾向や宣伝臭の濃い部分が存在するものである。二〇一二年三月に民間事故調（福島原発事故独立検証委員会）からの報告書が出て、七月に国会事故調と政府事故調の最終報告書が出揃うのを待ってから、後を追うように刊行されてゆくこの三者の証言に、そうしたバイアスが全くかかっていないと考えることは難しい。彼らは殊に、政治家の刑事責任へと発展しかねない深刻かつ瞬間的例外的な判断を迫られ続けていた訳であって、自己宣伝どころか、自らの判断の当否をめぐって法的倫理的な逸脱のないことを証明する強い必要性を感じていたはずである。国会事故調・政府事故調の報告に反映されなかった自らの異論を公表しておこうという目論見《もくろみ》もあっただろう。そうした複雑な自己意識と共に、証言の言説が細心の注意を払って取捨選択されていることは想像に難くない。また、たとえこれら三冊の書物の成立過程に密室の合議がなかったとしても、同じ政権を担い同じ体験を共有した同伴者意識が、彼らの言葉を強く統制している可能性にも配慮が必要だ。少なくとも、三者の言葉が合い補う参照関係を構成している可能性を想定することは不可欠だろう。

しかしながら、それでもあえて立場を同じくする三者の証言を選択するのには理由がある。この三書には、各人の職務・職責の差異を超えて、国家壊滅を引き起こす大惨事の「責任者」となるかもしれないという決定的な危機感を通過した人間の、ある種の覚悟と諦念が底流しており、歴史的な特異点に立つことを余儀なくされた自己の思考と判断のプロセスを、歴史の法廷に晒《さら》すことの価値を強く信じているという点でも色濃い共通性が伺える。さらには、もし自民党政権下であればディスクローズされることはなかったかもしれないと思われる政権内部の決定的な脆弱《ぜいじゃく》さが、零《こぼ》れ落ちるように明るみに出されているという点でも、彼らの証言は検討に値するものであると言えるのだ。

ただし、今ここで行われることが、政治家の判断の適法性や妥当性をめぐる検討でないことは改めて強調しておきたい。また言うまでもなく、事故の報告書を読むようにして、原発事故の再検証を行うわけでもない。いつの時代であっても、政権担当者の政治的責任が不断に問われ続けなくてはならないことは疑いないが、ここで本書は自らの主題を手放すつもりはない。「私」への、あるいは、「私」との関りとして「災厄」とその「起源」を問うこと。そのようにして、「災厄」を生き抜く言葉を紡ぎ直すこと。本書の目的がそこにあることを今一度確認して、議論を先に進めることにしよう。

「撤退問題」の本質

原発危機の数日を回顧する三者の記憶は実に興味深い細部に満ちている。細部に宿る三者の証言の微妙なズレや齟齬《そご》は、それ自体重要な主題に発展する可能性すら秘めている。しかしながらそれ以上に、それら細部の集積は、総体として、それを辿り読み進める者に、あまりにも暗澹《あんたん》たる読後感を呼び起こさずにはいない。

科学者という主体の、他ならぬ科学への本質的な無知。科学技術を制御・規制する組織主体の、科学技術の暴走への本質的な無策。あるいはまた、科学的な学知を背負って職責を担《にな》っているはずの人間の、本性としての無責任さ。こんな風にしか要約できない荒涼とした風景のなかで、言葉を発することすらできない底知れない恐怖を覚えつつこの三冊の書物を読み終える読者は少なくないだろう。

もちろん多くの読者は、いろいろなことを割り引かねばならないことを知っている。たとえば、まず一度はこう考えてみるべきだ。ここには、免責されたい政治家の事後的な自己保身の欲望があり、高度な科学知識を持たない素人集団の偏見に満ちた主観的観測があるだけだ、と。あるいは、あの時、官邸や東電本店で政治家と向き合わざるを得なくなった東電関係者や原子力安全行政の担当者・監視者たちは、抵抗を封じられたまま最高権力者と対決するというあまりにも不当な条件下におかれていたのだ、と。

実に恐るべきことに、それらを丁寧に割り引いても、これらの書物の基本的な読後感はほとんど何も変らないだろう。菅、福山、細野の三者が計画し共謀して全面的に「嘘」を言っていると仮定しない限り、彼らが語ることの中には、官邸周辺で確かに生起した事象として、どうしても参照すべき、信用すべき一定の事柄が残されてしまう。そしてそれらの集積は完全に、原子力発電という科学技術を司《つかさど》る者たちへの圧倒的な不信へと収斂する心証を生み出さずにはおかないのだ。

しかし、本書における主題はそこにはない。

三月一一日以降の、日本という国家が存亡の危機に晒《さら》された最終局面、そこに照準を当ててみることにする。当時官邸内部にいなかった者には決して知らされることのなかった、それでいて、大方の人間が、起きていることの本質を何故か正しく洞察していたことを後に知ることになる、あの局面のことである。

たとえば、事故当時総理大臣補佐官であり、三月一五日に設けられる東京電力福島原発事故対策統合本部の事務局長的な立場で東電本店に常駐し、後には原発事故収束・再発防止担当大臣、環境大臣として最前線で指揮を取ることになる細野豪志は、鳥越俊太郎の問いかけに答える形でその時のことを次のように回顧している。

鳥越　最初に「撤退」の意思表明をしたのは、東電のどなたですか。

細野　それはわかりません。わかりませんけれども、おそらく初めに連絡を受けたのは、保安院だと思います。保安院に、何らかの連絡が入ったんじゃないかと思うんですね。

鳥越　保安院に対して、ですね。

細野　ええ、ですから政務で言えば、海江田大臣がいちばん初めに連絡を受けていると思います。

鳥越　それはどこから。

細野　東京電力から。

鳥越　東電の本店の方からですか。

細野　そうでしょうね。最初は間接的に受けたと聞いていますけど。

鳥越　間接的に、とは具体的に？

細野　保安院を通じて、経産大臣が受けたということです。しばらく経ってから、今度は大臣が東電本店から直接、連絡を受けたようです。

鳥越　それで、撤退とは、どういう意味合いだったんでしょうか。

細野　海江田大臣は、東京電力が現場から撤退すると受け止めていて、われわれ官邸も、そう受け止めました。

鳥越　ということは、福島第一原発にいる東電の社員、また作業員を含めて、全員が現場から離れると認識されたということですか。

細野　少なくとも当時の官邸は、そういうニュアンスで受け取っていました。

鳥越　つまり、一部の人間だけは残してとか、そういうことではなく、全員が撤退するという意味ですね、撤退というのは。

細野　そういうニュアンスを、当時官邸に来ていた東京電力の役員やメンバーも否定しなかったので。私は今になっても、官邸の認識自体は、誤解ではないんじゃないかと思っています。

ただ現場の状況を後から聞くと、技術的な責任者や作業員だけでなく、いわゆる総務的な仕事や事務をしている人も、東電社員と協力会社を含めて随分残っていたんですね。免震重要棟が唯一安全なところだったので、そこにものすごい数の人がいたらしいんです。私も何度か免震重要棟へ行きましたけども、とくに初期の段階は――。

鳥越　免震重要棟に何人ぐらいいたんですか。

細野　数百人いたでしょうね。最近の報道では七百人とか。でも、とてもそんな数の人がいられるような場所じゃないんです。私は五月に初めて行きましたけど、事故直後は、かなり環境は悪かったはずですし。

鳥越　それでも大勢の方が、そこで寝泊まりしていたわけですよね。

細野　そうです、ですから現場の気持ちはわかります。出られる人には敷地内から出てもらって、残った戦力でやろうという判断はわかるんです。危機も迫ってきていましたから。後になって東京電力は、「撤退」というのは必要な作業員のみを残して、それ以外の人を第一原発の外に退避させる意味だったと言いましたよね。

けれども、当時はそう受け取ってなかったです。政府の側はあくまでも、「全面撤退」と受け取っていました。東京電力の役員も、官邸に来ていましたからね。彼らも含めて認識は共通していたはずですから。

鳥越　官邸に来ている東電の役員も、同様の認識だったと。

細野　ええ。撤退なんてことが本当にできるのか、できないのかと、そういう議論をさんざんしていましたから。十四日から十五日にかけては東京電力も、相当動揺していたんですね。そういうなかで撤退をめぐる議論が、何らかの形で、東電内でおそらく出てきたんだと思います。

いわゆる「撤退問題」について、その本質を見誤るべきではない。政府に対して「全面撤退」を要請したことはないとする東電の事後的な釈明に関しては、その事実性の更なる検証が必要だが▼(1)、そこに問題の本質はない。後に浮上する、撤退の意志をめぐる現場と本店との考えのズレや、混乱した現場における意思疎通の不全(福島第一原発所長の「吉田調書」をめぐって「命令違反」による社員の撤退＝逃亡があったとの報道を後に取り消し、謝罪した朝日新聞記事取り消し事件にも繫がる)といった点も、もちろん同様に検討を要する重大な事柄だが、実のところ、これらも問題の核心を見えにくくする要因として働いてしまうところがある。

最も重要なことは、三月一五日未明の段階において、東京電力という企業体が、制御不能となった福島第一原子力発電所からの「撤退」を欲望し、幾つかの回路を通じ複数回に渡ってその承諾を政府に求めたという厳然たる事実である。これはその段階において、東京電力が自らを、地震津波の発生によって「想定外」の事態に追い込まれた「被害者」として位置づけていたことを意味する。

撤退問題が浮上する三月一四日夜までに、福島原発ではすでに第1号機と第3号機とが水素爆発を起こし、瓦礫の飛散と線量の上昇で注水作業を含む諸作業が困難になっていた。未使用の燃料を含む一三三一本の燃料棒が保管された4号機の核燃料プールの温度がじりじりと上昇を続け、一四日未明には八四℃を記録している。幸運にも恵まれて、4号機の核燃料プールには水が残っていたのだが、もしプールの水が蒸発して核燃料が露出し過熱すると、放射性物質が空気中に放出されることになる。4号機では翌一五日早朝に水素爆発が起き、建屋の屋根が吹き飛ばされたために放射性物質がダイレクトに屋外へ放出される危険性が生じ、この4号機の制御こそが原発危機全体の趨勢《すうせい》を決定付ける重大要因であるとして政府や米国に注視されていたことは周知の通りである。さらに、全交流電源喪失後も、原子炉隔離時冷却系（ＲＣＩＣ）を手動で起動できたため、注水が可能であった2号機も、1号機、3号機の爆発後は、その被害を受けて注水手段が断たれ、格納容器の圧力が異常に上昇し、冷却できない状態に陥《おちい》っていた。

菅、福山、細野の三者は皆、福島にいる現場の人間が職務の放棄を考えたことはない、という見解で一致しているが、それでも、「駄目かもしれない」という一時的に弱気になった現場責任者の吉田所長から細野に電話が掛かってきたのは、こうした状況下でのことであった。

「撤退」という語は、必ずしも「全面」などという形容を付さなくとも、充分に鮮明な姿勢を表象している。それは主体が危機から自らの身を遠ざけようとすることであり、事態を制圧する行為から身を引くことを意味する。それは自らの責任を放棄し、自らを「当事者」ではないと宣言することである。

また、「撤退」を検討するということは、必然的に、「撤退」しないことが何を意味するかを承知していたことを意味する。ということは同時に、彼らが原子力の専門家である以上、彼らの「想定」する「撤退」の生み出す事態が、「撤退」しないことによって引き起こされる事態を遥かに超え出るものであることを、より一層の重大事態が引き起こされるものであるということを、彼らが十二分に承知していたことを証明することになるだろう。東電が主張したとされる「撤退」の規模は明瞭でないが、それが「撤退」という語彙で表象される退却的態度である以上、それを選択することによって引き起こされる事象が、事態の果てしない拡大と悪化を結果することを、彼ら自身が知っていたという事実が重要である。彼らの「撤退」要請がそのような文脈にあったことを決して忘却すべきではない。

もちろん、現場放棄の意志など一瞬たりとも持ったことのない人間も東電内部にはいただろうが、東京電力という組織主体が、仮に一時的なものであるにせよ、福島原発危機からの逃亡を意図したことは明らかである。

「国民」とは誰か

菅、福山、細野の三者は、官邸に呼んだ東電の清水社長に、総理自らが撤退を承認できないという判断を告げる場面を、それぞれの表現で印象深く述べている。菅自身と福山は、「撤退などありえない」という総理の発言に、清水社長が「はい、わかりました」と拍子抜けするほど淡白に答えたと記し、細野は、清水社長の返答が、語尾を濁すような、真意がわかりにくい言葉であったと語っている。この場面は重要である。なぜなら、「全面撤退」の可能性を考慮していない人間なら、つまり、一時的に「一部撤退」をさせたとしても少数の精鋭部隊で最後まで主体的に原発の制御を行おうと考えている人間ならば、総理の言葉を直ちに受け入れると解釈される回答をするはずがないからだ。もし自らで事態を終息させる意志があるならば、了承の意を示したり、「全面撤退」が政府への要求の真意ではないといった弁明をしたりするのではなく、「撤退はありえない」という総理の認識を、まさに自らの真意とする抗弁がその場で行われた筈だろう。

しかし、初めての危機に直面した当時の政権にとっても、東電に最後まで責任を果たさせるという決断を下すことは容易なことではなかった。オフサイトセンターや原発敷地内の放射線量は、一四日の夜から一五日にかけて、桁《けた》が変わるような水準で上昇していた。水素爆発が続いて打つ手も限られてきていた。吉田調書では、危機的状況にあった2号機について、「完全に燃料が露出しているにもかかわらず減圧もできない、水も入らない」状況であり、「このまま水が入らないでメルトして、完全に格納容器の圧力をぶち破って燃料が出ていってしまう。そうすると、その分の放射能が全部外にまき散らされる最悪の事故」が起きる可能性があり、「東日本壊滅」のイメージを持っていたと表現している。その状況下、「現場に残れ」ということは、「死を覚悟せよ」と言うのに等しかった。東電からの「撤退」要請を受け、総理に最終的な判断を求める直前の会議では、枝野官房長官、海江田経産大臣を含め、官邸メンバーの大方の心境が、「撤退」を認めざるを得ないかもしれないという方向に傾いていたことを、福山も細野も認めている。たとえば福山はその時のことをこう書いている。

十四日夕方からの官邸内のざわついた雰囲気は十五日に日付が変わった深夜ににわかに緊迫の度を増した。東電からあらためて海江田大臣と枝野官房長官に撤退の連絡が来て、総理執務室周辺があわただしくなった。

「これはきちんと議論しよう」ということになり、応接室のテーブルの上に散らばっていた資料やペットボトル、飴などをいったんきれいに片付けた。

仮眠を取っていた総理を除き、枝野長官、海江田大臣、斑目委員長、安井部長、伊藤危機管理監、細野・寺田両補佐官、保安院、原子力安全委員会の各スタッフらが顔をそろえた。

撤退について真剣な議論が始まった。安井部長は再度、各原子炉の現状を説明し、「現場の士気は高い。まだできることはある」と話した。

議論は重苦しい空気の中で一五日午前三時前まで続いた。

東電が撤退を申し入れているからには、現場は相当危険な状況にあると考えられた。20キロ圏内の住民は避難している。それが一二日までの状況と決定的に違っていた。これだけ避難が進んでいれば、爆発事故が起こっても住民の大量被爆は最低限避けられるのではないか、と考えた。

むしろ生命の危険にさらされているのは、事故の収拾に当たっている吉田所長をはじめとした東電の作業員たちだった。当時、第一原発には約７００人の職員、作業員がいた。

そのリスクを抱えた状態をどこまで引き延ばすことができるか、という判断を迫られていた。

当時、私たちは福島第一の原子炉がメルトダウンを起こしているとは考えていない。しかし同時に、メルトダウンや爆発のリスクは高いと認識していた。全体のオペレーションを進めながら、作業員たちの生命を守れるギリギリのラインはどこなのかを必死で探った。

そんな中で「撤退もやむを得ないかもしれない」という雰囲気があったのは事実だ。自信を持って「撤退はあり得ない」と主張する人間はいなかったと思う。しかし、現場を放棄してメルトダウンや爆発が起こったら、その原発周辺にとどまらず、被害の及ぶ地域は福島県全域、あるいはそれ以上に一挙に拡大することも分かっていた。

ここには、政治が誰の生命を守るべきなのか、という重大な問いが、即時的な回答を要求とするものとして出現している。もちろん国家は国民の生命を守るべき存在である。では一体、その「国民」とは誰か。テロリストの人質になった者の生命に、国家がどこまで責任を負うべきかという課題とは微妙に異なる問いが突きつけられていたと言える。ある意味でそれは、自国の領土内において、「国民」や「国土」と呼ぶべき存在にどのように線を引くかという、これまで何度も問われ続けてきた解のない設問であるとも言えるし、また同時に、職場からの離脱を法的に規制できない民間企業の労働者に、生命を賭《と》して「国民」を守ることを強要せざるを得ない、きわめて判断の難しい特殊な事態であるとも言える。議論の場に、そのことを理解していなかった政治家はいなかっただろう。

福山の提案に従って、撤退の可否をめぐるこの重大な最終判断は、総理に委ねられることになる。海江田経産大臣の問いかけに対して、菅総理は迷いなく「撤退などあり得ない」という決断を下す。総理の決断によって、そこに臨場した者たちの目が覚め、全体のコンセンサスが生み出されたことを、福山も細野も明瞭に記憶している。菅自身はその時の心情を次のように回顧している。

私はこの時点で、このまま事故が収束できなかった場合は、首都圏まで避難区域が拡大するであろうことと、そうなった場合は、日本という国家の存続が危うくなると認識していた。

何としてでも収束しなければならないが、そのためには人命の損失も覚悟しなければならないと考えていた。

「従業員・作業員の命が第一」という考えは、平常時においては正しい。これ以上現場で作業すると作業員が被爆し健康被害が発生し、場合によっては命も危ない。それくらい苛酷な現場であることはわたしも認識していた。しかし、東電の作業員たちが避難してしまうと、無人と化した原発からは大量の放射性物質が出続け、やがては東京にまで到達し、東京本店も避難区域に含まれるだろう。

原発事故の恐ろしさは、時間が解決してくれないことにある。時間が経てば経つほど原発の状況は悪化するのだ。化学プラントの事故であれば、燃えるものが燃え尽きてしまえば鎮火する。しかし、原発には鎮火はない。化学プラントが出す有害物質であれば、一時的には甚大な被害が生じても大気に希釈されるので、いずれは無害になる。しかし、放射性物質はそうはいかない。プルトニウムの半減期は二万四千年だ。

撤退という選択肢はあり得ないのである。

誰も望んだわけでないが、もはや戦争だった。原子炉との戦いだ。放射能との戦いなのだ。日本は放射能という見えない敵に占領されようとしていた。この戦争では、一時的に撤退し、戦列を立て直して、再び戦うという作戦をとれば、放射性物質の放出で線量が上昇し、原子炉に近づくことは一層危険で、困難になる。そして全面撤退は東日本の全滅を意味している。日本という国家の崩壊だ。

確かに、他に選択肢はなかっただろう。

後に「隠蔽されたシナリオ」と呼ばれて問題になる「最悪のシナリオ」（細野豪志の発案で原子力委員会によって作られ、三月二五日に完成をみる）では、全員撤退により注水が完全に不可能となり、4号機が空焚き状態になって、放射性物質が風によって飛散した場合、強制移転地域が東京を含む半径一七〇キロに及ぶという想定であった。文字通り、「東日本壊滅」の可能性は存在した。菅の「戦争」という言葉が大げさなものではない状況が、確かに一時は出来していたのである。

東京電力からの撤退要求への応答という一つの重大局面において、菅直人首相が正しい判断を下したことは記憶されなければならない。他の側近たちの逡巡《しゅんじゅん》を一掃《いっそう》する決断が行えたのは、彼が国家の最高権力者であり、最高責任者だったからに他ならない。彼はその時、国民国家という単位を離れて思考することが最も困難な主体であった。彼が守るべきものは、領土的存在としてイメージしやすい総員としての「国民」であった。最終決断として、別の選択をする一国の宰相をイメージすることは難しいが、ともあれ、ここで撤退要請を受け入れる失政が行われなかった事実は確かに重い。

この後、首相は官邸メンバーを鼓舞し、東電の清水社長を呼んで撤退不可という明確な意志を伝える。そして続けざまに東電へと乗り込み、原子力災害特別措置法の条文に基づいて、異例ともいえる政府と東電との統合対策本部を立ち上げる決定をするに至る。後に「政治の過剰な介入」と批判される道筋は、この延長線上に形作られてゆくことになる。

端的に言えば、菅直人首相と菅政権は、原発危機発生当初の最大の難局を、あまりにも多くの制約の中で、勇敢に戦うことで乗り切ったと言うべきだ。極限的状況の中で、極限的な知を尽くした議論と判断が行われることで、政権として、安易に人命を軽視する姿勢を取ることはなかったわけだし、日本の未来を視野に入れ、大局を見る決断を行った点は高く評価できる。結果として、それは人類の未来にも益する選択だった。

もちろん危機の最初期に関して、避難の様態、情報公開の時期や方法・範囲など、本当に最善手を選択できていたかの評価には様々な異論があろうし、地震津波被災者への対応、政権末期の政局の混迷振りまでを全て視野に入れれば、多くの批判の余地はあろうが、こと「撤退問題」という重大局面に関して述べるならば、日本国民は菅政権に感謝するのが公平というものではないだろうか。

原発事故における「自己」と「全体知」の不在

たとえ故郷を奪われる福島の数多くの人々の犠牲を強いる形ではあっても、日本という国家は、福島原発危機の最大の難局を切り抜けた。多くの障害の中で、「最悪のシナリオ」だけは回避できた。そこには、充分に評価されてしかるべき政治家の勇気ある決断が介在していたし、現場には、自らの生命を賭して働く人間が確かにいた。そのことは「理解」できる。しかし、にもかかわらず、どうしても釈然としない感情が残されるのはなぜだろう。これまでブラックボックスであった、決断に至るまでの過程が徐々に明らかになるにつれて、心中に捉え難い大きな不安が育ってゆく感覚が拭えない。危機の記憶が、自らの生存の不確かさを刺激する違和感を生み出してゆくのを押さえることができないのだ。

おそらくそれは、幾つかの事柄と関わっているのではないだろうか。たとえば、事実検証の進展や証言の公表によって（それらは「全体」を構成できない表象に過ぎないが）、少なくとも、私たちはブラックボックスの中身と、自己の生命とが決して無縁ではなかったことを鮮明に知ってしまった。「東日本壊滅」という「最悪のシナリオ」へ向けた危機的な歩みを続ける中で、そうした自己の生命と関わる情報を、自分以外の他者だけが握っていたという事実、つまり言ってみれば、自らの生殺与奪《せいさつよだつ》の権を、信用できない事業主体や、多くの制約を抱える政治権力に握られていたという事実、そうしたことに徐々に覚醒してゆくプロセスを、私たちは経験せざるを得なかったのだ。たとえて言うなら、本当は致命的であった自己の病状について、自分だけが知らされず、したり顔の医師だけがありありと知っていたことを、後に告白されるような体験をさせられたということだ。「情報の隠蔽」などという言葉からは漏れ落ちる、自己の決定的な疎外体験。自己の不在を追認する体験。まずはこれが、私たちを不安にする根拠の一端であるだろう。

さらにこうした側面もある。

今さら「安全神話」や科学の「価値中立神話」の神話性などについて語るまでもなく、原発危機とは、原発という装置が人間の制御する力を遥かに超えているという明白な事実▼(2)に由来しており、それが暴走を始めた時には、「偶然」に頼るか、人的犠牲に目をつぶり、「想定外」のオペレーションを強行することによって制御するしかないものであることが、今回の危機によって証明された。まるで「科学」という学問の限界を指し示すかのように、事象の全体性を把握し、メタ科学的な視点から事態を大局的に見通す科学者など登場するはずもなく、全ての原子力関連の科学者・技術者にとってブラインドである領野が確実に存在してしまうことを露呈した事態が、今回の危機であったと言えるだろう。同時に、多くの叡智を結集しても不透明な部分は絶対に残余し続けるということ、また、危機に際して叡智の結集がきわめて困難であるということも明らかになった。

そうしたブラインドな部分、認識の外部に置かれた因子が、一度始まった危機の増幅に対して決定的な意味を持ってしまう事実は忘却できない。

たとえば、全電源喪失を受けて福島に駆けつけた電源車の接続プラグのスペック。あるいは、4号炉の核燃料冷却プールの水位。また、2号機への注水が不能となった消防車のガソリン残量。数え挙げればきりがないが、あらゆる局面において、無数の因子が、「誰か」にとってブラインドな領野に位置づけられる。たとえそれが、単なる確認ミスや、何らかの忘却に根差した事柄であるにせよ、つねに「何か」が不透明となることは避けられない。そして、そうである以上、事態は「全体」として一向に不透明なままなのだ。東日本大震災の後に隆盛をみせている災厄へのあらゆる情報学的なアプローチが決定的に欠いているのは、情報の累積がたった一つのピースの欠損によって瞬時に意味を失うという原発事故に象徴される現代の複合的災害の性質への眼差しである。原発事故においてピースの全体数は常に不確定なのだ。「情報」の集積・整序による「全体俯瞰」の可能性という、大いなる幻想の醸成には加担すべきではない。

原発事故において最も恐ろしいのは、そうした不可視の部分を内在させている現象に向き合う形で、危機の趨勢《すうせい》を最終的に方向付ける決断が行われなくてはならない、という点である。もちろんそこには、原発危機を収束させる最終責任者が、基本的には、つねに原発の素人でしか有り得ないのではないかという危惧も含まれている。国権の代表者による最終決断が、何者からの進言を受けて為されるかということを、時を同じくして知ることができない以上、そこには、本来参照すべき科学的知見を完全に無効化する政治的な力学が、決断への決定的条件として加わってしまうのではないかという不安がある。

もちろん危機の発生時に、いつも必ず理系出身の首相が強い指揮権を発動するとは限らない。官邸という密室でのどのような政治プロセスが、私たちの生命を左右する決定に関わるのかはいつも不鮮明なのである。つまり、科学的・技術的判断こそが優先的に要請されるべきところに、政治が直結されてしまうという怖さがある。

実は、最終決断が極めて高度な科学的知見に基づいていたとしても、不安を醸成する条件がほとんど変わらないという点にも留意しておきたい。今後、原子力危機に際して、無数の情報と高度な知識を直ちに一元化する回路が準備されたとしても、前述してきたように、あらゆる局面においてつねに小さな「何か」がブラインドである状況は絶対に避けられない。そして、たった一点の瑣末《さまつ》な部分の不明性が事態の増悪と直結するのが原発危機なのである。政治家ではなく、最高水準の知見を有する科学者主導による決断が行われる場合であっても、絶えず「何か」については無知な主体が、曖昧模糊とした「全体像」に対峙《たいじ》して決断を下す、という構造は全く変わらないのだ。つねに一か八かでしかないことを、私たちは今回の経験を通じてはっきりと知ってしまったと言えるだろう。

恒常的な偶然性

「撤退問題」における首相の決断に即してさらに考えてみよう。

菅直人の決断は、国家の最高責任者であるという立場と深く関わっていた。まずこのことは、首相という存在の判断が、国民国家の規模を凌駕《りょうが》するレベルで思考すべきグローバルな危機に対しては、不可避的に視野狭窄《きょうさく》とならざるを得ない原理的条件を抱えていることを示唆《しさ》している。菅自身、撤退があり得ないとの決断を官邸メンバーに告げた際、同時に、事故収束の主導権を外国に奪われるという意味で、「外国から侵略されるぞ」とも述べていたことを認めている。原発危機が国境線を越えた視野で対象化されることの難しさをこのことは示している。

それればかりではない。国の最高責任者が、菅直人のように、その立場に依拠していつでも「撤退」を阻止するとは限らないのである。事態の輪郭は完全には把握できないのだから、決断する者によっては、懸命の作業を続ける原発職員と、「国民」の輪郭との疑いようのない重なりを固く護持する可能性を否定できない。どんな時でも、「人権」と「生命」とを尊重する思想に抗うことは容易ではないのだ▼(3)。事実、菅直人首相を除いた官邸の面々が、東電作業員の生命を第一義的に案じて、「撤退」やむなしの結論に傾いていた事実を忘却すべきではない。福山が書いているように、自信を持って「撤退はあり得ない」と主張する人間は、決断直前の議論の場には存在しなかったのである。もしかすると、そうした政権内の空気が首相によって覆《くつがえ》されたのは、一つの偶然であったかもしれないのだ。

　おそらく、ここに問題の核心がある。

　実のところ、「私」の生命を決する政治主体の「決断」とは、「私」にとっては恒常的に「偶然」でしかないものではないだろうか。「撤退問題」への三者の「証言」が明るみに出してゆくのは、「私」の生命に関する主権権力の本質的な恣意性とでも呼ぶべきもののありようであり、「私」の不安は、そこに根差しているのではないか。

　確かにその時、菅直人の判断は正しかった。それは認めよう。だが一体、その判断は何によってきたるものなのか。上述したように、彼が国家の最高責任者であったことのみに決断の根拠の全ては還元できない。東京工業大学理学部卒業の学歴、市民運動の実践者としての経歴、薬害エイズ事件をめぐる訴訟解決への貢献に代表される政治家としての数々の功績、人柄、家族、年齢、健康状態、そしてもちろん政治的信念というものをも含めて、そうした無数の要素の全体、いわば、菅直人という人間のパーソナリティそのものが、最終局面における「決断」と深く関わっていると考えるのが妥当であるだろう。だとすれば、議会制民主主義の正統な手続きを通じて主権を彼に預けている以上、「戦時」において成員の生命を左右する「決断」が、国民の負託《ふたく》を負った政治家の全人格を賭《か》けて行われることに異論を挟む余地などあるはずがない。それこそ民主主義的統治の基本的なあり方と言うべきだ。

だが果たして本当にそうか。

考えてみれば、菅直人というパーソナリティのもとで「決断」が行われたという仮定にも、慎重な留保が必要かも知れない。たとえそれが菅直人の政治生命を賭《と》した全人的な決断であったことを疑わずとも、それが一か八かの博打にも似た所業であることを知ってしまった者にとっては、その「決断」とはすでに、パーソナリティの向こう側で、いわば、人間性の彼岸《ひがん》とも呼ぶべき場所で行われたものといえる側面を持つ。なぜならその決断は、自らの側近たちを含め、積み重ねられてきたあらゆる議論を差し置いて、あるいは、専門家集団たる東京電力の意志を含め、歴史的人間的なあらゆる営為を出し抜いて、さらには、強要できないことを強いるという意味で、あらゆる法秩序や制度をも飛び越えて、決断主体の属性を含めた何もかもを超越する不意打ちのようなものとして上から舞い降りてくるものと感じられるからだ。

だがそれにしても、「私」は、「私」の生命という重大な事柄に関して、一か八かの博打まがいの「決断」を「彼」に委《ゆだ》ねる契約まで結んでいたのだろうか。「私」は本当に、一寸先も見えない霧の中で、目を悪くした船頭に船を漕ぎ出してもらうような無闇な約束をしてしまっていたのだろうか。弱視と霧との遭遇にも似た、いびつな事態の出現は、「私」と「彼」との出会いの場にすでに書き込まれた約束であったのか。

いや、そうではなかろう。「法」の内部で確かに、「彼」に自らを委ねたとはいえ、「私」は「彼」に全てを任せたわけではない。自分の過去や未来を、そして自らの全生命を委ねた覚えはない。

不運にも、危機のさなかに「私」と「彼」との間に生み出されてしまった関係とは、本来、二人の約束にはなかった特殊なケースに過ぎないのではあるまいか。「私」と「彼」との当初の約束には書き込まれていなかった、例外的な状態が、そこに抗いようのない形で出現してきていただけのことではなかったか。

本来主権者であるはずの国民と、そのエージェントであるはずの総理大臣とを関係づける、「法」から逸脱したかのような「例外」的な時空の出現。これは同時に、生殺与奪の権限を持って「私」の生命を意味付け、政治的な場に置く存在としての「主権権力」がその本性を露わにする事態が浮上したことを意味している。「私」と、その生を定義し政治化する「主権権力」との出会いが、あるいはまた、忘却された約束を果たさねばならない時空の到来が、他ならぬ「例外状態」においてこそ可能であるという考え方。実はこうした思考の内にこそ、危機の記憶にいつまでも拘泥《こうでい》する「私」の不安の内実を、説得的に説明する論理が宿っている。あの時の菅直人の決断が、彼のパーソナリティの彼岸にある、「主権」の決断のありようを透かし見せる契機でもあったことにまずは気付くべきなのだ。

「例外状態」とは何か

ここで、アーレント、ベンヤミン、フーコー、シュミットらの読解と批判を通じて、「主権」や「例外状態」の概念を射程に入れた精緻な仕事を続けているG・アガンベンの思考を参照してみたい。

アガンベンの著作における思考の射程はあまりにも広汎《こうはん》であり、そのテクストはすでに多様な領域の言説と交差し合って、世界の成り立ちとその変貌とを全く新しい場所から把捉《はそく》する原理的でラディカルな視点を提供する力を発揮し続けている。無限の可能性を潜勢させるそのテクスト群の中から、ここでは、「ホモ・サケル」プロジェクト──人間の生がますます深く法によって定義されるようになってゆく現象（クローンや幹細胞の利用規範、遺伝子診断法、臓器移植法）と平行して、それとは対照的な、人間の生がますます法の領域から遠ざけられてゆくという現象（難民収容施設、戦争捕虜収容施設、空港内の入国留保区域）が、不可解にも相伴って進行しているアクチュアルな状況を視野に収めながら、「ホモ・サケル」という、神の法からも世俗の法からも排除された、二重に法的権利を失っている存在（誰でも彼を殺してよいが、彼を神への犠牲にすることは許されない）を、古代ローマ法という過去から引き出し、鮮烈かつ戦略的な形象として用いることを通じて、分断しつつ貫入しあう「生」と「法」との識別不能領域を綿密に考究し、両者のパラドキシカルな関係のもとで作動し続ける「主権性」をめぐる理論を展開する一連の思考──を構成する諸著作▼(4)のうち、特に「例外状態」に関する議論のみに的を絞って、上述してきた「撤退問題」を考える手掛かりを模索してみたいと思う。

このプロジェクトの起点にあるのは、暴力を合法なものとそうでないものに分ける発想の由来と、合法的な支配の正統性の根拠、つまり、国家の主権性の淵源《えんげん》に関する問いであり、いわば、政治学や国家論が取り組んできた古典的な問いをその思索の基礎に置いている。近代国民国家の自明性のもとでは埋没し、国民国家体制が危機に瀕《ひん》しグローバル化が進行する現在においては単なる遺物と化す、国家の主権とは何かという問いを、しかしながらアガンベンは全く独自のやり方で再提起する。主権理論に取り組む際のアガンベンの新鮮さは、殊に、国家や法秩序が人間の生をどのように管理・訓育するようになったのかというミシェル・フーコーの生権力論の参照を通じて、「剝《む》き出《だ》しの生」＝単純化していえば人間の動物的存在性を▼(5)分節する技法こそが国家支配の奥義であることを明らかにしてゆく点にある。その上で、アガンベンは、政治から人間の生が「排除」されていくという構造に、君主制、近代民主制、二十世紀の全体主義体制のすべてを貫く西洋の政治の本質があると考えてゆくのである▼(6)。

アガンベンのいう「排除」とは、「包含的排除」と呼べる独特の機制によって作動するものである。「剝き出しの生」、すなわち規範から排除されるものは、排除されることによって規範と絶縁するのではなく、むしろその反対に、排除されるというそのあり方において規範との強い紐帯を保持する。「主権的締め出し」という、ナチスの法学者カール・シュミットの「主権的決定」の概念を脱人格化したアガンベンの鍵概念を用いて言い換えるならば、「締め出されたものは、それ自身が見捨てられた状態のままに取り残されており、かつ同時に、それを締め出し放り出すものにゆだねられている」（『ホモ・サケル』一五六頁）。そしてこれは、ここでの議論の焦点となる「例外状態」の概念規定とも深く連動している。「**規範は、例外に対して自らの適用をはずし、例外から身を退くことによって自らを適用する。**したがって、例外状態とは、秩序に先行する混沌のことではなく、秩序の宙吊りから結果する状況のことである」（同書二九頁、太字は原文）。このように、例外状態は始原のアノミーを名指すものではない。また、規範の外部を指す名辞でもない。といって、規範の操作によって生み出される構造的な残余でもない。アガンベンの思考は、主権の本質を例外状態における「決断」において現出するものと把握し、例外状態を法秩序に繋留させようと試みるシュミットとは異なっている。シュミットを参照するアガンベンは「例外」の概念をより透明化し、「主権」との間に結ばれる一つの関係形式として提示しようとしている。すなわち、「例外」こそ「主権」の構造であるのだから「主権は、たんなる政治的概念にとどまるわけではないし、たんなる法的概念にとどまるもの」でもなく、むしろ、「「主権」とは法律が生に関係するときの根源的な構造を指している」（同書四四頁）というように、生権力論を介在させることによって、「例外」と「主権」との両者を、互いが互いを意味付ける区別不能の「閾《しきい》」に位置づけようとするのである。こうした操作によってアガンベンの主権論は、暴力の独占や社会契約にその起源を見る古典的な主権理論や、「例外」の中に主権の「本質」を探り当てようとするシュミットの学説を超えて、「例外の論理」とでも呼ぶべき広い射程を獲得し、法学政治学的概念としてあった「主権」を、あるいは法秩序と人間の生の関係を、いわば存在論的／脱―存在論的な次元で、議論することを可能にしているのである。

カールシュミットの『独裁』（一九二一）、『政治神学』（一九二二）における「例外状態」の理論化のプロセスを緻密に検討する作業を通じて、同概念の再設定に乗り出すホモ・サケルプロジェクトの第二弾『例外状態』では、広範な歴史事象を素材としながら歴史展開を再構成する煩瑣《はんさ》な作業に取り組んでおり、その作業の中で「例外状態」の概念を再措定しようと試みている。しかしながら『例外状態』の中で本書にとって最も魅力的なのは、J・デリダの講演「法律の力」を脱構築するタイトルを冠する第二章で▼(7)あり、ここは他の章と比較すると歴史的過程の再構築という本書の特質から最も逸脱した部分といえ、シュミット学説の再定義を通じて「例外状態」の原理的可能性を極限まで引き出そうとする超越論的な討究の構えが最も顕著な箇所となっている。アガンベンはそこでシュミット学説の例外状態における法規範と法の実践規範、「規範」とその具体的「適用」の間の対立を問題化し、「例外状態が規範をその適用から分離するのは、規範の適用を可能とするため」であり、「現実的なものの効果的な規範化を可能にするため」（『例外状態』七四頁）であるというように、規範の停止が規範の活性化へと結ばれる回路を示し、例外状態における「規範」とその「適用」との緊張と内的結束の逆説関係を紐解いている。そしてとりわけ注目したいのは、規範の停止＝効力の最小化が、その活性化＝現実的適用の最大化＝規範の再創と結び合うという論理を、言語との類似において一般化する補説の存在である。エファ・ゴイレンが、政治という問題次元を議論不可能にするアガンベンの脆弱さであるとして批判する、法と言語との類似的関係▼(8)であるが、本書にとっては極めて興味深いパッセージである。以下に引用してみよう。

言語活動と法とのあいだの構造的類似性がここでは啓発的である。言語を構成する諸要素が現実的なデノテーション〔外示〕をなんらもつことなくラングのなかに存続していて、発話中のディスクールにおいてのみデノテーションを獲得するのと同様に、例外状態においても、規範は現実へのなんらの指示もないままに効力を保っている。しかしながら、何ものかをラングとして前提することをつうじてこそ、具体的な言語活動は理解可能となるように、例外状態における適用の停止をつうじてこそ、規範は通常の状況へかかわることができるのである。

一般的に、言語や法のみならず、すべての社会制度は、現実的なものへ直接に言及するなかで遂行される具体的な実践を脱意味論化したり停止したりすることをつうじて形成されるのだと言うことができる。文法がデノテーションをもたない語りを生み出すことによってディスクールからなにかラングのようなものを独立させたように、また法が諸個人の実践や具体的習性を停止することによってなにか規範のようなものを独立させることができたように、あらゆる領域において、文明化という辛抱強い活動は人間の実践をその具体的な行使から分離し、そうすることで、レヴィ＝ストロースがその最初の発見者となったデノテーションに対する指示記号作用《シグニフィケーション》の過剰を作り出しながら進行していくのである。この意味では、過剰なシニフィアン（指示記号）という、二〇世紀の人間諸科学において水先案内人の役割を果たしているこの概念は、規範が適用されることなく効力を保つという例外状態に対応している（同書七六頁）。

法理論的な見地からは幾つもの異論が寄せられそうなここでのアガンベンの議論には、しかしながら、本書には汲み尽くすことのできない豊かな哲学的思索が宿っている。まず、規範と例外状態における現実を、ラングと発話におけるディスクールに見立てることによって、「例外状態」の「発話」的日常性、すなわち、「例外」の一回性ばかりでなく「恒常」性が示唆されていることに目を向けることが必要だ。一回的な言語が発話されることは、それを可能にする背景としてのラングの存在を単に前提としているのではなく、一回的な発話こそが、それを外示（意味）として生み出しつつ、同時に、それを可能にしている言語体系としてのラングの圏域を実効化し、その度《たび》ごとに生み出しているのと同じように、常なる「例外」は、規範を適用から分離しつつ、同時に、そのことによって規範は規範としての自らの命脈を維持する。

「例外」の「発話」的なありよう。「発話」のように恒常的かつ一回的に生み出され続ける「例外」。アガンベンが『ホモ・サケル』以来反復的に繰り出す法秩序と言語との類似性の論理からは、法秩序のもとにある現実の営みの全てを、「規範」を生み出す「例外」とみなす可能性を開いてゆこうとする意志が感じ取れる。

またそこには、「例外」と「規範」両者の存在の同時性、共犯性についての含意もある。発話が、意味を通じさせる象徴体系の存在をその度ごとに確認する営みでもあるように、例外と規範とはお互いをその度ごとに生み出すかのように相補って存在する。規範は自らを停止させることができてはじめて規範でありうる。規範が自らの存在ためにそこからの逸脱を必要としているように、規範が自らの適用の時空を可能にするためには、適用の停止の時空の可能性をつねに必要としているのである。

例外状態をシニフィアンに見立てている点も重要である。意味へと還元されることを約束されていないシニフィアンは、意味を構成する体系（ラング）の存在と同時にはじめて補足可能な概念であり、意味へと構成される／されない可能性をいつも内在させている。こうしたありようは、規範化される／されない可能性を担保することで規範をあらしめ、その実、それを完全に別のものへと転生させる効力すら有する例外状態の本来的な可能性をも暗示しているのである。

権力承認の作法としての「想定外」

ところで、こうしたアガンベンの例外状態はこれまで議論してきた「撤退問題」の何を明らかにするのだろうか。

そこには二つの側面がある。

まず一つ目は、原発危機そのものを「例外」と捉える思考において顕在化する問題と関わっている。福島原発事故は日本人の大方にとって文字通り「例外」的事象と受け止められた。それを引き起こす契機となる地震規模M9・0はそれを「例外」的とみなす思考の妥当性を裏付ける効果を持った。(地震頻発国家で発生した、観測史上世界四番目の規模の地震であるにもかかわらず。) さらに津波被害の報道は、それを「例外」とみなさない自由を奪う強力な動因となった。報道される惨状に瞠目《どうもく》しないことが難しい以上、それを、想像を遥かに超えた「例外」と呼ぶことを自然に了承せざるを得ない文脈が形成されてゆくことになる。つまり「想定外」という語に対する異議を封ずる環境が、あらかじめ準備されていたと言えるだろう。

アガンベンによれば、例外とは主権の構造である。また、法秩序は例外から身を引くことによって自らを適用する。非常時において、国家が自らの法秩序を依然有効なものとして適用するためには、「例外」の判断を経由することが必要である。二〇一一年三月一一日一九時に発令される原子力災害対策特別措置法に基づく原子力緊急事態宣言とは、現実的には、超法規的なものとなる可能性のある命令を法の枠組みの中で実施するための措置である▼(9)。法でないものを法として適用するためには、法は一時自らを適用から外さなくてはならない。そして事実、日本にとって初めての緊急事態宣言は、政府の法的権限を格段に押し広げたばかりでなく、事態を「戦争」に近いものと見る首相の発言を、「法」に代わるものとして「適用」する機運をも即座に醸成した。揺れ動く官邸チームの心境を瞬時に一転させ、なおかつ、民間企業の意思としての「撤退」を退ける首相判断が絶対的規範として「適用」されてゆく状況の出現は、「例外」＝「緊急事態」への線引きを必須の前提としていただろう。これは「例外状態」における決断が「主権権力」を意味付けてゆく顕著な事例であり、また、「緊急事態」＝「例外」を書き込むことによって法秩序が「例外」に関与する仕方である。権力の集中を促す緊急事態条項を整備する憲法改悪を待つまでもなく、確かに、「例外」は「法」の内にあらかじめ書き込まれてはいたのだ。

ここで留意すべきなのは、法的手続きを踏んだ菅内閣の緊急事態宣言を最終的に肯定することと、「例外」への判断を「想定外」という心証のもとで唯々諾々《いいだくだく》と了承してゆくこととは本質的に異なっているという点だ。そもそも、「法」に書き込まれた「緊急事態」を「想定外」の事象と捉えて良いのだろうか。また、地震頻発国における超巨大地震の発生や、それを契機とする原子力発電所の壊滅的な被害を「想定外」とすることに問題はないのか。それらはもちろん、本来は「想定内」であるべきものだ。「想定外」という語は、その語を口にすることによって、「想定」の貧弱さを了承する者として自らを譲り渡す存在になることを意味している。

そしてその「想定外」＝「例外」への承認の儀礼を通じて、自らの場所を何ものかに明け渡す機会を提供してゆくことになるのである。端的に言えば、この「想定外」という言葉こそ、自らの場に主権を招き、その権力を保証するものに他ならない。例外とは主権の構造そのものなのだ。「想定外」の語は、法秩序が「想定」している「例外」を自明のものと承認することを通じて、権力への委任を了承することを意味し、あらゆる可能的潜勢的なありかたを追放しつつ、現実的なものの効果的な規範化に大きく貢献するものである。

電力事業者や原子力行政担当者が度々《たびたび》口にしていた「想定外」という語の児戯的な詐術《さじゅつ》に欺《あざむ》かれる者はそれほど多くはないだろう。しかし同時に、原子力災害の特別性を強調するあまり、「想定外」の国民化に大きく加担してしまう言説を、無意識の内に信奉している例も少なくはない。例外が主権を呼び寄せる契機であることと共に、自己規範の効果的な存続を意図する企業体や制度が、「例外」の宣言を不可欠のものとして必要としていることを忘れるべきではない。この宣言は、従来の発想の下では本来対処が不可能な、「例外」の語では表象しえない全く新しい事態の出現を、既存の理解の枠組みに回収して済ませてしまうことを意味しているかもしれないのだ。

政治家の思考停止と「主権」の発動

次に、「例外」を別の側面からも考えてみよう。

アガンベンの提言が促していたのは、「例外」が、緊急的なものとは異なる場所に出現する恒常的な例外状態への思考である。

その手掛かりとして、菅直人の決断の場面を今一度想起してみることにする。細野豪志はその時、完全な判断不能に陥《おちい》ったことを正直に告白している。極限的な状況下における思考の停止。その時のことを回顧する細野の証言は、首相の決断がどのような場所で行われていたのかを教えてくれる。

鳥越　官邸側に来ている東電の役員も、同様の認識だったと。

細野　ええ。撤退なんてことが本当にできるのか、できないのかと、そういう議論をさんざんしていましたから。十四日から十五日にかけては東京電力も、相当動揺していたんですね。そういうなかで撤退をめぐる議論が、何らかの形で、東電内でもおそらく出てきたんだと思います。

鳥越　でも全員が撤退してしまったら、現場は放置されるわけですよね。どうなってしまうんだろうと、当然の疑問が出てきます。

細野　そうです。その後、手が打てないわけですから、どうするんだと。いちばん初めに撤退の話を聞いたときは、海江田大臣も「そんなことは駄目だ」と即座に否定したと思うんです。ただその後、二号機がさらに悪化し、放射線量も上がってきていた。枝野官房長官のところにも電話があったんじゃないでしょうか。私のところにも東電から電話がありましたが、二人の大臣が対応していましたので、私が間に入る必要はないと思い、出ませんでした。

そういう混乱のなかで、菅総理以外のメンバーは一瞬ためらったんです。菅さんが唯一の例外なんですけど、当時は全員撤退と取っていたわけですから、撤退するな、残れと言ったら、現場が持つだろうか、と。さらに言うと、残る人たちは命の危機にさらされるかもしれない。急性被爆で亡くなる人が出てくるかもしれない。リアルに恐怖を感じて逡巡しました。たぶん私だけじゃなくて、海江田大臣も枝野長官も同様だったと思いますけど、簡単には決断できなかったんですよね。それで、撤退はありえないと、その場だけで押し返すことができなかったんです。

鳥越　ということは、場合によっては撤退を受け入れざるをえないという心理的な状況に、菅さん以外はなっていたと。

細野　私は、東電に「残れ」と言った場合、どういう状況になるかを強く意識していました。たぶんみんな意識していたと思います。当時は総理補佐官で、しかも私の場合は、官邸に主にいたメンバーのなかでもいちばん若い部類でしたから、生意気だと思われるかもしれませんけれども、事故後は最大限に情報を集めて発言をしないと自分の責任を果たせないと感じていたので、あらゆる場面で意見を言っていたし、それも強く主張してきたんです。

でも、あの場面だけは、発言できなかったんです。

鳥越 事実として発言していないんですか。

細野 一回も発言していません。

鳥越 この撤退問題については——。

細野 はい。撤退の是非について、かなりいろいろと議論したんですけど、私はどうすべきか、発言できなかったんです。

鳥越 それは判断できなかったということですか。

細野 ええ、判断できなかった。一つには、撤退すると、どういうことになるのかが、もちろん一生懸命考えて想像するんですけど、本当にリアルなところまで描けなかったんです。最悪のシュミレーションができていなかった。後にそれをすることになるんですが、その時点で、明確なイメージが持てなかったんです。

もう一つは、その頃、十四日の夜には相当疲労も溜まっていたし、これは私だけでなくみんなそうなんですけど、十一日から四日間——。

鳥越 ほとんど寝ていない。

細野 そうですね。私たちが現場に「残れ」と言えるのか、万が一、死者が出るような指示を出せるんだろうかと、頭を抱えて必死に考えたんだけど、疲労困憊の状態では決め切れなくて……。官邸にいた他の政治家も、たぶん同じ心境だったと思います。で、総理の判断を仰ぐことになったんです。

これは緊急事態における特殊な状況においてのみあり得ることだろうか。もちろんそうした面もある。何よりこれは、緊急事態宣言が布告された原子力危機の渦中における出来事の回想である。だが同時に、ここには、「私」がいつも立たされている常時的な環境の凝縮的な現われがある。ここにあるのはまず、規範の停止である。細野のみならず東電関係者を含めた総理以外の官邸メンバーは決断に関与する自らの権利を放棄して総理の決断を待っている。この後召喚《しょうかん》され、明確な抗弁をしなかった東電の清水社長も同様である。もちろん総理に対する進言や議論が皆無であったということはないだろうが、同じ場面に関する福山の描写を見ても、一切が総理に委ねられるような瞬間が存在したことは明白だ。つまり、そこには、細野の思考停止に象徴されるような完全な空白が存在した。思考と判断が停止し、法と制度が宙吊りになっている。その時総理が何を優先したのかは、すでに首相の言を引用した通りだが、総理の頭の中でどのような計算が行われたのかということについての真実を知る術はない。その決断は、誰かの手の届く場所で行われたものではない。総理が誰の見解、どの知識を参照し、最終的に何を重視したのかはわからない。政治家と技術者とを前にしつつも、技術と法と制度を超越した孤独な場所において総理の決断は下されている。つまりここには、一切の規範を停止し、規範を適用から退ける場が現前している。しかし同時に、総理の決断は、「法」や「私」たちの存在する場所を一挙に飛び越えて「例外状態」へと直接に結ばれることによって、その効力を最大限に発揮しようとしている。その時、首相の決断に異を唱えたり、修正したりする人間は官邸にはいなかった。もちろんそんな猶予《ゆうよ》はなかった。首相の判断は、例外下の現実を踏まえた規範として、直ちに効力を発揮し始める。ここに垣間見《かいまみ》えるものは、規範の停止によってその効力を駆動《くどう》し、規範の再創へと向けた運動を開始させている例外状態の働きである。そしてその意味において、これは緊急的な局面にのみ妥当するものではない。

三月一四日から一五日にかけての東京電力の決断にも、同様の点を指摘できる。彼らは一九五〇年台から六十年間にも渡って徐々綿々と積み重ねてきたはずの技術的成果や安全への論理や原発制御への自信を、即座に投げ打ち、すべてを翻《ひるがえ》して、「撤退」の判断を叫ぶのである。そこにはやはり、決定的な規範停止の状態がある。福島の「締め出し」を、法の閾において宣言しようとしている点で、彼らも主権創設に似た振る舞いをしている。

実は、この点に関して総理と東電とはよく似ている。結果として充分に首肯《しゅこう》できる総理の決断と、弁護の余地なき東電の決断とではあるが、両者には、その性質において似通ったところがあると言わざるを得ないのだ。例外状態へと直接に関与してゆくことで、あらゆるものを一挙に棚上げにするような、許しがたい主権的暴力を身に纏《まと》っているという点での類似性。両者は、「法」と「私」の居場所とを、異論の余地なくたちどころに奪い去ってゆく圧倒的な暴力を振るっている。そしてこれこそ、こうした暴力に晒《さら》される場所こそ、他ならぬ「私」がいつも立たされている場所なのではないか。「私」のいる場所が、ここではたまたま可視化しているだけに過ぎないのではないのか。

政治的決定の行われる場所

国家の権力者周辺における不可視の謀議によって、国民の生命の行方《ゆくえ》が左右され、その命運が決定されるという事態は、近代が度々経験してきたことである。緊急時における決定の政治プロセスはいつも国民の目には映じにくい。国家体制やそれを支える政治基盤が代わっても、こうした事態は不可避のものである。全てを即時的に開示するなどということができない以上、民主主義的なシステムの内部においてもブラックボックスはつねに維持される。問題なのは、民主的な政治プロセスが高度に完備された社会において、そうした不可視の領域が隠蔽されてしまう事実である。あらゆる決定に手続きの透明性が保証されているかのごとき幻想が生じやすい。民主的な制度や規範意識の浸透、および情報開示の進展は、むしろ政治的決定の本来的な不可視性を巧みに覆い隠す役割を果たしてしまう。

事実上、政治的決定はつねに「例外」下で行われる。主権者は例外ですらないかもしれない事態を前にして法規範を一時停止し、「例外」を宣言しつつ何を排除するか（たとえば国民の中の誰を「国民」から外すか）を決定する。法が効力を持つ場所では主権的決定が行われる必要はない。決定が行われる場は法を施行する場とはつねに異なるため、そこでは法の停止が条件であり、例外状態の到来が前提となる。つまり、そこは法の停止した場所でありながら、剝《む》き出しの暴力が法として行使される場所でもある。法は外見上、機能しているように見えるのだ。また、こうした主権的決定の営為が、法規範を宙吊りにすることによって何者かを「締め出す」ことを意味する限り、それを可能にする例外状態とは、まさに日々到来する現実と連続している。例外状態とは、つねに何者かを排除し、剝き出しの生を生み出しながら、それを直ちに通常状態として承認させる政治的ありようを指すのであって、その意味で私たちはつねに「例外」を生きているのである。このように、主権的決定とは、単に国家による独占的暴力の行使を意味するに留まらず、生殺与奪の権力を隠蔽しつつ露呈する、恒常的かつ始原的な暴力の出現を表象している。

今日、「私」は「例外」の外部に出ることが難しくなっている。これは、「例外」が法と暴力の交点を構成しつつその外部を不可能なものとしていることに由来している。法が即座に暴力となり、暴力が直ちに法へと変わる地点に、「私」たちが日頃から立たされているとするなら、原発危機において菅直人が決断を下した主権的決定の場所は、「私」たちにとって決して馴染みのない光景として出現したものではない。そこには、日常的な災厄の相貌《そうぼう》が現れている。予期せぬ「撤退要請」は今後もつねに提出され続けるだろうし、それを許可しない頭越しの決断はいつも唐突にやってくるだろう。それどころか、危機とは即座に感じられない時間の推移のなかで、恒常的な災厄は私たちを決して戻れない場所へ運んでいる途中なのかもしれない。ことに昨今、安倍晋三政権の元で、適用からそっと身を退けながら自らを発揮し、穏やかな眼差しで銃口を向けてくる法の姿が見える気がするのは、単なる幻視に過ぎないのだろうか。「私」が「例外化」されていること。「例外化」によって、自己の生命が締め出しの境界に置かれてしまっていること。「私」の存在が主権によって法の境界で意味付けられていること。そして、主権在民を保証する法の下にありながら、すでに「主権」が「私」の手から離れてしまっていること。こうしたことこそ、今日の「私」にとって不可避の災厄なのである▼(10)。原発危機の記憶と共に幾度も反芻《はんすう》してしまっていた「私」の不安は、ここに由来するものであったのだろう。

　人は特異点であることを止めなければ他者との共同性を結べない。前掲の引用部でアガンベンも語っていたように、法秩序は、「諸個人の実践や具体的習性を停止することによってなにか規範のようなものを独立させ」るのであり、人は、自らの「特異」な実践をたえず規範へと回収させながら、法秩序へと自らを繋留《けいりゅう》して生きている。いわば、何事かの「例外」と化すことでしか、私たちが生きてゆく術はないのだ。「私」の「特異」な振る舞いはつねにシニフィアン的であって、意味への還元可能性を、あるいは、法秩序への回収可能性を前提することなしには、その振る舞い自体を生み出すことが難しい。「私」の為すことといえば、「特異」でありたいと願いながら、意味へと回付される瞬間を待つばかりで、そうした審級そのものに「私」

自らが関与することはできない。「私」は主権的な決定を下す者のように、その循環の外部に立つことなど永遠にできないのだ。これは「私」の存在がまさに「例外化」されているということを意味している。「私」は自らの命運を決する暴力的な締め出しの場に、そこに関与する可能性を奪われた無防備な姿のままで、放擲《ほうてき》されている。圧倒的な弱者であるという点において、これは「私」が天災と対峙《たいじ》する姿とも似ていなくはない。

「私」は「例外化」された場所に置かれ、おそらくは「私」の「未来」という時間も、もはや押し留めることができない勢いで「例外化」されつつある。資本と科学とを規範化する圧倒的な趨勢は、「未来」という時間から未知=外部を奪いながら、それを、「私」の生命を「法」へと繋ぎ止めている「現在」へと回収し続けている。「例外」と化した未来に潜勢的な力は宿らない。伸びやかに何かが蠢《うごめ》くことも無ければ、何かが大きく反転してたち現われてくることもない。そこでは無論、革命が起こることもない。なぜなら私たちの「法」には、革命の可能性が既に書き込まれてしまっているからだ。それはもはや革命ではなく、直ちに「法」へと埋設される「例外」に過ぎない。もはや私たちにできることとは、こうした災厄を忘れさせてくれるもう一つの災厄を待つということぐらいしかないのではないのか、という考えが去来するのは必然なのだ。災厄によって複数の「私」が一斉に目覚めることを夢見ながら。

第二部

災厄の痕跡——現在《いま》を照らす関東大震災直下の連載小説

第一章　「震災と文学」から直下の連載小説へ

「震災と文学」に関する初期研究

関東大震災の文学領域への影響を問う試みには、絶えざる困難と深い諦念が付き纏《まと》わずにはいない。それはもちろん、問題領域のあまりの幅広さに依拠している。震災は帝都東京を物理的に破壊するばかりでなく、政治、経済、社会、文化等諸領域を深く侵食し、人間の思考や感性のあり方までを強く規制した。かつまた、「文学」とは、そうした諸領域から截然《せつぜん》と区別しうる体のものではなく、むしろ、諸領域が微妙に絡《から》み合った錯綜体として存在するのに他ならない。したがって、「震災と文学」を問うことは本来、無限へと開かれている二重の錯綜した存在の関係性を総体として問題化するという、途方もない作業を意味せざるを得ないのである。

といって、「震災と文学」が、近代文学研究にとって重大な問題であり続けてきたことに疑いの余地はない。周知のように、昭和改元でも芥川龍之介の死でもなく、関東大震災の発生を、「現代」の起点と捉えた上で歴史記述を行う文学史は少なくない。震災の発生とそこからの復興が、日本近代の文学を大きく変質させる契機となっているという認識は、既に一般化していると言って差し支えないだろう。

実際、これまでも多くの論者が、この不可避の論点と向き合う試みを重ねてきた。そして、そうした試みは自然、「震災と文学」というアポリアへと目を向けながらも、事実上は、既成の文学史と震災との距離の再測定や、作家個人の震災体験をめぐる観察に終始せざるを得なかった。無論それは、「震災と文学」を問題化する場へと踏み出す第一歩として必然の事態であって、周縁地帯に深く緩《ゆる》やかに分布する揺れの痕跡を迂回《うかい》する道行きではあるものの、「文学」激震の実態を手始めに整理し照射する、歴史が必要とする考究でもあった。そうした第一歩を印す試みとして、稲垣達郎、小田切進、三好行雄の三者の研究は、とりわけ記憶されなければならない価値を有している。

一九六四年一〇月に発表された「関東大震災と文壇」(『国文学　解釈と教材の研究』、学燈社)において、稲垣達郎は、震災後、新聞紙上に現れた文芸消息記事を追いかけて、出版業界への打撃、及び「文壇諸氏の表面的な動静の一斑」を略述した。稲垣が紹介しているのは、震災後文壇の消息に比較的関心を持って報道した『時事新報』と『読売新聞』の記事である。「雑誌復活は二割　婦人雑誌も一二廃刊」の見出しで約三七〇種あった雑誌が一〇月号は七〇余種しか発行できない旨を報じた『時事新報』九月二〇日の記事を引き、『読売新聞』の「よみうり抄」等の消息を抜粋して文壇人の動静を概観、さらには菊池寛の芸術無力説をめぐって里見弴《さとみとん》との間に行われた論争を紹介して「既成作家たちのショック」の大きさを伝えている。もちろん震災時における虐殺事件への文壇の対応にも言及している。流言蜚語《りゅうげんひご》と朝鮮人の大量虐殺について、小川未明の小説「計らざること」に描き出された生々しい虐殺の光景を引いた上、「多くの作家は、これについての適確正当な対処をほとんど示さ」ず、「震災雑文のなかに、かれ（＝文学者　引用者註）みずからもこの流言蜚語に動揺し、おどっていることはしばしば書かれるが、それへの批判となると、あたかも発言圏外のこととして厳重に遮断機をおろし、もっぱら社会評論家に委ねているがごとくである」という傾向を指摘している。同時に『種蒔く人帝都震災号外』による抗議や、秋田雨雀《うじゃく》の抵抗が試みられている事実に触れ、甘粕《あまかす》事件（大杉栄）、亀戸事件（平沢計七）という文学に近い立場の者たちへの虐殺に関して、権力の側に対する二様の対応をそれぞれ紹介している。

稲垣は論文冒頭で、自分の関心が実は「関東大震災と文学」の方にあるが、「文学」は「文壇」から純粋化し難く、その中間をとったような「よみもの」を書くことになるだろうといった趣旨のことを述べている。稲垣の告白はそのまま、「震災と文学」の語り難さを露呈させている。印刷・出版業界への震災被害から文壇人の直接被害、その後の作家の思想的反応を網羅的に配列する稲垣論の骨格からは、「と文壇」のみならず「と文学」に手を伸ばそうとする筆者の苦心が明らかに伺える。しかしながら、これはいわば自明の理でもある訳だが、天災が、「人」と「人の思想」を介して「人の書くもの」に影響を与えてゆくという構図に基づいて思考する限り、「人」の無自覚なままに、天災に自動的に汚染されてゆく領野や関係を対象化することは出来ない。「と文学」を論ずるとはおそらく、天災が特定の「人」を介さず文化社会に直接投げかけた微妙な陰影をつぶさに観察する行為をも必要としている。そしてそれは、当の稲垣自身が、自らの論じ方へのもどかしさを吐露《とろ》するという形で明らかにしてもいたように、「震災」を論じようとする者にとってつねに共有された困難さであったことに重い意味があるだろう。稲垣達郎の時代において既に、「震災と文学」を問題化する確かな足場が求められ、それを実現する有効な手立てが模索されていたという事実を確認しておきたい。

稲垣とほぼ同時期に、「関東大震災と文学」(『昭和文学の成立』所収、勁草書房、一九六五年七月)へと正面から向き合おうと試みたのは小田切進である。小田切は多くの震災資料や史的研究、また主要雑誌の震災特集号などを渉猟《しょうりょう》しつつ、より概括的な視野からの「震災と文学」の把握に努めている。小田切は、宇野浩二、久米正雄、佐藤春夫、芥川龍之介、菊池寛、近松秋江《しゅうこう》等の震災直後に書かれた文章、いわゆる「震災文章」に照明を当て、こうした大正作家の震災体験記が、「その体験の受けとめかたが個性的で、その感動のしかたが、強くはっきりした態度と、明確な表現とで特に印象が生ま生ましい」ものであり、他に比べ優れた記録として光を放っていると考える。つまり、震災は「震災文章」という大正作家たちの手になる新しい「文学」を生み出した契機であると捉える見方が提示されていると言えようか。確かに人気作家たちは、大震火災とその被害の実情を報じたいメディアに駆《か》り出され、一人が幾つもの新聞雑誌を掛け持ちして文章を書くなどということが頻繁に行われており、総体としてそれらが一時期独特の幅広い文学領域を形作っているとは言えるのであって、その意味で小田切は震災期の文学状況に肉薄している。そしてさらに小田切論の見るべき点は、この震災の余波から昭和初期の文学傾向に至る道筋を明確に示し、震災を画期として変化してゆく文学の運動の見取り図を、丁寧に描き切ったところにある。

震災を体験した者たちの多くが根深い無常観と不信感を抱え、焦慮《しょうりょ》や絶望を感じつつ生きる一方で、自動車と活動写真とカフェーとを新時代流行の象徴と見る震災前からの機械文明・都会主義の風潮は、関東大震災後の急激な都市変貌に伴って劇的な浸透を見せる。同時に、治安維持法が成立するなど国体宣揚の国策が強化され、民主的な要求の広がりの上に新たな拘束が兆《きざ》し始めてもいた。従来の価値観が通用しないこうした時代背景を基盤として、階級的な社会意識の先鋭化とプロレタリア文学運動の再組織化が進められ、指針の不明な精神風土とモダニズムの急速な浸透に見合うアヴァン・ギャルドの活発な芸術活動が花開き、新感覚派の文学運動が力強く鼓動し始めることとなる。

小田切によって素描されるこうした文学史モデルは、おおよそ現在の認識とも符合するものであり、なおかつ、今日の文学史的常識となる叙述の基盤を形作るものである。しかし、にもかかわらず、「震災と文学」の絡み合いの結末を見事に形象化したかに見える小田切論においてなお、ある種決定的な欠如感を感じずにはいられないのはなぜだろうか。

昭和の文学を押し出し芽ぐませる要因として震災が存在したことは疑いのない事実であっても、小田切の引用する『中央公論』増刊号「不安恐怖時代号▼(1)」に象徴されるような震災後の暗い民意や、それと対照的な浮薄なアメリカニズムの蔓延《まんえん》に至るまでの微視的な歴史過程が、文学史叙述の常として、充分説得的には示されていないということがまずは挙げられる。つまり、震災発生直後から、昭和初期の固有の文学的雰囲気が立ち上ってくるまでの脈絡が、ある種の図式化・単純化と共に語られているがために、差し出される時代の趨勢《すうせい》を表現する言葉が、出来合いの標語と見えてしまう印象が避け難いのだ。また、「震災文章」は体験の報告と眼前《がんぜん》の観察が主目的であって、それを束ねてもそこに歴史が立ち現れるとは限らない。文学テクストの直接的な参照を通じて、文学状況の歴史的推移を記述する困難さが、やはりここにも浮上してきていると言えよう。

震災後の「文学」は、震災の直接体験を表現する言葉として表在化するばかりでなく、諸領域の隅々《すみずみ》に分け入って偏在する「震災」の多様な相と複雑に縺《もつ》れ合いながら、あらゆる場において誕生をみるものに他ならない。作家の思想的な動揺と、それを起点として展開する昭和文学への大きな道筋を照らし出す優れた論考と成り得ている小田切論は、その意味でやはり文壇史的な色彩が濃い。

だが、稲垣達郎と小田切進の「震災と文学」をめぐる先駆的な仕事は、先へ進もうとする私たちの確固たる道標と成り得る。彼らが問わなかったことを、私たちは問わなければならない。

芸術と文学が震災後どのように価値付けられてゆくのかを案ずる職業作家たちの軌跡を注視する前に、震災直下の芸術文学の価値を私たち自身が直接に問うてみる必要がある。危機に際しての書き手の声に鋭敏であろうとする姿勢によって、震災体験を語る「声」のみが検討に値する「文学」へと特権化され、その周縁に確かに分布する多様な密やかな呟《つぶや》きが封じられている。震災と自らあいまみえようとする「声」のみが「文学」へと数え上げられてきたために、現実と距離を置くフィクショナルな存在は「文学」からも「歴史」からも黙殺され、これまで改めてその価値が問われることがなかった。しかし、「震災と文学」を対象化するならば、まず問われるべきはそこであるはずだ。危機においてもフィクションは価値を持ち得るのか。危機において「小説」は書き継がれる意味を有するのか。少なくとも、菊池寛はじめ多くの書き手たちが直面し苦悩した問題の本質はそこにあったはずである。

実際、震災は「文学」の境界線を不鮮明にし、その境界線自体の存在を自覚させる契機となった。震災後、あらゆる価値は転倒し、サバイバルを核とした全面的な価値と秩序の再編が行われてゆく。諸領域の境界はいったん消失、錯綜し、新しい価値規範と現実の諸機構の強力な制約を受けながら、隣接する領域との融合や交換や距離の測定を行って、諸領域との関係性のうちに新たな固有性を主張し始める。「文学」ももちろん同様である。震災直下の作家たちが、文学有用・無用論を展開したのは、「文学」の境界線そのものの存在とありかが問われ鋭く意識されていたことと呼応している。彼らが問うていたのは、「文学」の効力ではなく、「文学」

領域の理想的な「位置」と「大きさ」である。震災は、「文学」というテリトリーそのものを主題化し、議論の俎上《そじょう》にのせた。まさに「文学」が生の姿を晒《さら》し、解体されようというその稀《け》有《う》な場面と向き合おうとするならば、「文学」が解体され、その領域が問いに付されるその瞬間を分析の対象にしなければならない。そしてもちろん、それには周到な戦略が必要とされるだろう。

『日本書紀』の「大なゐ」（大地震）の記事を起点として、『方丈記』、『古今著聞集』、『太平記』、『浮世風呂』など、古典にあらわれた地震から稿を起こす論考「地震と文学—関東大震災をめぐって」（『東京大学公開講座　24　地震』、東京大学出版会、一九七六年一一月）の中で、三好行雄は、「現在まで、地震そのものを主題とした近代文学はまだ生まれていない」と断言している。果たしてそれは本当だろうか。恐らくこの発言は、文学を対象化する研究者の立つ位置を不可避的に物語っている。

私たちはまず、三好の言うこの「近代文学」の外部に立つことから始めなければならない。「地震そのもの」とは何かを不断に問いながら「地震そのもの」に接近を試みる実に多くの小説群をも広く視野に収め得る位置に立って、震災後の混乱と縺《もつ》れ合いから脱し、自らの存在を主張し始める「文学」の運動を眺めなければならない。震災体験の「告白」とは別の場所から、「地震」へと関わろうとした言葉の群れと対峙する必要がある「震災」と「文学」とを共に相対化し得る外部に立つことで、その自明性が激しく揺さぶられる瞬間を直視する試みを始めなければいけないのだ。

「文学」領域を侵犯する「震災」

「文学」を生み出す場への「震災」の浸透力は、事実甚だしかった。統計的、俯瞰《ふかん》的に、「文学」周辺領域の物理的な変形の実相をまずは概観しておきたい。

関東大震災の被害は、東京、神奈川、千葉、埼玉、静岡、山梨、茨城の一府六県に及び、罹災者総数が三百四十万人、被害世帯数が七十万世帯、死者行方不明者の総数が十万人を超えるという数字が残されている▼(2)。「文壇人」の中に死者が少なかったことはよく知られている。鎌倉の別荘に滞在中の厨川白村《くりやがわはくそん》が、川を遡上《そじょう》する津波に流され救助されたが予後が悪く死亡した以外には、作家たちの生命、身体への被害はなかった。震災当日の作家の消息については、「よみうり抄」など新聞でも折々伝えられているし、東京や鎌倉など被災地に住んでいた作家の大半は、その時の模様を後日何らかの形で文章化し公表している。当日の文学者の動向を早い時点で最も幅広く捉えているのは、運良く災厄を免れた新潮社が発行した『文章倶楽部』大正一二年一〇月号であり、九月一二日の段階における「文壇諸家」の消息を、圧倒的な質と量で伝えている▼(3)。「凶災と文壇消息記」と題されたその記事では、実に文筆業者一〇四人の消息が一息に報じられており、震災時の「文壇」消息大全の趣《おもむき》がある。それによれば、「文壇諸家の住居多く山の手方面に在つた為め、被害は何れも軽微で、死者一人もなく（厨川白村氏を除けば）、家屋の焼失倒潰《とうかい》の難に逢つた人の少なかつたのは、不幸中の幸いである」とあり、湘南地方に自宅や別荘を持つ人々の中に家を失った者がいた以外には、ほとんど大きな実害が出ていないことが伝えられている。記事には、震災火災発生時の各人の対応や避難後の生活状況などに関するエピソードがふんだんに盛り込まれており、まさに「文壇」愛好者必携の一冊というところだが、作家の安否や行動、現況を網羅するこの「消息記」には、通常の作家の消息記事と異なり、取材執筆中の作品の進展が示されたり近作の宣伝などが一切見られない。もちろんそれは、九月一二日という直下の特殊性を考慮すれば自然なことであって、事実関東近郊に在住の書き手で、震災と全く無縁に文章を書き進めていた者の存在は想像し難いし、作家自身何よりもまず先に、自らと家族の身の安全を確保することに追われていた時期であったろう。実際、記事冒頭には、「唯《ただ》、物情恟々《ぶつじょうきょうきょう》たる際、諸家皆市民と共に自警団に加はり、夜を徹して戸外の警備に当られてゐる。謂ゆる筆を投じて戒軒《かいけん》を事とするの概《おもむき》、これを大正の今日に見ようとは何人も思ひ及ばぬ所であつただらう」とあり、文筆業者もまた、この大凶変に際しては、誰もが「筆を投じて」治安の維持と一身の保護に努めざるを得まいとする見方が示されていたのである。

確かに現実問題として、文筆業者は執筆しようにも活動の方法と場を奪われていた。震災は、建造物、人身に被害を与えるばかりでなく、あらゆる都市機能をほぼ完全に壊滅させ、麻痺状態に陥《おちい》らせていた。電信・電話の不通、郵便機能の途絶、交通機関への甚大な被害がまずは挙げられるが、これらは震災初期の東京・横浜を陸の孤島に変え、後の救出活動と救援物資の輸送を著しく困難にしてゆく。先の「文壇消息記」でも、久米正雄の安否が暫く不明で、一時は絶望説が流れていたことに触れていたが、都市はまさしく分断され、人の安否や各所の被害の実情が把握されるのにも時間がかかる状況であった。電気、ガス、水道の基本インフラも軒並み途絶え、生き延びた被災者は、その日から日常生活に困窮することとなった。

活字出版メディアの被害もまた、壊滅的であった。それは、メディアの一時的な活動停止と呼ぶにふさわしい重大な事態であったと言える。社屋、倉庫、図書館、印刷所がことごとく倒壊、焼失、印刷所の倒壊で四二名の死者を出す博文館から、九月一日当日、新社屋落成記念の祝賀会を待つ最中に震災に見舞われたが、新社屋並びに倉庫、印刷所共に損傷なく、印刷済みの出版物も無傷のまま災禍《さいか》を免《まぬが》れた新潮社まで、在京の出版業者の被害の程度は所在地により様々だが、出版業務を総体として見る限り震災の影響はやはり著しいものがある。当時急速に組織化が進められていた出版業務に携る各種団体・組合の被害統計数字を参照すると、出版業者統括団体である東京出版協会会員の78%、書店・取次・出版を包含する東京書籍商組合でも過半の55%が被害を受けている。印刷・製本・流通といった基盤業務が致命的な打撃を受けていることも見逃せない。実に在京の印刷業者の82%、製本業者の92%が罹災《りさい》しているとの試算がある▼(4)。また、大正一二年当時、書籍・雑誌の全国流通の大部分を担《にな》っていた在京の五大取次店である東京堂・東海堂・北隆館・至誠堂・上田屋がことごとく焼失していることも見落とせない事実である（橋本求『日本出版販売史』、講談社、一九六四年一月による）。

東京市中一五社以上を数えた新聞社でも、下町に社を構えるところが多かったため、被災を免れたのは東京日日新聞社、報知新聞社、都新聞社の三社に過ぎない▼(5)。三紙は比較的早い時期に復刊したが、他紙は復刊まで号外を発行し、断片的な情報の提供を行う他なかった。『東京朝日新聞』を例に取ると、九月四日付号外において、火災により新聞発行不可能となったため、「帝国ホテル内に仮事務所を置き四日から毎日数回号外を発行して特報することとなつた」旨を告示している。ちょうど九月一日新館落成の日を迎えていた帝国ホテルは、有楽座や日比谷大神宮を失い焦土と化した界隈《かいわい》にあって事なきを得、団体の避難所となり、『東京朝日』をはじめ『時事新報』、『国民新聞』といった社屋を焼かれた新聞社や、鉄道など他機関の仮事務所として広く利用された。『読売新聞』と『東京朝日新聞』の復刊は九月一二日であるが、夕刊の発行、頁数が震災前の数に戻るのは更に先のことであり、在京の新聞全体が完全に正常な機能を取り戻すにはかなりの時間が必要となる。

当然、被災地内部の初期報道は貧弱な内容とならざるを得なかった。先の『東京朝日新聞』九月四日号外など、記者の手書きをそのまま印刷した一枚紙に過ぎず、仮事務所設営の社告のほか、中央気象台の発表に基づく「地震は止むだ」との報知や汽車開通の状況、電気水道の復旧見込みが、箇条書き走り書き程度に示されている断片であり、混乱した人心の安定を図ることを第一の目的として取り急ぎ発行されたものと考えられる。その時点で判明している各地の被害状況が付されてはいるものの、情報としては不完全なものでしかない。『東京朝日』に限らず在京他紙からは多数の号外が出されたが、被災地内部で行われる当初の報道は、救援や復旧状況など、被災者がまず必要とされる情報の伝達に重きが置かれるのが必然であって、被害状況の実相を含む震災の全貌に近い像を構成することは、時間の経過を待たずには困難であった。そしてこのことは、実効性速報性の高い情報が圧倒的な価値を持つ都市状況が出現していたことをも意味している。

東京を中心とする刊行物流通の回路は瞬時に寸断され、印刷・出版機能は一時的に凍結した。新聞社は号外の発行と復刊を急ぎ、余力ある出版社は震災特集ものの企画に着手するが、程度の差はあれ、各メディアは震災直下の物理的な障害と一時的な業務停止期を抱え込まざるを得なかった。

さらに、そうした不可避の空白期間は人為的な規制のもとで強化される場合もあった。前掲の橋本求『日本出版販売史』によれば、会員の罹災が二一一社におよび混乱した事態の収束へ向けて素早い対応が必要となった東京雑誌協会では、震災後の善後策を練るべく九月一〇日に臨時幹部会を開いている。雑誌の発行日に関する災後の応急処置が主たる議題となり、九月中の雑誌発行禁止と、一〇月号を雑誌ジャンル別に期日を決めて一斉に発行配本するという重要な決定がそこで行われた。これは、混乱に乗じた独占的な雑誌販売を抑制し、震災前の流通ルートや販売量などの勢力地図が極端に変化しない形で、被害の多寡《たか》に関わらず足並みを揃えた復興を目指そうとの措置と考えられるが、同時にこれは、新刊雑誌の稀少な空白の一箇月を制度的に準備し、日本全土に及ぶ書物・活字への飢餓状況をもたらす遠因であったとも言い得る。

巨視的に見れば、震災後の活字メディアの復興は予想される以上に早かったし、また、まさにこの震災こそが、書物・活字の欠乏状況によって促される一時的な出版ブーム▼(6)や、いわゆる「震災文章」の執筆による文壇の震災景気、さらには、出版・流通システムの合理化と連動する書物の大量出版・大量販売時代を招き寄せたのに違いない。ベストセラーとなる講談社発行の『大正大震災大火災』(一九二三年一〇月)が雑誌扱いで発送され、当時書籍販売店と区別されている場合の多かった雑誌販売店にも配本されたことが契機となって流通システムの整備と小売販売店の均質化が促進されたなどの事情はその好例と言い得る。『日本出版販売史』の中で著者の橋本求は、「雑誌販売店で単行本を売るようになったことは、結局、雑誌販売店、書籍販売店、雑誌書籍販売店と、従来三つに分かれていた全国の販売店を均一にしてしまった。これは従来の販売機構に一つの革命をもたらしたことであって、単行本の部数が各段に伸びるようになり、出版社も書店も共にうるおう結果になった」と述べている。

しかしながら、震災とその復興を、一方向的に、「近代化」促進の原動力、「近代化」の過渡期の一様相とばかり眺める構えには重大な陥穽《かんせい》が潜《ひそ》んでいる。肥大化を続けていたメディアの成長過程に、非連続な断層を持ち込んだ要素でもあるこの震災のありようが見落とされてしまう危険性があるのだ。大地が揺れ、書籍雑誌が燃え、刊行流通が途絶え、一時的にせよ書き手が筆を止めたことは、まぎれもない事実なのである。

初期報道と「震災」像の形成

日本近代史の研究者である成田龍一は、メタヒストリカルな問いの実践の場として「関東大震災」を取り上げ、新聞雑誌報道によって「震災」像の形成されてゆくプロセスを丹念に追っている（「関東大震災のメタヒストリーのために―報道・哀話・美談―」、『思想』、岩波書店、一九九六年八月）。本来個人的な体験であるはずの震災が、集団的な体験として記憶されてゆく仕組みとからくりを問題化し、報道が「参照枠」としての「震災」を創出してゆく様を眺めようとしているのである。本書の問題意識と接触する部分があるため、成田の見解を少し参照しておきたい。

東京市内の新聞社が震災により甚大な被害をこうむり発行不可能となったため、当初の震災報道は「外部」である大阪やその他の地域の新聞・号外により「断片」として伝えられる。そして、成田によれば、こうした「外部」の報道が九月三日頃より「内部」＝罹災地からの視点を含んだ取材情報伝達の試みとなり、また、実際に飛行機を飛ばしたり写真や図像を掲示するなど「断片」にとどまらぬ俯瞰《ふかん》を行い、災害の「全体」を把握しようとする意志を持つものとなると言う。さらに九月五日頃から、情報が整序され始め「震災」が方向性を持ち始めることに触れ、次の五点を指摘する。それは、①焼失区域／安全区域の分割など「震災」の空間的範囲が暫定的に確定される、②「内部」から「外部」へ逃げ延びた者の「遭難記」が掲示されるようになる、③地震回数や時間、被害者数など「震災」の輪郭が数字データとして示される、④著名人の被害が伝達され、被害の広がりが象徴的に暗示される、⑤空間軸や時間軸に配慮した、写真や図像を用いた「震災」を視覚的に描く手法が定着する、というものである。時間の経過と共に、集団の記憶として共有されるようになる「関東大震災」像の骨格が形作られてゆく過程が、「外部」の新聞報道の紙面検討を通じて辿《たど》られているわけだが、東京市内の新聞報道に関して成田はさらに興味深い分析を行っている。

「外部」より遅れて震災報道が開始される東京市内の新聞においては、余震・救援・復旧情報の伝達を核とする罹災地、罹災者の立場や視点に立った「内部」性が志向されるが、そこでの「震災」の「全体」像の描出の意図には「外部」と異なる性格が見られると言う。そこでは記述が「虫瞰《ちゅうかん》的」視点に立ち、足でゆっくり歩き罹災者を追体験する姿勢が尊重される。炎の流れと避難者の辿った途が意識され、「全体」が踏査されてゆく。都市内の個々の場所が罹災者の行動という一連の動きの中で語られ、それらが「点」ではなく「面」を形成する。また、様々な場所が、生活者の感覚やかつての記憶との対比で語られる。

「外部」の「断片」、しかも当初は「鳥瞰＝ロングショット」として開始された報道が、「内部」の視点＝「虫瞰」を組み合わせた「全体」への志向を生み、罹災者の観点のとしての土地勘や生活感を盛り込んだ「震災」像が徐々に形を整えてゆく様が、緻密に考察されている。こうして編み上げられた「全体」像は、やがてステレオタイプ化され、反復して紙面に立ち現われ、その過程を通じて強固な「参照枠」としての「震災」像が構成される。その様相を、さらに雑誌に場所を移し、講談社『大正大震災大火災』の誌面を通じて考察した後、成田は次のように述べている。

罹災者の体験は個別、一回性の体験であり、固有の時間と空間を持つ具体的な出来事にほかならない。端緒的には自らの家屋が倒潰し、知人が死亡し、……といった出来事＝経験であるが、報道が「全体」を構成することに対応して、当事者であるはずの彼らが、自らの体験をその「全体」におりこんでしまう。換言すれば、震災という巨大な出来事が先行、一人々々の時間・空間と経験がそれを構成する要素へと逆転させられていく。しかも、ステロタイプ化されたうえで反復される「全体」像のもとで、体験の語り方もステロタイプ化され、反復される。罹災者はあたかも震災それ自体を体験したかのように語りはじめ、「震災」と「震災の罹災者」を実体化する。／一方、非罹災者もこうした文脈から「震災」を共有し、「われわれ」の共通体験としての「震災」と、「震災」で被害を受けた「震災の罹災者」という認識を作り出す。罹災者の体験は、非罹災者の体験でもあり、「われわれ」の体験でもあるとするのである。

この後、震災体験を「われわれ」の体験へと醸成してゆく巧妙な装置として、震災後メディアにあふれる「哀話」「美談」の存在に目を向け、その詩学へ向けた思考がさらに展開されてゆくこととなるわけだが、ここには既に幾つかの考えるべき事柄が含まれている。まず、「ステロタイプ化」された震災体験の「全体」像が「反復」されてゆくという理論上のモデルをそのまま受け入れることは難しい。成田の言う初期報道の変化に加えて、被害の全容把握には、事後的に時々刻々と解明されてゆく社会文化に奥深く浸透した「断片」の報道が不可避的に付《つ》き纏《まと》い、「全体」像の漸進《ぜんしん》的な変容を迫るため、「ステロタイプ」化する定点を仮定することは事実上かなり困難であるからだ▼(7)。これは永遠に変貌し続ける無数の「全体」像を仮定するべきだということではない。確かに「われわれ」は、なにがしかの「参照枠」としての「震災」に依拠し規範化される存在であるはずだが、固有の体験を織り込もうとする「全体」とは必ずしも「ステロタイプ」化されたそれではなかったのではないだろうか。皆が「震災」を見ていることと、見ている「震災」が同じであるか否かということとは、別次元の問題ではないのか。生成されてゆくイメージとしての「全体」を想定しながらそこに自らを投影させていたことは事実であっても、そのイメージは定型化しがたい不安定な錯綜体としてのそれであって、揺れと火災と被害の規模の暫定的な輪郭には、壊滅的であることが判明しつつある組織、制度、生活環境などの情報が不断に畳み込まれてゆくはずであり、「われわれ」が実際に向き合っていた「関東大震災」とは、正しくはそのような総体的な揺れ動くイメージとしてあったのでははないだろうか。

　しかしながら、罹災者／非罹災者に関わりなく、震災直下の状況を生きた人々が、自己の罹災体験ならぬ不定形な「震災」のイメージに包囲されて、そのイメージに身を委ねながら、従来の価値規範の転倒した混沌の中を、そして種々雑多な場において新たな秩序が生み出されてゆく中を、歩み出そうとしていたことは紛れもない事実である。日々の新聞報道や雑誌の特集号の生産する「震災」像は、そうした人々が自らの位置を測る強力な準拠枠として機能したはずであり、それはもしかすると、罹災者にとっての自家の倒潰《とうかい》や肉親の死に匹敵する力で、人々の身体と意識と欲望と感性を統御した可能性すらある。それだけに、震災後のメディアを諸領域に向けて解き開かれた情報の発信源として眺め、そこにおいて形作られてゆく「震災」像の揺れと多彩さを対象化し記述してゆくことが、非常に重要な作業となる。しかもそうした作業の実践にあたっては、震災の物理的な輪郭が比較的強固な像を結ぶまでの期間に留まらず、そうした物理的な輪郭が災後の生存にとっていよいよ重い意味として見え始める、一定の長さの復興期間までを視野に入れる必要があるだろう。

　事実震災はいつまでも回顧され続ける。隅々に分け入った災害の相はどこまで辿っても尽き果てることはなく、したがって震災被害の報道は終わりなく続けられてゆくかに見える。やがてそれは、記事の比重としては復興のベクトルに席を譲ることになるにしても、その境界線は引き難く、二次的間接的な震災被害を考えると、それらは淡く緩やかに身を引いてゆくばかりで、消滅の定点はどうにも探り出すことが出来ない。

混沌の中で「発見」される「文学」

一方、震災直後において、それこそ「前古未曾有」の圧倒的な情報統制が行われたことは正しく認識しておかなくてはならないだろう。そこでは「世界開闢《かいびゃく》未曾有の大震火災」（今村有常）を核とした特殊な時空が形成される。罹災地／非罹災地に関わりなく、新聞雑誌から、人々の口の端に登る話柄をも含めて、震災直下における情報の価値は、圧倒的に震災とその周辺に集中する。何よりもまず「震災」ありきという特異な言葉の磁場が形成され、そして不可避的に、震災と関わる実効性、速報性、特報性を持つ情報がより高い価値を有するという言説編成上のヒエラルキーが形作られてゆく。内部／外部、鳥瞰／虫瞰といった差異を問う以前に、ともかくも「震災」でなければならないという、同時代のあらゆる言説を例外なく統御する「未曾有」の強固な言説の磁場がここに出現する。もちろん文学領域もその例外ではありえない。むしろ文学領域への影響はより深刻な形で浸透する。新聞紙上における文芸欄、文芸消息記事は一時的に例外なく中断され、「文学」や「文壇」は震災を核とする波紋状の言葉の広がりの外縁部に据え置かれ、後日改めて見出されてゆくこととなる。

新聞紙上の断片的な文芸消息や出版界の動静についての記事に限れば、九月中に各新聞に散見することができ、早くは非罹災地『大阪朝日新聞』の震災報道中、九月六日紙面には「その日の文士たち」の見出しで、かつて同紙記者であった片岡鉄平が震災発生直後に見聞した広津和郎や直木三十三、佐々木茂索、三上《みかみ》於《お》菟吉《ときち》、谷崎精二ら文壇人の安否と行動を伝えているのを見ることが出来る。東京の新聞でも、早いものでは「よみうり抄」にて一九日より文壇人の動静を逐一報告し始めるなど、その前後には文芸欄の復活も見られ（前掲稲垣論文に詳しい）、文学領域へのメディアの眼差しが、震災発生直後の混乱の沈静化を間接的に物語っている。しかし言うまでもなく、この時期、震災と全く無縁の作品掲載や、文壇事情の報知は皆無であり、つまり、「文学」は震災と繋がりを持つ形においてのみ危うくその命脈を保っていたことになる。

　そんな中、九月一五日より『大阪朝日新聞』に登場する「地震哀話　焔の行方」の新連載開始の措置は、誠に異例の素早さであった。「外部」大阪だからこそ可能な試みであるとはいえ、被害状況や名士の安否がいまだ報ぜられている最中に、「震災」そのものを主題とする虚構の物語が始められているのである。無論これは、時間の経過と共に震災の物理的な輪郭が明らかになりつつあり、社会・人心に浸透した事後的な影響力の大きさが浮上してくると共に、「震災」を構成するディスクールとして、震災体験を反芻《はんすう》、共有できる条件を兼ね備えた「哀話」「美談」といった本来は個人的な物語が、メディアを彩る記事の一端として価値を高めていたということを示している。恐らくは震災被害の報道の中から派生的に芽《め》ぐまれていったに違いない「哀話」「美談」は、理解されやすい一定の話型を志向しながら自らの姿を洗練させ▼(8)、新聞報道の隙間から雑誌の特集に至るまで、以後数箇月の単位であらゆる方向に広がりを見せる。「文学」がそうした「哀話」や「美談」、ないしは罹災体験談めいた物語への要請の高まりを視野に入れ、「震災」に擦り寄ることで、自らを確保し位置づけようとしていた趨勢を、この「焰の行方」の存在は明確に証明している。この小説の連載開始が、震災哀話に身を寄せようとするきわめて意識的戦略的なものであったことを、掲載前日の新小説予告欄が語っている。

本紙懸賞映画劇「大地は微笑む」を登載し始めた時未曾有の震災が起り我も人も挙げて混乱の渦中に巻きこまれ、香りの高い芸術品を静かに鑑賞することができないと思つたので暫く掲載を止め人心の鎮静を待つて紙上を飾ることにしました。この時、この恐ろしい震災の惨話哀話が汲めども汲めども尽きぬ程新聞社の編集局に集まります。その中で或る秘密をもつた一家に身の毛もよだつような事柄のひそんでいたことが偶々地震のために暴露し著者の胸を強く突きました。即ち一気呵成に筆をとつて地震哀話焰の行方を掲載します。編中にはあらゆる階級の人々が活躍します。そして人間世界の薄暗い方面、美はしい方面が、事実其儘に何の飾りもなく現れて来ます。是を見て泣く人もあるでせうが自分自身を省みて余りの恐ろしさに戦慄を禁じ得ない人も大分あるでせう。

「一萬五千号記念」の当選映画劇として連載が予定されていた「大地は微笑む」（吉田《よしだ》百助《ももすけ》作）

が、九月三日・四日のたった二回で打ち切りになっていることに、震災前後の価値の決定的な断絶が象徴的に示されている（朝鮮人を主人公とする「大地は微笑む」は後に映画化が実現している）。恐らくは事前の計画通り掲載を始めたが、予期せぬ震災被害の大きさに予定を変更したというところではないだろうか。震災の発生を予言するかのような皮肉な題名を持つ「大地は微笑む」に成り代わり連載される橘末雄《たちばなすえお》「焔の行方」は、急場しのぎの登場にしては随分と周到綿密な構えを持つ小説である。止むことなく次々と湧き出してくる「哀話」の類に短絡的に加担しようとはせず、一男一女の子を持つ実業家家庭を中心にした複雑な人間関係をまずはじっくりと書き込んでゆく。一一月七日まで全五十四回の連載となるが、一〇月二五日第四十一回目の掲載までは内容として地震と関わることなく、したがって「哀話」的要素も見えない。それぞれの事情を抱えた多様な人間たちが、一通りではない関わりを持ちながら、それぞれに夏の終わりを迎えるわけである。しかしながら、物語の核となる実業家の家を、震災で最大の死者を出す陸軍被服廠跡《ひふくしょうあと》のある本所横網町に設定したり、後にはある人物の画策だったことが判明するが、予言者めいた人物が実業家の家族に天の啓示を伝える場面を描き出したりするなど、やがて物語中で地震が発生するであろうことを思わせる伏線が至るところに張《は》り巡《めぐ》らされている。

連載第四十一回目に、物語内における大地震の発生が告げられる。現実の震災で惨劇を生んだ各所に都合よく散らばっていた作中人物たちが、まさに地震に遭遇した人々の痛苦を再現するかのようにそれぞれに罹災する。鎌倉由比ヶ浜の大津波、本所横網の旋風、浅草十二階の瓦解、被災者もろとも焼け落ちる厩橋《うまやばし》、隅田川に飛び込み水死する人々、記憶に鮮明な、というよりは、次第に共有されつつあった象徴的な悲劇の光景が今一度呼び戻されてゆく。登場人物の一人ひとりに担《にな》わされた錯綜とした背景や、それぞれの抱く思惑は、彼らの住む都市と共に瞬時にして灰燼《かいじん》に帰し、狂乱の炎に焼かれて逃げ場を失った人間が物のように朽ちてゆく光景が現出する。

この連載小説が、種々のメディアを通じて形作られてゆく「大震火災」のイメージとの重ね合わせを期待し、露出する被害映像や氾濫する無数のエピソードを背景においた展開を意図していたことは、以下に掲げた新聞挿絵などからも明瞭に理解できる（**図1・2**）。**図1**は一面焦土と化した帝都の実写を、**図2**は崩壊した家屋の実写を背景として、その上にそれぞれ登場人物の像を重ねて描いている（作画は古家新《ふるやしん》の手になる）。おそらくは震災の報道写真であろう実写の枠の中に、物語世界の一コマを浮かび上がらせるこの手法は、この連載小説が書かれ読まれた枠組みを強固に規定している▼(9)。末尾十四回の描き出す「震災」によって、積み上げられた劇の細部を一挙に葬り去る物語構成は、人間生活の文脈に何の顧慮もなく到来した「今次の大震火災」の脅威を忠実に反復して見せているとも言えよう。『大阪朝日』の読者は、同紙面で日々見聞きしてきた「震災」を反芻する場として「焔の行方」を追ったはずであり、送り手側の目論見も当然そこにあったと考えられる。

図1　第五〇回（一一月三日）

図2　第五十三回（一一月六日）

橘末雄「焔の行方」挿絵（作画は古家新『大阪朝日新聞』）

この「地震哀話」が、成田龍一の言うように「震災体験を「われわれ」の体験へとつくりかえてゆく装置」としての「哀話」的機能を十全に果たしていたかどうかはわからない。だが、肉親との訣別、行動の選択に基づく生死の分かれ目、残された者たちの悲哀と無常といった、「震災」をめぐる「哀話」に類型的な性格をも内包していることは確かであり、少なくとも、周辺に陸続と溢れ始めていた価値的な言葉に連なろうという強い意志は明らかに感じ取ることができるのである。

　このように、震災直後の新聞紙上において、新しい連載の読物が紙面に登場し、掲載が続けられるためには何らかの戦略が必要であった。被災地東京に目を転ずれば、復刊し始めた九月中の新聞に、新たに連載が始められる読物は無論非常に少なく、罹災しなかった『都新聞』にて九月一四日というきわめて早い段階で連載開始される竹久夢二「東京災難画信▼[10]」は、夢二の絵を見所にして短い文章を添えた災後の東京風景のスケッチであったし、九月末開始の『中央新聞』「焦土に咲く花」は玄海魚人《げんかいぎょじん》と名乗る著者による「焦土」探訪・人探しの物語であった（九月二九日～一〇月五日、全七回連載）。震災直後の混乱の中で人買いの手に落ちた女が、その暴力から救い出された後に、その恩を返すばかりでなく「多くの不幸な人たちの上にも暖かい心と涙とで看護」にあたるようになる姿こそは、まさに賞賛に値する震災美談の典型とも言えるものであった。『報知新聞』「大震災印象記（大正むさしあぶみ）」（川村《かわむら》花《か》菱《りょう》作、九月三〇日から一一月一日まで夕刊に全三十回連載）も、もちろん題名どおり震災を背景とした物語として提示されている。時代小説を例外として▼[11]、新たに文芸的な読物を連載するには「震災」との内容的な絡み合いが不可欠な情勢であったと言えるだろう。

　地方の有力紙までをも視野に入れて、この九月中に新連載が始まる小説を探せば、震災と直接関わらない内容を有する小説が見出せることは付記しておきたい。また一方で、時間が経過して一〇月以降になってからも、震災を直接の素材とすると思われる題名を持つ連載の読物は新聞紙上でも数多く書き始められている。高木健夫編『新聞小説史年表　新装版』（国書刊行会、一九九六年一月）から、大正一二年内に連載が行われたものをピックアップするだけでも以下の通りである。

一〇月三日連載開始　馬丈庵《ばじょうあん》「大震哀話・一夜乞食」『二六新報』四二回
一〇月二一日　生田葵山《いくたきざん》「復活の朝」『都新聞』七一回
一〇月二三日　仲木貞一「ページェント〈復興会議〉」『東京朝日』三回夕刊
一〇月二八日　楚人冠《そじんかん》「地震の後」『東京朝日』三回夕刊
一〇月　竹林夢想庵「妻の生死」『大阪朝日』二五回夕刊
一〇月二七日　上司小剣《かみつかさしょうけん》「災後の恋」『京城日報』一四九回夕刊
一一月二八日　仲木貞一「〈早稲田演劇研究会台本〉帝都復興」『国民新聞』五回夕刊

宙吊りになった長編連載小説

震災報道は文学・芸術領域を侵蝕する。それは文字通り、新聞紙面から所与の領域を奪うという形で進行するのである。文学領域と触れ合う直下の報道は、震災下の文士の消息か出版界への打撃を伝える報道に限られていたし、復刊と共に順次登場する連載の読み物もその当初は「震災」と無縁に存在することは出来なかった。

そうした中、もっと切実で現実的な問題が沸き起こる。震災発生以前から、新聞そして雑誌で連載が続けられていた長編小説の掲載を、一体どのように処理すべきかという問題がメディアの側に当然のごとく浮上してくる。それは、震災報道の渦中において、世界観の全く異なる小説の掲載を継続できるのかどうかという具体的な編集方針上の問題であると同時に、濃密な歴史性を担う時代の空気の中で、巨大な力によって一方向的に制御された受容の場へ向けてフィクションを書くということの本質的な意味が、自ずと問われてしまう機会でもあったはずだ。いわば震災は、作品世界の内と外との本来デリケートな絡み合いを、生の姿で露呈させる稀有な局面でもあった。

鮮明に記録されたメディアの混乱と困惑とを眺めてみよう。まずは新聞に目を向けてみる。震災後徐々に復刊正常化する在京の各新聞紙面からは、それまで連載されていた長編の読物が例外なく一斉に姿を消す。そしてその中にはもちろん、震災報道の中で再び掲載されることのないまま、自然消滅するように未完中絶を余儀なくされる作品も少なくなかった。前掲の高木健夫編『新聞小説史年表』を参考に、震災発生により未完中絶に終わったと思われる東京の新聞連載小説作品を以下に掲げてみよう▼(12)。

『東京朝日新聞』　小山内薫「背教者」（大正一二・四・三〇～九・一）
『報知新聞』　加藤武雄「母」（大正一二・七・二九～八・三〇　夕刊）
本山荻舟《もとやまてきしゅう》「美男葛《びなんかずら》」（大正一二・二・四～八・三〇）
『国民新聞』　細田源吉「金」（大正一二・六・八～九・一）
賀川豊彦「（お伽小説）爪先の楽書」（大正一二・八・二五～九・一）
『都新聞』　寺沢琴風《てらさわきんぷう》「春から夏へ」（大正一二・五・九～九・一）
『東京毎日新聞』　島川真一郎「濁らぬ心」（大正一二・六・一二～八・三一）
半井《なからい》桃水《とうすい》「（風俗小説）善と悪」（大正一二・八・二〇～九・一）
『二六新報』　守田《もりた》有秋《ゆうしゅう》「羅馬へ」（大正一二・七・一一～八・二八）
薄田《うすだ》斬雲《ざんうん》「禽獣魚草木を侶として」（大正一二・八・九～八・三一）
『中央新聞』　田村西男「（新講談）延命院」（大正一二・八・一三～八・三一）

直下の混乱の中で、新聞が震災報道に専従せざるを得なかったのは必然的な事態であった。これらが連載中止のまま消えていってしまった理由は推測しやすい。まずその第一は当然、新聞社側の事情、発行能力の喪失低下と災後の混乱期の需要に応じた現実的な編集方針によるものが大きいと推測される。「いつも締切りに追はれて原稿を書き放しにされるのに似ず、この稿は前以て下書きを作成してそれを新聞社へ浄書して送るほどの意気ごみでかかつた仕事だけに、先生がこの中絶をひどく残念がられたのは事実である▼(13)」という、連載中止決定直後の小山内薫の思いを伝える証言や、「六月から国民新聞に長編「金」を発表したが、九月一日の震災で掲載不可能になり、中途半端なものになつた。経済界の動揺を背景において、これから身を入れて書こうと思つてゐた際だつたから、すつかり力抜けがしてしまつた。なにも手につかなくなつた」(「大正一二年の自作を回顧して」『新潮』、一九二四年一月)と言う細田源吉の言葉は、新聞側が強力な指揮権を発動していたことを窺《うかが》わせる。しかし両者には、自分の作品が震災後の状況下で充分な読者牽引力を持ちえないという認識は介在していただろう。もちろん、震災を契機として書き手の側が執筆の意欲やモチベーションを喪失してしまい執筆を放棄したというケースもあったと推測できる。いずれにせよこれら連載が途絶《とぜつ》した小説たちは、直下の震災報道や、その中から大量に生み出されてゆく多様な物語、種々の「哀話」や「美談」に伍《ご》し得ないとみなされたからこそ排除されてゆくと見て差し支えない。書き手たちは既に与えられていた生存の「場」を失い、かつてない読者喪失の危機に直面しようとしていたわけである。

しかし他方、一端新聞紙面から消えはするものの、しぶとく命を長らえ、震災を挟んで連載が継続する小説も存在する。一時中断した小説の連載再開とその執筆にあたっては、きわめて慎重な姿勢が必要とされた。八月末ないしは九月一日の最終掲載日以来、休載期間は作品によって様々だが、九月末から一〇月半ばにかけての時期に再連載第一回目が始められている作品が目に付く▼[14]。以下、東京の新聞紙上で、震災後も同じ題名のまま連載が続けられた作品を挙げてみよう。前掲『新聞小説史年表』に加え、『大衆文学大系　別巻　通史・資料』（尾崎秀樹・岡保生・和田芳恵・中島河太郎編、講談社、一九七〇年四月）を参照し、各新聞をあたって連載継続が確認できた作品である。

『読売新聞』　中村武羅夫《なかむらむらお》「群盲」（大正一二・三・一三～一三・一・一六　二六五回）
『中央新聞』　小山内薫「旦那」（大正一二・三・二四～一三・二・一二　二四九回）
『報知新聞』　藤田草之助《ふじたそうのすけ》「貧しき商人」（大正一二・四・一九～一〇・一一　一六〇回）
『やまと新聞』　日暮《ひぐれ》の里人《さとびと》「おらんだ人形」（大正一二・四・一九～一三・五・二八　二七五回　夕刊）
『東京日日新聞』　菊池幽芳《きくちゆうほう》「彼女の運命」（大正一二・七・二八～一一・一〇　一〇六回）
『都新聞』　竹久夢二「岬」（大正一二・八・二〇～一二・二　七六回）
『万朝報』　長田幹彦「呪いの盾」（大正一二・八・二四～一三・六・一四　一五三回）
『国民新聞』　村上浪六《むらかみなみろく》「時代相」（大正一一・一二・一〇～一二・一二・三一▼[15]）
『時事新報』　里見弴《さとみとん》「多情仏心」（大正一一・一二・二六～一二・一二・三一　三〇〇回）

九月一〇月の在京の各新聞紙面は言うまでもなく震災及び復興関連記事で埋め尽くされている。連載小説は例外なく、そうした紙面に掲載されたのである。社会・文化への爪痕《つめあと》が日々照らし出され、傷口の大きさを絶え間なく反芻し続ける現実を前にして、それ以前と主題を同じくする虚構の小説を提供することに果たしてどれほどの意味があるかという重大な問題が浮上してくることは避けがたかったに違いない。とりわけ、震災前の東京や横浜を舞台としていた現代小説にあっては、これは決定的ともいえる事態であった。現に首都東京は崩壊し、瓦礫《がれき》の山と化している。この瓦礫の山に背を向けて、記憶の中にある都を手繰《たぐ》り寄せつつ書き続けるのか、それとも根本的な内容上の方向転換を選ぶのか。震災後の新聞連載小説はこれらの難題に答えを出さざるを得ない状況に置かれていた。

簡潔に言えば、上掲の作品のうち、後に検討の対象とする中村武羅夫「群盲」、村上浪六「時代相」を除けば、表面上は、震災を色濃く投影していると思われる情景を含みこむ物語へと変貌を遂げている小説は存在しない。『東京朝日』連載の「彼女の運命」では、横浜港におけるかつての婚約者同士の再会場面でも、復興途上の横浜の模様が点ぜられることはない。また、『中央新聞』の「旦那」では、連載再開前日の一〇月一六日に震災前までの詳細な梗概と再開の予告を掲載している。梗概はその後の物語展開の決定的な指針となる。「背教者」の筆を折ることを強《し》いられた小山内薫は、震災よりも梗概《こうがい》に示された物語との整合を尊重しつつ

「旦那」の稿を継いだと思われる。「多情仏心」の里見弴は、連載最終回の大正一二年一二月三一日掲載の末尾を、「大正十二年九月一日、午前四時十五分、そろそろ東の空が白みかけてゐた。……大震災の日が、夜明けつつあった……」と締め括り、震災を無視するように描いてきた物語を、震災によって崩壊するはかない世界であると位置づけている。

言うまでもないことだが、ストーリーや背景となる場面に際立った「揺れ」の見えない小説に、かといって震災の余波が及んでいないとは言い切れない。微かな「揺れ」の痕跡を認めうる連載小説は少なからず存在する。そうした小説世界の検討の試みとして、後に竹久夢二の「岬」を取り上げることにしたい（第五章）。

実は、雑誌も新聞と同様の問題を抱えていた。約六〇〇種あったとされる雑誌は震災後四〇五種に減るとされるが▼(16)、一〇月に入り足並みを揃えて復刊する雑誌群は、新聞報道に続く形で競って震災を特集する▼(17)。小論文、随筆、短編小説といった毎号読みきりの記事を中心に編まれていた総合・文芸雑誌はともかくとして、大正期半ば以降創刊相次ぎ急速に発行部数を伸ばしていた婦人雑誌のように、新聞同様、毎号連載小説を掲載していた雑誌は、その掲載方針に関してやはり現実的な対処を迫られていた。もちろん新聞と比較して、月刊が大半を占める雑誌には復刊までの時間的な余裕があり、また新聞ほどの速報性や時事性が期待されている訳ではないから、即座に小説の連載を中止する必要はない。しかしそのことが逆に、継続されねばならない連載をめぐって、メディアと書き手の双方が抱える問題の内実を赤裸々に露呈させてゆく面もある。この点については後に第四章で丁寧に論じてゆくことになる。

言説の断裂を問う手掛かりとして

震災は予期しなかった状況を「文学」にもたらした。連載小説の可否が危ぶまれ、掲載すべき小説の中身が切実に問われる過程において、「文学」の相対的な価値が秤《はかり》にかけられ、書き手の思惑と作品の志向は現実の重みの前に分解される。震災はまさにダイレクトに小説発表の場に関与し、ダイレクトに小説の生成と関わったのである。連載中断や中絶のドラマに加えて、変貌を余儀なくされる物語も存在する。もちろん、その裏面では平静を装い通した物語も。

本書においては、関東大震災発生以後も連載が続けられた小説群を主な素材として、震災による活字出版メディアの壊滅的な被害状況を視野に入れながら、当時新聞雑誌に掲載された連載長編小説群が、メディアの崩壊や復興とどのように関わり、また、激変する言説状況の下でどのように作品としての形を整えていったかということを検討する。震災と直結する連載小説の物語としての成長ぶり、動揺ぶりや、震災報道を核とする直下の固有な言説状況と小説言説との落差や距離が対象化されてゆくのは当然だが、同時に、作品成立の背景となる社会的文化的諸因子の質的変貌の諸相が各テクストに即して解析されてゆくことになる。震災の前後を通じて生々しく運動し続けた連載小説を、歴史的な空白・断絶の痕跡として取り上げてゆくことで、震災に伴う諸領域に渡る本質的な構造変革の様態を照明し、小説生成の基盤となる同時代的な言説そのものを思考の対象としてゆこうということである。具体的には、階級闘争と労働争議、景気変動と金融政策、マスメディアの興亡、視覚芸術革命と衆人監視体制など、大正末期の日本が内包する重大な課題と関わる様々な言説のありようが、震災を機としていかにして混乱し、変貌し、再編されてゆくのかという事情について、それらの視点を内在させるテクストの分析を通じて議論してゆくこととなる。それはもちろん、諸領域における言葉の価値体系の根本的な断絶と変動の狭間《はざま》で、いかにして小説言説が生成され、「文学」がサバイバルしていったかを鮮明に跡付ける作業ともなる。

第二章　中村武羅夫「群盲」の亀裂

――ある造船争議の結末――

長編連載小説の「断面」とは

震災に伴う政治・経済・社会・都市・文化の変容、さらにそれらの血流としての人間・貨幣・物資・交通そして情報の停滞と偏在と加速化の現象の解明が分野を超えて重要なことは言うまでもない。だがまずはその前提として、諸事象を派生させてゆく地の揺れ身体の揺れという直接的な体感が、果たして現在の文学研究の場に共有されていると言えるだろうか。大地は確かに揺れ、その時原稿用紙を前にして文字を綴っていた関東在住の全ての職業作家たちの手は、一時的に、疑いもなくその動きを止めたのである。それは、他の諸事情によって執筆が中断されたのとは決定的に異質な「断絶」であったはずだ。無論、文学テクストが生み出されそれが消費される状況とは、いつであれ不断に更新され刻々と変貌し続けているものに違いない。だがしかし、そうした「文学」を巡る状況の変容が、時空の一点を起点とする圧倒的な力によってねじ伏せられるように生起する事態は、そうそう頻繁に見られるわけではない。直下の都市機能の麻痺、メディアの壊滅、事後的に進行する都市生活の劇的な変貌、それぞれが文学領域に投げかけた意味は重いが、同時にまた、そうした諸相の一つひとつには還元できない予測不能で暴力的なエネルギーの苛烈《かれつ》さにも、われわれは眼差《まなざ》しを向けていかなければならないだろう。より具体的には、「震災」によって不可避的にもたらされた「文学」の多様な切断面を、われわれは正視すべきなのである。事実、「震災」は連載小説を切断する。それまで既に「小説」の言葉を律し紡ぎ出してきていたはずの複合的な力は、不条理で苛烈な暴力との衝突によって、拡散し消滅を余儀なくされるのだろうか、あるいは、断絶を飛び越えて、なおその命脈を保ち続けるのか。「小説」の言葉が、「震災」と出会う張り詰めた場所こそが、改めて注視される必要がある。

それにしても、震災被害と復興の経過に関する膨大な数量の記録・調査・研究文献の存在を鑑みると、文学テクストの直接的な「被害」や「揺れ」を記録し問おうとする実践が稀である不自然さは目を引く。震災期の文学を問うにあたって、個別の文学テクストに残された傷跡を一つひとつ丹念に収集し、観察する持続的な努力が不可欠であると思われる所以《ゆえん》である。

ここでは、震災直下において新聞雑誌に連載中であった小説群の、中絶・中断・変貌の具体相を鮮明化する試みの一環として、中村武羅夫「群盲」の生成の過程を検討する。中村武羅夫は、小栗風葉《おぐりふうよう》門下の作家・批評家であり、創作以上に、文芸雑誌『新潮』の名編集者として大正期から昭和初期の文壇に名を馳《は》せた人物である。「群盲」を読むことは、当時大規模な地殻変動を見せていた「大衆」をめぐる社会意識の色模様や、様々な小説の主題として文学領域へと進出し始めていた階級闘争・労働争議の本質的な変貌の実態を照らし出す契機となると共に、階級的イデオロギーに領された物語空間が、「震災」によっていかなる変質を迫られたのかということを跡付ける作業ともなるはずだ。

菊池寛の「模倣者」としての小説

「群盲」は大正一二年三月一二日『読売新聞』紙上にて連載が開始される。横浜・湘南の地を舞台に、冷酷辣腕《れいこくらつわん》の造船所社長園田専之助と職工たちの労使対立を主線とするこの物語は、資本家園田家の子弟や奉公人、及びその周辺にある人々の多様な恋愛模様を巧妙に織り込む形で展開する。

労働者と経営者の対立が表面化する契機は、造船所内での一人の職工の負傷にあった。造船所職工の一人が、工場内の老朽化に起因するアクシデントにより片腕片足を失う大怪我をする。工場の規定に基づきわずかな見舞金で万事を収めようとする会社に憤《いきどお》った職工有志たちが社長への直接抗議を行うが、そこにおいて資本家と労働者の階級的対立がきわめて類型的な形であらわとなる。資本家の富と権力を支える基盤としての自らの立場を訴え、人間的な処遇を求める職工たちの言い分と、労働賃金や事故に際する手当てについての規約の妥当性を主張し、自己の資本と才覚のみが経営を成り立たせる唯一の根拠であって、材としての労働力が交換可能な存在に過ぎないとする社長の論理とは相容れる余地がない。

もちろんこうした対立の単調さから物語を救い出すのは、各所に配された恋の劇に他ならない。硬直化した階級的な論理の外側に立ち得る者たちが、双方に憐れみの眼差しを注ぎながら、階級を超越した恋を演じ始めるのである。たとえば負傷した職工大谷三平の長女きよは、「燐寸《マッチ》箱をならべたやうな職工長屋」に、その日暮らしの生活を強いられている労働者一家の苦痛を知り尽くしているものの、その一方で、奉公先の、豊かな日々を送る園田家の家族たちの苦悩にも絶えざる同情を注ぐ存在として登場する。資本家階級の者たちが、観劇に出かけるための装いにあれこれと頭を悩ますほかに、豊かさゆえに秘め持つ様々な苦しみを見通す視線を、きよは有している。資本の椅子に居直り、力によって労働者たちをねじ伏せる父親を嫌悪し、女中であるきよとの間に身分差を超えた結婚を夢見る晋もまた、きよと同類の存在であると言っていいだろう。

だがしかし、階級的対立を相対化するこうした人間造型もまた、ある種の類型性を免れてはいない。既に前田愛が指摘しているように(「大正後期通俗小説の展開」、『近代読者の成立』所収、有精堂出版、一九七三年一一月)、この「群盲」が、前年発表の菊池寛「火華《ひばな》」の影響下にあることは疑いない。深刻化しつつあった労働争議の現状を踏まえて物語を構築したその発想や、社会小説への強い志向もさることながら、物語の結構から細部の仕掛けに至るまで、「火華」と「群盲」とは実によく似通っている。職工の負傷を端緒とする労働闘争の開始、職工の同盟罷業とそれに対抗する会社側の工場閉鎖、やがては職工たちの内紛に至る部分まで、物語の大きな枠組みとなる争議の経過は実態に即してもちろん類似していたし、経営者の家庭に女中として奉公する若く美しい工場労働者の娘、その娘に恋する資産家家庭の異端児という設定、つまり「群盲」のきよと晋の人間造型もまた、そのまま「火華」を踏襲していたのである。

加えて、「火華」における主要な筋であり、資本家と労働者の闘争をさながらに体現していた南條美津子と川村鉄蔵の対決が、「群盲」にあっては、園田家の出自不明の養子たる志津子と、社会的な階層性の束縛からの飛翔を試みる職工赤司龍三との、いわば立脚する場を持たない余計者同士の恋愛に反転されていると見るならば、さらに「群盲」への「火華」の影響の色濃さを理解することが出来るに違いない。確かに、「群盲」は「火華」の「模倣者」（前掲前田論）のうちの一人であって、「内容的価値論」という懐刀《ふところがたな》を手に、通俗小説の新境地を開こうとした菊池寛の試みほどの新鮮さを持ち得てはいなかった。

ワシントン会議と労働争議

だが、それにもかかわらず、「群盲」という小説は、「火華」にはないある種の切実さを獲得してもいたのである。それは、「群盲」発表の前年、大正一一年という年が、日本の労働争議史上、きわめて重要な年であったことと深い関わりを持っている。

第一次世界大戦後の一時的な戦後好況は、大正九年三月中旬の株式大暴落を導火線として慢性的な恐慌へと一転していた。各種産業界への影響著しく、事業規模の縮小、休業、閉鎖が各所に相次ぎ、労働者の解雇、労働条件の悪化は常態と化した。労働闘争が激化してゆくことは避けがたい状況にあった。実はこの大正九年を境として、大正期のストライキを伴う労働争議件数及び争議への参加人員数はむしろ減少の傾向にある▼(1)のだが、戦後恐慌は労働争議の内実を―その目的と様態とを本質的に変貌させてゆく契機となってゆく。経済界の活況に乗ずる事業拡張や急激なインフレ、労働組合組織の整備に相伴う形で、「賃金増額」「労働時間短縮」「設備改善」「組合加入の自由」など、主に労働者の権利拡大を目的とした積極的な要求を掲げて進められてきた労働運動が、攻勢から防御へと転じたのがまさにこの時であった。「賃下げ反対」「解雇反対」という、より切迫した事柄が要求の核となることは、労働者の戦闘化やストライキの拡大・長期化、つまり争議の本格化を促すことをも意味していた。

労働争議の「要求別件数及び参加人員」(註(1)書参照、以下も同様)の統計数字は、大正九年を画期とした争議の変質について明瞭に物語ってくれるが、同時に、こうした変質の最も顕著な現れを示すのが大正一一年であることをもはっきり伝えている。争議件数二五〇件、総参加人員数四一五〇三人中、「積極的要求▼(2)」に属するものが一五〇件(60・6%)、二八八三三人(69・5%)、これに対して、「消極的要求▼(3)」に属するものが六七件(26・8%)、一〇四三三人(25・1%)。賃金減額や解雇に反対する「消極的要求」と関わるものの割合は全争議のおよそ四分の一に過ぎないものの、大正一一年のこれらの数値が、実数・比率ともに、大正期の

「消極的要求」に基づく争議件数人員数の最大値を示していることをまずは確認しておかなくてはならないだろう。少数の突出した理論的指導者によって、労働者への階級的自覚化を促《うなが》すべく展開されてきたいわばイデオロギー主導の労働運動が、不況下の様々な抑圧を通じて自らの生存の危うさを日々確認していた労働者多数の生活実感や階級意識と重なり合ってゆく大正期後半にあって、労働者の生存を賭《か》けた闘争が最も過激化したのがこの大正一一年であったと言ってよいだろう。また、日本労働総同盟（友愛会）を中心とした労働組合母体の直接的な関与の増加に伴い、運動の組織化が進行していたこととも相俟《あいま》って、やがては珍しくなくなる一ヶ月を超える長期のストライキが発生し始めるのが、この大正一一年であった（「同盟罷怠業工場閉鎖継続日数別件数および比率」参照）ことをも記憶に留める必要があるだろう。

周知の通り、大正一一年における労働争議の激化にはきわめて明白な背景があった。慢性的な経済不況に加えて、ワシントン会議の結果に基づく海軍の軍備縮小が現実化したことと、第四五議会における陸軍の軍縮決定が、事業の緊縮と経営の合理化とを推し進める造船・鉄鋼業を中心とした産業界の方向性を決定的なものにしたのである。ことに急膨張した造船業にあっては軍縮の影響は甚だしかった。横浜に限ってみても、既に大正一〇年中から、内田造船所、横浜船渠、横浜工作所、浅野造船所と造船争議が相次いでいたが、翌一一年には、前年の争いを引き継ぐ形で、従業員四二一七名の参加（『神奈川県労働運動史戦前編』、神奈川県労働部労政課、一九六六年二月）による官憲をも巻き込んだ横浜船渠の大争議が発生している。「戦争の責任は労働者に無い如く軍縮問題一切の責任は、上げて支配階級にあり▼(4)」とする近々の大量解雇を予測した宣言を掲げ、「解雇手当」と「退職手当」の二点に関する要求書を会社側に提出して運動を開始する横浜ドックの労働者の姿勢は、その当初から悲壮感に満ちていたと言っていい。

横浜の造船所を舞台とした「群盲」は、一連の造船争議を直接的な動機としながら、こうした労働者の悲壮感と、徐々に切実化する闘争の実情とを充分に呼吸しつつ書き始められていたと想像される。「火華」の佐分利のような闘争の先導者＝扇動者が作中から姿を消し、追い詰められた弱者の絶望感と狂暴性を露骨に体現する虎松や雷獣の捨吉といった複数の役者が物語に配されてゆく点は、「群盲」のそうした立脚地を語ってもいるだろう。また、争議の進行過程が「火華」ほどには詳細に辿られず、運動の指導者も戦略も曖昧《あいまい》なままに職工たちのエネルギーだけが急速に充満してゆき、やがてはそれが、なし崩し的に職工たちの暴動へと転じてゆくという物語の進行からは、単に通俗小説の新奇な素材として「労働争議」を取り込み応用しようというだけでなく、当時争議そのもののうちに孕《はら》まれつつあった、窮地に置かれた人間の危機意識や闘争本能のようなものを、極力生の形であらわにしてゆこうという物語の意志を見て取ることも可能なのだ。

だがそれにしても、「群盲」に描かれた労働者の乱交ぶりは、少々破天荒に過ぎはしないだろうか。少なくとも、争議における決め事の一切を無視し、一都市を壊滅させるような労働闘争が、かつて起きたためしはなかった。

インタラクティブな制作過程

当時の『読売新聞』連載小説掲載欄の末尾には、「読者の声」として、連載中の小説に関する感想・意見・要望などを記した読者投稿の文章が付されることがあった。それは時には、直接作者へ宛《あ》てた要望書や読者諸氏への提言や主張となり、以前に掲載された「声」をめぐって読者間で議論が沸き起こることもあって、いわば連載中の小説を媒介とした読者サロンのような場として機能しており、作品の成立をその根底から左右する可能性を帯びていた興味深い欄である。

「群盲」では一九二三（大正一二）年八月六日第一四四回の掲載日に、最初の「声」が紹介され、以降九月一日第一七〇回までの間に計一一の読者投書が寄せられている。この数字は、「群盲」直前の同紙連載小説、佐藤紅緑《さとうこうろく》「荊の冠」（全一八九回）の計八一と比較すると少なく感じられるが、連載中に一つの「声」も寄せられていないと推測される作品が存在する▼(5)ことや、「群盲」全二六五回の後半およそ三分の一が、震災後のメディアを含めた都市機能の極端な混乱の下で発表されていることなどを勘案《かんあん》すれば、実際には決して少ない数とは言えまい。事実、「群盲」完結後の新連載小説、佐藤紅緑「樹々の春」の予告文には、「目下連載中の中村武羅夫氏近作の力作長編「群盲」も「群盲乱舞」の絶好場面に入り愈《いよいよ》最高潮に達しつつあるは熟読者諸兄妹の口々に賛嘆の辞を本紙並に作者に寄せらるるに見ても明らかですが本編も惜しいところで今年末を以て完結を告げる事となりました」（一二月六日掲載）とあり、震災発生後、掲載はされていなかったが、物語後半にあっても読者の投稿が続いていたことを裏付けている。物語の伸長とクライマックスへの予感に促される形で投書が舞い込むようになり、それが一ヶ月弱で一〇を超えていると考えれば、正常に連載が継続していた場合の反響の大きさは当然予想しうるものであり、「群盲」がかなりの好評のうちに迎えられていたことがうかがわれるのである。

園田夫婦に因つて当世成金輩の真情状態が表明され実に痛快に堪へず、読者諸君軽々に看過せらるゝな、世に害毒を流し徳行を敗るは先ず此奴等に始まる事を（八月一六日）

今度の小説程感じさせられたことはありません否総ての世の人も而でありませう龍三、志津子、晋、おきよは、私等の住む世界の人です専之助、忠子、早苗、お春等は私は多分人間ではないだろうと思ひます真人間界を追出された園田専之助！作者にお願いします（八月二〇日）

志津子君！恩は恩罪は罪だと勝手な暴言を吐く父専之助！非人道な人非人なんか正義に

対して親と思ふことは無いでせう、恩父は恩父、害敵は害敵ですゾ……イヤ父専之助の言よりすればそうなんです清純なる志津子君！飽くまで職工の味方となつて彼害敵と戦つてください（九月一日）

「火華」の志向と構造とを踏襲する形で、全国規模での労働闘争の深刻化の実情と、横浜における造船争議の高揚とを視野に収めつつ書き始められていた「群盲」ではあるが、その実、『読売新聞』連載時における「群盲」の読者たちの目は、そうした同時代的な背景と小説とのスリリングな親和性にまで充分に及んでいたわけではなかった。労働者の位置の後退と、それに伴う闘争の激化という争議変貌の事情は、労働者へのより一層の共感を呼び起こすことで、労働者／資本家＝善／悪という固定化した読解上の規範を強化する役割を果たし、むしろ「群盲」のさらなる通俗化に大きく貢献していたのかもしれない。結果として、労使双方の側に背負わされたそれぞれの重石が鮮明な対立を成してぶつかりあう労働争議の場は、その周辺を取り巻く物語中の多彩な人々の姿に、黒か白かの決定的な刻印を与え、読者の強烈な感情移入を誘う格好の舞台装置として機能した。読者は、闘争のリアリティを無自覚に通過し、争議の論理を超越した不透明な存在を看過《かんか》して、勧善懲悪的な見取り図に従い、物語を色分けしながら善の救済と悪の駆逐《くちく》を所望したのである。そこでは、ナポレオンを英雄視し、殺人によって人類の未来を創造しようと意志する赤司龍三の過剰性や、専之助の資本の絶対性を揺るがしかねない志津子の出生の秘密、本来は実子でありながら、訳あって養子として差別されて育てられるという状況の異常性はさしたる重みを持たなかったに違いない。

だがこのことは同時に、別の側面をも照射する。階級間のグレイゾーンを看過し、階級的な断絶を越境する存在を認識しない二者択一的な作品への視線が、階級間闘争の決着と、それへの道義的な裏付けを物語に希求するようになるのは、いわば必然的な事態であった。「龍三の精神、尊い行為に拠つてあの卑劣な忠子夫人、あの意地くさい専之助の精神をひるがえさしてやりたい、さうして美しい結びを龍三と志津子に与えてやりたい」（八月一七日）。このあたりが、どうやら大方の読者の思いの凝縮的な表現であって、別の階級に属する二人の男の求愛を同時に受け入れてしまうおきよの未来を憂慮する、「作者にお願いいたします「おきよ」の将来を思想的によりよく善導してあげて下さいませ」（八月六日）といった「声」をも含めて、後の展開に関わる読者の興味の中心は、道徳的な帰結と恋の行方に向けられていた。「美しい結び」へ向けて、それぞれの恋の道行きが丹念に辿られてゆくことが、そして、「無産階級」の側に位置すると見える作中人物たちへの共感に基づいた、階級闘争の結末が描きこまれてゆくことが、書き手には何よりも求められていたと言っていいだろう。

これは後に詳述することだが、中村武羅夫はこの「群盲」執筆にあたって、新聞掲載当日よりほんの数日分先の原稿だけを『読売』に前渡しする形で、つまり執筆時間の余裕をほとんど持たない状態で連載を続けていたと推測される。ということは、上述した読者の要望が日々掲載されるのと同時進行的に、「群盲」の執筆が行われていたということであり、読者の投書欄自体が、「群盲」の生成とまさにダイレクトに関与する可能性があったということを意味している。そして結論から言えば、「群盲」は投書に現われた読者の要望をある程度まで掬い上げていた。龍三と志津子の恋愛が種々の障害を超えて成就することで、期待されていた「美しい結び」は確かに実現していたと言えるし、おきよが晋への恋愛感情を断ち切り、職工虎松の不遇な運命への同情心を自ら選び取ることで、いわば、資産家の家庭から、無産階級者の位置へと帰還することによって、彼女の「善導」も読者の要望通り実践されていたのである。

だがしかし、そこには留保が必要でもある。読者の要請にひとまずは応えていたと言える「群盲」はその実、読者投書欄からの影響など比較にならない程の重大な規制に直面せざるを得なかった。「読者の声」の拘束を受けながらも、恋の道程を辿り、階級闘争への道義的な解決を導くことにのみ執心できない事情が発生したのである。

事実物語は、各人の思いに分け入り恋の道程をつぶさに辿ろうとはせず、飛躍と亀裂を抱え込みながら、あえて迂遠な道を行こうとし始める。具体的に言えば、恋は成熟の過程を辿るよりもむしろ、物語の背景へと退き、際やかに描きこまれていたはずの人物の輪郭線は徐々に朧《おぼろ》になっていく傾向にある。人物間の諸々の関係性が希薄化する一方では、得体の知れない人間の群れが不可解な蠢《うごめ》きを始める。そしていつの間にか前景化してきた群衆の蠢きは、無際限に膨張を始め、物語の一切の論理と情緒を無化するかのごとくに、無秩序と混沌とを撒き散らしつつ、やがてはテクストの各所に火を放ち始めるのだ。

関東大震災の発生と「群盲」

大正一二年九月一日朝刊で連載一七〇回を数えた「群盲」は、関東大震災の影響による『読売新聞』の休刊と、復刊後の紙面の縮小に伴って、一時的に連載が休止される。震災による在京新聞社の被害は甚だしく、発行休止期間中の、そして復刊直後の震災報道専従期の小説連載休止は、在京他紙同様の余儀ない措置であった。

『時事新報』連載の里見弴「多情仏心《たじょうぶっしん》」、『東京日日新聞』の菊池幽芳《ゆうほう》「彼女の運命」、『都新聞』の竹久夢二「岬」などと同じように、「群盲」も、新聞紙面の段階的な正常化に伴って、中絶することなく再び連載が継続される小説の一編である。ただし当然のことながら、「群盲」の再連載第一回目が掲げられた一〇月九日の『読売』紙面は、未だ震災報道で埋め尽くされていた。震災後継続される「群盲」の連載は、文字通り、震災被害と復興をめぐる報道のただ中で行われなくてはならなかったのである。

しかもなお、「群盲」は掲載日をきわどく追いかけるようにして慌ただしく書き継がれていた作品である。連載中断四〇日後の再開に当たっては、中断以前の物語との整合をも考慮しながら、新たに結末に至る部分の執筆が行われる必要があった。中村武羅夫の詳細きわまる回想「海村にて」(『文壇随筆』、新潮社、一九二五年一一月)は、そのあたりのところを正確に伝えているので、それをもとに震災前後の「群盲」執筆の進行状況を念のため見ておこう。

中村は、辻堂にある自宅の書斎で、原稿用紙を前にして、「群盲」の新しい章となる「黄金鬼」の「ちょうど小見出しの最初の文字を、一字書くか書かない」かという瞬間に大異変に遭遇する。その時点で『読売』に渡されていた原稿は第一七一及び一七二回の先の二回分に過ぎず、さらにその先の五回分第一七七回目までは既に書き上げられていたものの、その原稿はまだ中村の手元にあった。震災までに執筆が完了していたのは、既に紙面に現われていた「恋の空白」の章の最終回まで、未掲載の七回分に過ぎなかった。ということはつまり中村は、横浜における造船争議の物語の後半約九〇回を、激甚《げきじん》な被害を被《こうむ》った湘南の地で、全壊した我が家と急造される仮設住居の傍《かたわ》らにおいて、しかも壊滅した横浜を横目で眺めながら執筆したはずなのである。震災と関わる実効性・速報性の高い情報が強く求められる状況下、しかも毎日確実に震災記事に囲まれるようにして掲げられる他なかった労働争議の物語が、震災以前と同じような牽引力を持ちうるかどうかは、有能な雑誌編集者でもあった中村でなくとも考えるまでもなかったことだろう。

無論、震災後、階級闘争が全国規模で急速に沈静化してしまうなどということはない。労働争議の発生件数を見ても、震災の起きる九月のみ明らかな減少が確認できるが、大正一二年の発生総数が顕著な変化を示しているわけではない。むしろ、罹災した労働者の救援、失業者の救済を目的として、労働組合の運動が一時的に活発化し、組合の一層の組織化が進むという側面すら存在する。また、山本権兵衛震災内閣による強権的な政策の浸透や、「鮮人」「主義者」の虐殺事件の報道が、民衆の階級意識を強化し煽《あお》った可能性も否定できない。だがそれにしても、「群盲」前半に見る類型的な労使対立の論理が、災後の混乱下において尚有効な社会的主題足り得るかという疑念が生ずることは、やはり避けがたかったと思われるのだ。ほぼ同時期に、通俗小説の社会意識について公言している▼(6)書き手が、如何ともしがたい現実を前にして、何か効果的な打開策を模索し始めたとしても不思議ではなかった。

妄動する群集の膨張

連載再開後、「群盲乱舞」の章において情景は一転する。そして読者はテクストと共に、まるで予期していない結末へ向けた歩みを始めることになる。物語は園田家を出て、鶴見の工場外を俯瞰《ふかん》し始める。園田造船所職工たちの怒りが膨張しつつあったことは、それまでに物語各所で示されていたが、彼らのエネルギーは劇的な形で昇華されていくのだ。社長園田と職工たちとの幾度か繰り返されてきた小競り合いは、ついに大規模な職工側の同盟罷工とそれに応じた工場閉鎖・総員解雇の対立へと激化し、果ては一切の目的を忘れて単なる暴徒と化した数千人の職工集団が、自らの工場を破壊すべく行進を始めるのである。

斯《こ》うして群集の数は次第に増加して来た。広場を出る時には僅か数百人に過ぎなかつた職工が、長屋の通りを出はずれる時分には、その幾倍の二千人ばかりの人数になつて来た。みな何のために、どこへ行くんだかはつきり分かりもしないやうな連中が、たゞ戦争するんだ、工場を占領するんだと言ふ言葉に熱狂し、興奮して、我も我もとぞろぞろとつゞいた。中には、戦争するのに素手という筈はないと言ふので、道端で太い棍棒を拾ふ者がある。或る鉄工場の材料置き場から、鉄のボートの折れたのや、細長い金物を盗んで、道々ぶんぶん振り廻す者もある。家から鳶口《とびぐち》を担いで来る者もある。

不断一人々々の時は穏和《おとな》しい職工も、斯うして一つの集団となつて、それが熱してくると、もう何うにも手のつけやうがなかつた。皆な、まつしぐらに工場を目がけて進んで行つた。（一二月一五日）

拡大化し続ける暴徒たちの群れは、眼前に立ち現われる存在を無思慮に排除してはさらに凶暴化する。内部から沸き起こる抑制の声を掻き消し、いかなる説得にも耳を貸さず、行く手を阻むものの死をも厭《いと》わぬ「群盲乱舞」の光景は、自己の欲望に支配されて神も真理も見ようとはせず、「盲人」と異なるところのない「現代人」の実相を描きたいと述べていた連載開始前日の著者予告とも符合すると言えようが、そこには同時に、五十万世帯を超える住居喪失者を生み出す震災によって改めて顕在化意識化される「群集」のイメージと論理とが重ね合わされていたのではなかろうか。都市化産業化の進展と共に新たな風景として大正期の作家たちが主題化し始めていた群集の存在を、圧倒的な説得力で周知する機会として震災は機能していた。
火災を避けるべく水場や広場へと群れ集った避難者の像は、むしろ火をつけて廻る労働者の群れへと反転され、流言に怯《おび》え集団化し、疑心暗鬼となった者たちによって蛮行暴挙が繰り返された震災直下の記憶は、「一軒焼くも百軒焼くも同じことだ」、「一人殺すも、百人殺すも、同じことだ」と叫びつつ、際限のない乱行へと進みゆく暴徒たちの姿にものの見事に写し出されてゆく。家を焼き出され、行き場なく町を彷徨《ほうこう》し、路上で生活する他なかった無数の被災者集団の映像が写し取られるばかりでなく、風説に煽られて武装化していった罹災者のヒステリックな集団心理までもが、蜂起した職工たちの行動原理として重ね合わされてゆくのである。行く手を阻む工場の役職者とその愛人とを水の中に投げ込む群集の様子が叙された後、語り手は次のように述べる。

群集心理といふものは、一種特別なものである。人間が或る一つの大きな集団となつて動くとき、個人々々の意志や良心や、反省や、思慮や、分別というものは—そんなものは皆な、どこかへ消し飛んでしまふ。そして彼等を支配するものは、その大きな集団に依つて醸し出された、或る一種特別な「もの」である。我れ我れは其のことを一口に群集心理と呼んで居る。が、それは心理と名づけるほど明確なものではない。寧《むし》ろ空気とか、気分とか呼んだ方が適当だらうと思われる程、漠然たるものである。（中略）群集の醸し出す空気は恐ろしい。それは恰《あたか》も低気圧のやうなもので、明確の進路がないばかりでなく、どっちにそれるかも知れないし、また、どこまでも残忍狂暴になるか、知れたものではない。

語り手の興味は既に恋の行方にはない。二つの恋愛を辿る軌跡と、階級と出自をめぐる主題は、群集の巨大化凶暴化と共に背景化され、流言と暴力と破壊と炎とが瞬く間に物語の表層へと浮上する。題名とも符合する群集の妄動を描き出すねらいは、震災直下の関東地方を覆い尽くした状況を鮮明に再現する形で実現してゆくこととなる。

「鮮人」虐殺という遠景

群集の狂気はとどまることなく膨張する。工場破壊の目的を忘れて完全に野盗化した群衆の行動は、立憲労働党総理山口正憲を首謀者とする集団強盗事件に代表される、直下の横浜を襲った大規模な強盗事件までをも髣髴《ほうふつ》とさせる。労働者たちの中枢に紛れ込んだ「得体も知れぬ大勢の連中」にそそのかされて、「社長を打ち懲《こら》せ」、「贅沢な邸《やしき》を焼打ちしてしまえ」、「家族を鏖《みなごろ》しにしろ」とその行動を激化させ、「職工軍」と軍隊との「市街戦」が横浜全土にかけて行われているといった根も葉もない情報を鵜《う》呑《の》みにして、かねてからの抑圧感と畏怖《いふ》から生ずる衝動を暴発させてゆく群集狂乱の情景には、震災直下に被災者の心を圧倒的な力で揺さぶった流言蜚語の支配力と、流言蜚語に基づく多くの陰惨な結末とが具現化されてもいたであろう。

震災直下の流言蜚語に基づくメディアと官憲を巻き込んだ各地での虐殺事件の詳細が明らかになるには時間がかかる。無政府組合主義者大杉栄と内縁の妻伊藤野枝、大杉の幼い甥橘宗一の三人が、特別高等警察大尉甘粕正彦によって殺害される甘粕事件（九月一六日）の報道解禁は一〇月八日、殺害対象が著名人であったために、事件はトップニュースとして報じられ比較的早い時期に詳細が明らかになるが、自警団による「不逞鮮人」虐殺の事実が報道解禁となるのは、ようやく一〇月二〇日、しかも当初は各所の状況が断片的に報じられてゆくばかりであり、流言蜚語の拡大と虐殺への国家関与は隠蔽《いんぺい》され同時代的に報じられることはないし、数千人が殺害されたと見積もられる関東各地での虐殺の全体像についても相当の時間を経ないと見えてこない。しかしながら、「群盲」連載再開前の『読売新聞』紙上においても、「警視庁も認める自警団の不埒《ふらち》」（九月二二日）、「自警団が略奪　五〇余名の群集と共に酒屋を襲う」（九月二六日）など自警団の乱行ぶりは少しずつ露出していた。また、朝鮮人に関する流言の横浜発生説（九月一五日）や、さらなる騒擾《そうじょう》の勃発を憂慮した横浜市議会が、戒厳令の存続願いを決議した件（一〇月一日）の報道など、横浜の極端な混乱振りは、既に『読売』紙上を盛んに賑わせていた。書き手と読み手双方の生々しい体験の記憶に加えて、こうした報道の広がりが、「群盲」終盤の展開や、「群盲」受容のあり方と有機的に結び合っていったであろうことも想像に難くない。

会社側の横暴冷酷を訴え、労働者としての正当な権利を主張して粘り強く交渉を続けるべきだとの良識的な声が沸き上がる度にそれを圧殺し、工場の門を爆破して内部に踊り込む群衆と化した労働者たちは、起きてもいない「戦争」の流言に幻惑されるままに、破壊の衝動を一層先鋭化し、その行動は無秩序を極めてゆく。そしてやがては無秩序化した暴動の一端が、社長園田とその家族を殺害すべく横浜の私邸を襲撃するカタストロフに至るのである。

造船工場から上がった火の手は、すぐに各所に燃え広がり、やがては「世の中の終り」を思わせる火の海となって横浜全土を焼き尽くす。全市民四四万人中四一万人が罹災した横浜全滅の光景を髣髴とさせる場面で「群盲」全編は収束されていたのである。

物語の最後尾に付け足しのように点ぜられた「美しい結び」―その船上での龍三と志津子二人の姿が、ややぎこちなく感じられるのは否定し難い。ただし、完全に無秩序化した暴徒たちと焦土と化した横浜を離れ、「アメリカ航路の、アメリカ船」へと危機を脱する二人の存在は、「地上」と物語との果てのない混乱振りを対象化する必須の視点であった。もう一つの恋の行方も、園田夫妻の生死も、暴動の帰結をも定かには記さず、既に書き込まれていた無数の「筋」への関わりを放擲《ほうてき》して、一切を混沌の中に投げ込む結末には、通俗小説としての「群盲」の限界が露呈していると言えるのかもしれない。だが、言ってみれば、「震災」とはまさにそのようなものとして存在していたのではなかったか。一切の筋と言葉とを飲み込んで、一回の咀《そ》嚼《しゃく》によってそれらを決定的に変容させてしまった断絶としての「震災」は、そのような形においてこそあらわに浮上していたのではなかっただろうか。確かに「群盲」はそうした断絶を生き得ていた。つまり「群盲」とは、連載中絶という物理的な断絶を余儀なくされることによって、その前後に内容的な落差を抱え込むと同時に、そうした内容的な落差がまた、整合的な叙述への限界を呼び込み、断絶としての「震災」を持続的な時間の中で共有することを物語に要請するといった形で、幾層もの枠組みにおいて、深い亀裂を孕んでしまったきわめて稀な小説と言えるのだ。

労働者を暴徒化させることで、「群盲」のタイトルにふさわしい当初の目論見と、労働闘争の切実化過激化の現実を素描する計画を危うく維持しながら、さらには、資産家の破滅を描くことで、階級対立への道義的な結末を導き読者の要請に応え、また、震災を契機とした社会的現実的な言説の変貌のありようを自らのものとして引き受けつつ、なおかつ物語内部に天災を引き起こすことなしに「震災」を浮かび上がらせようとした「群盲」の軌跡は、まさに小説を書く／読むことのスリルを凝縮的に体現していたと言えよう。「口々に」寄せられていたという「嘆賞の辞」がどこへ向けられていたかは知るべくもないが、言葉の価値体系の急激な動揺を引き受けて生きた小説が、自らの亀裂をそれと感じさせずとも済むような読書の場が成立していたことは確かなのだ。物語のダイナミズムに身を委ねることが、そのまま「震災」による大地の揺れを体感することと等価となるという、特異な位置に座を占める小説として、「群盲」は記憶されなければならない。

第三章　震災モラトリアム（支払延期令）直下の商魂
――村上浪六「時代相」の実験――

忘却された人気作家

関東大震災発生以降、「文壇」を中心とする狭隘《きょうあい》な経済圏の中で、少数の読み手と書き手とが睦《むつ》み合う時代は完全に終りを告げる。「大衆」の方を向くか、その存在を黙殺するか。以後の書き手たちのスタンスは、いずれにせよ大衆と無縁ではいられなくなる。だが、既に遠く明治の半ば頃から、「文壇」中枢とは距離を置き、つねに多数の読者の存在を意識し、彼らを相手にしつつ、破格の原稿料を受け取って馬車馬のように書き続けている職業作家がいた。

村上浪六は、現在では忘れられた作家と言えるかもしれない。文学史的な回顧が行われることも稀である。ただ実際、ちぬの浦浪六のペンネームを持ったその時から、「文壇」のいかなる傾向とも無関係に、浪六の小説は多数の読者に求められ続けてきた。文壇派閥や創作理論、さらには文学的評価とはほぼ無縁の作家生涯を通じて、ただ広範な読者からの支持だけが浪六の四十七年の作家生涯を支えていた。

息子の村上信彦は父のことをこう回顧している。

（前略）例えば収入の面から初期・中期・後期を例に取ると、「三日月」を春陽堂から出版した時（明治二四年　引用者註）の契約は「当時の最高原稿料の三倍」だった。明治三十三年に「大阪朝日新聞」に書いた「伊達振子」は、尾崎紅葉の新聞小説が一回二円、流行作家の江見水陰が八十銭だったのに対し、一回四円であった。また昭和に入って講談社の雑誌に書きまくった時の稿料も菊池寛以下では応じなかったとのことである。もし稿料と人気が比例するものとすれば、ちぬの浦浪六という明治調ペンネームをもったこの作家の人気は、文壇のいかなる思潮の変化とも無関係に、明治・大正・昭和を通じて微動もしなかったということができる。（「虚像と実像・村上浪六」『明治文学全集　八九　明治歴史文学集二』筑摩書房　一九七六年一月）

堺縣令（知事）税所篤《さいしょあつし》に見出され、勝海舟、大山巌、児玉源太郎、伊地知正治、西郷従道《さいごうつぐみち》、五代友厚、小笠原長生《おがさわらながなり》、後藤新平らと交流し、「残念なのは大西郷に会えなかったことだけ」と語ったという異色の小説家の生涯は、並大抵の芝居よりもよほどドラマティックである。血の出る思いで原稿を推敲《すいこう》する尾崎紅葉を嘲笑《ちょうしょう》する筆力で作品を休みなく量産し、投機と事業に明け暮れる破天荒《はてんこう》な人生を彼は歩んだ。幾度も相場に手を出しては失敗と借金を繰り返し、深川に映画館と借家を建てては上がりを横領され、うなぎの養殖会社を作っては背任罪で捕縛されかけ、筆だけで莫大な収入がありながら、生涯金策に追われ続ける紆余曲折が浪六の日常であった。

そして、その浪六もまた、人生の重大な局面で震災に出会うのである。『国民新聞』に連載され、後には単行書が版を重ねるヒット作となる連載小説「時代相」と共に、五十九歳の浪六は震災に遭遇している。

「絶筆宣言」とメディア批評の企み

新聞小説と云ふもの、始めは東京朝日、次は大阪朝日、それより国民新聞、以上を通じて平均四年目毎に筆を執り来りしが、いよいよ今回この時代相を以て新聞小説の最後とし絶筆とし世間への憎まれ納めとす。

大正一一年一二月一〇日、新聞小説「絶筆」の宣言を掲げながら、満を持して『国民新聞』に連載開始される「時代相」は、その題名の通り、当初から時代の空気とがっぷり四つに組み合う姿勢を窺わせていた。

官吏生活十五年にして、「局長級」の地位にまで昇り、更なる前途を嘱望《しょくぼう》されていた「頭脳明晰」の男が、突然職を解かれることと相成る契機は、酔いに乗じて多年鬱積の不平を洩らし、その余りに大胆露骨な省内改革の意見が大臣次官の耳に入ったことにあった。官途を断たれ、妻と共に市外池袋に浪人生活を余儀なくされる男は、妻の兄に連帯した二千円の債務のために高利貸しの差し押さえを受ける羽目にまで陥る。求職と火急の金策とをその後の物語展開の主たる動因としながら、時流を読むことを生業とする老相場師や、「新しい女」になり損ねた隣人、軍縮の犠牲者たる陸軍少尉とその娘など、「時代相の一端から湧いて出る反映物」たちとの縦横な絡み合いの中で、新たに新聞記者として世に立ちたいという大望を実現させるべく運動が開始されてゆくのである。

　半年間という浪人生活を経て、「与論新聞社」の遊軍記者たる地位を得、かつて官界にいた頃の知己と情報を道標として、政局の微妙な動揺を嗅ぎ分け予言的な報道記事を生み出す手腕は、他の一般記者や他紙の及ぶものではなかった。官と民との間を自由に行き来して政局の裏面を穿《うが》つこの高松剛三という人物の位置は、時代批評の意図を色濃く持ったこの物語の書き手に格好の舞台装置を提供している。実際、かつての人間関係と情報網を駆使して、元上司にあたる大臣川口男爵の辞意を探り出し、後に続く政界再編への見えざる駆け引きを炙《あぶ》り出してゆく高松の姿は、大正一一年末には既に病の床に就《つ》き、実質的な政治の現場から遠ざかっていた加藤友三郎《かとうともさぶろう》首相の後継者選びをめぐる、政党、藩閥を巻き込む同時期の水面下における日本の政治状況を連想させるものであった。大正一二年八月には、療養生活を続けていた加藤首相の病気が大腸癌であることが判明、複数の後継者の名前が取り沙汰される中、八月二四日に加藤友三郎首相は死去する。そして同じくこの八月の『国民新聞』連載の「時代相」では、現内閣の寿命は長からずとの情報を得た高松剛三が、政局の先行きを占うべく記者として精力的に動き回る様子が描き出されていたのである。

極めて不安定な現実の政治状況のもと、大臣の去就《きょしゅう》や内閣瓦解の兆《きざ》しを取材し伝える突出した新聞記者の行動を素材化することは、単なる小説家の政治風刺の目論見を越えて、政治的なダイナミクスを伝達するメカニズムそのものを問題化しているという点で、優れて先鋭的な時代批評足り得ている。「時代相」では、高松の饒舌な取材模様の内幕が丁寧に描出された後に、「与論新聞」掲載のその苦心の報道記事本文が小説内部にそのまま掲載されてゆくという手法をとるが、この新聞紙面中の新聞紙面、記事中の記事の存在は、掲載紙『国民新聞』とその記事形成過程に対する痛烈な批評でも有り得た。高松に私淑《ししゅく》する居候《いそうろう》青年村田雄太郎が、高松の命を受けて書き上げ、やはり「与論新聞」に連載される貧民街ルポルタージュ「無罪国」の位置もまた、『国民新聞』の社会報道のありようを相対化する可能性を有していたといえよう。

連載継続の「方法」としてのメタフィクション

大きく揺れ動く政治状況の報道とパラレルに、報道それ自体の裏面と政治の内幕を解剖する劇は進行していた。が、目下の政治とメディアへの批評的な視点を内包するこの物語が、更に濃密に時代と絡み合い、政治とメディア、そして不定形な世論との錯綜体として顕在化し、端々《はしばし》に毒を飲んだ同時代批評としての真の力を行使し始めるのは、やはり大正一二年九月一日を境にしてのことであった。「時代相」は文字通り、その構想の起点と既に形作られていた物語の規範に従う限り、関東大震災に遭遇する日本の「時代相」と正面から向き合わざるを得ない作品であった。

八月三一日まで朝刊に連載が行われていた「時代相」は、震災の発生による新聞発行休止に伴い連載が一時中断される。九月一四日から朝刊のみ刊行再開、九月二八日から増頁と段階的に正常化する『国民新聞』において、一〇月九日より発行開始の夕刊にて連載が再開されている。一〇月九日紙面では、「此の一章は、丸焼けの社内に不思議にも焼け残つたものです」という編集者の言葉と共に、八月末の話に続く部分—後に発行される時代相刊行会の五巻本▼(1)には収録されない幻の一話—が掲載されており、その後、連載再開二回目の一〇月一一日紙面では、震災に遭遇した作者自身の感想と共に、舞台を新装して物語を再開する旨が述べられていた。

国民新聞社の丸焼に時代相の掲載も暫く中止の已《や》むなきに至りしが、今回の大惨禍は寧ろ時代相のため意外の材料を与えられたるものとして、其人物を其まゝ其舞台を現在の惨憺たる満都の焼け野原に置いて、いよいよバラック式より筆を執る事とせり(後略)

また翌一二日、

小説として「時代相」の本文に入るの前、昨日の紙上に自己感想の一端を掲げ更に今日また自己の一家事を掲載するは、あまり我まゝの無遠慮に過ぎたるが如きも、この前古未曾有の大震災大火災に遭遇し、この惨憺たる満都の焼け野原を新に「時代相」の舞台とする以上、その著者として現在その身に受けたる実際の体験を「時代相」の序文とするは、事なき平時の机上に於ける序文よりも寧ろ多少の意義あるべきものと信じて読者の諒を乞う

一〇月一二・一三日の両日に渡って、浪六は物語本文を書き起こす以前に、自らの罹災ルポルタージュを行った。下根岸に家を持つ浪六は、地震直後日暮里方面から迫り来る猛火と黒煙に煽《あお》られながら、老母と妻、四男四女に男女の雇い人を合わせ一七人という大所帯を、近辺の親戚知人宅に避難させる手配をした上、「近所の人々と共に人橋をかけて井戸水を汲み出し」奮闘する。下谷、日暮里とほぼ四囲《しい》が焼失する中、浪六の家は焼け残り一家には怪我人も出ない。ただし、時々刻々と火の手が迫り来る恐怖感や、周辺から焼け出された避難者で身動きができないほどの根岸の異常な混雑振り、流言蜚語の伝播の仕方とその緊張感などを実感のこもった筆致で伝えており、局地的な罹災報告ながら、非常に生々しい罹災体験記であり、秀逸な

ルポルタージュとなっていた▼(2)。とはいうものの、一〇月の半ばにおいて、こうした罹災体験記が格別に目新しい存在であったわけではない。新聞各紙もほぼ出揃い、被害状況をめぐる報道もやや落ち着きを見せて、罹災者のバラック生活、失業者問題、帝都復興の基礎計画、火災保険、生命保険問題、自警団検挙の報道といった頻出の話題に加えて、震災・復興と関わる新聞記事の視点は既に、社会文化の諸領域に拡散する形で複眼化していたと言っていい。記者に拾われた一般罹災者の声、震災に遭遇した記者自身の声、更にはこの一〇月初旬には多くの雑誌が復刊し、例外なく震災特集を組んで多様な声を響かせていたことをも考え合わせれば、大震災大火災に遭遇したまさにその時、自分がどのように身を処し何を感じたかといった個人レベルでの体験談、一人一人の震災にまつわる語りが、地中から湧き出すようにメディアに現われてきていた時期でもあった。浪六の罹災体験記も、切迫した状況の描写を巧みな脚色と饒舌口調で押し切る読《よ》み応《ごた》えのある文章ではあるが、そうした湧出する多くの声の一つであったことは言うまでもない。

しかしながら、「時代相」が、その後およそ五ヶ月間、全一三〇回の長きに渡って書き継がれる連載小説であったことを考慮するならば、この二日間の、書き手自らの震災体験報告には、大きな意味があったと思われる。政界の内幕を暴く物語の延長線上に、震災後の「時代相」を存分に吸収する物語を形作ろうとする以上、前後を繋ぐ何らかの戦略が必要とされるわけだが、既に醸成されてきた世界がある一定のベクトルとして自身の伸長を志向することは必然であるため、書き継ぐには、その書かれるはずだった脈絡と、新たに書かれようとする脈絡とを整合させるという、「群盲」のごとき非常に不自然で困難な努力が必要になる。その苦痛に満ちた努力を回避しつつ、しかもなおかつ、登場人物のみ不変の分裂した二つの物語に分かつことも なく、連続した物語世界内に大震災が発生したことを最も違和感なく了承させてゆくには、物語世界の境界線を一時押し広げて、書き手自らが顔を出し語ることによって、新たな物語の枠組みを無理なく読者に手渡すことができたのではないだろうか。虚構性への書き手の自己言及、ないしは、表現意識そのものを戦略化した表現行為という意味でのメタフィクションとは随分と距離があるものの、浪六の選んだ妥当で自然な方法が、形成途上における物語の根本的な枠組みの操作であり、それが、震災前後を跨《また》ぐ連載小説のサバイバルの方途として選択されていることは紛れもない事実なのであって、高見順や太宰治が登場し、技法としてのメタフィクションが乱立する昭和初年代を視野に入れると、新聞連載小説という固有な文学の形態が、小説表現上の作法や規範に与えてゆく影響の大きさを示唆する好例の一つであると言えるかもしれない。震災を跨ぐ他の新聞小説に、書き手自らの「実際の体験」を、新装される物語の「序文」に変えて前後の滑らかな接合を図るという、ごく凡庸に思われる発想が完全に欠落していたことは、さらに特記すべきことであろう。

そして何よりも重要なことは、この「序文」において罹災地域の地震と火災が追体験され、そのリアルな脅威が読者に共有されることによって、高松剛三、村田雄太郎といった物語中の人物が、直接の震災体験をしなくて済んでいるところにあるのではないか。つまり、「序文」が配されたからこそ、物語は大震災大火災そのものとの遭遇場面を孕むことなく、また、既に一面荒野と化した帝都に立つ高松と村田の姿を映し出す場面を唐突に目にしても何の違和を感じることもなく、「灰の中に芽ぐむ　時代相」としての自然な出発が可能になっているに違いないのである。実は浪六自身が一〇月一一日の時点で洩らしてもいたように、再出発する「時代相」一三〇回の物語は、災後社会の未来を探る「一種の予言小説」として構想されていたのであり、そのために物語は是非とも、混乱の一時沈静化した焼け果てた荒れ野の地点から書き始められる必要があった。

実験的経済小説への転身

灰燼《かいじん》と帰した帝都に改めて身を起こす高松剛三は、「与論新聞社」再興の荷を負って、新たな職務、新たな世界へと足を踏み出すこととなる。「新聞紙の心臓ともいふべき輪転機械」が無事である偶然を除いて、社屋全体が丸焼けとなった「与論新聞」では、「丸ノ内に残れるビルヂングの一間」を仮の事務所として、復刊へ向けての努力が始められるが、社会的な責務からも復興を急がねばならず、同じく被害を受けた他の新聞各社との白紙からの「競争の仕直し」の端緒でもあるはずのこの機会に、何よりもまず先に必要なのは復興のための資金であって、「結局は高松君、金だ、うちあけたところ、その金に頭を悩まして居ますよ」という社長桑原の慨嘆に反応する高松の意志と言葉が、この物語の新たな方向性と、この物語が試みようとしていた大がかりな実験の内容を明白に語っている。

「(前略) 甚だ僭越の至りで、甚だ露骨になりますが、この際この高松剛三を暫く経済の方面へ働かして見て下さいませンか、いわゆる経済記者として紙上に筆を執る働きでなく、与論新聞社の復活上、いや復活以上の発展を期すべき実地の経済に働くものとして、無論、今までの主義を枉げたり社の体面を汚すやうなことは致しません、また、一時のため禍ひを他日に残すやうな下手な借金も仕ない覚悟で居ります、また守るべき秘密は幹部の人と雖も社長の許可を受けるまでは、断じて漏しません、いふまでもなく官僚の畑にも政党政派にも何等の関係を結びませン、たゞ今日まで金に縁のない高松といふ奴がこの際どれだけの金をどこから産出して来るかといふ結果になりますばかりで」(一〇月二四日)

社を傷つけず借金もせず政治的に偏向せずということはつまり、新聞社の看板を公に掲げず、一面の焼け野原から自力で赤手《せきしゅ》で金を工面してくることを意味している。都市機能を完全に破壊する関東大震災は無論、都市に内在する諸価値を転倒させ、既存の経済市場を崩壊させる衝撃力を持った。圧倒的な物資の不足と物価の暴騰、押し寄せる金融不安と先行きの読めぬ市《し》場《じょう》の混乱のさなかで、復興資金を確保することは、事業家・企業・商店主らの緊急の課題であり、蓄積されてきた経験知が役に立たない全く新しい土俵であるだけに、手掛かりのない場所に素手で飛び込んでゆく決断が必要な局面に、誰もが平等に立たされていたと言える。取引、商い、資金の運用には大きなリスクが伴う環境であり、ということは、起業家や一攫千金を狙う者たちにとっては成功を納める格好の機会でも有り得た。遊軍記者高松剛三は、記者としての報道の職務と責務を投げ打ってまでも、自らそうした位置に身を置こうとしていたのである。

復興資金獲得のため高松は一路大阪へ向かう。しかもそれは、東京横浜の経済的混乱の直接的な影響を蒙《こうむ》る地である大阪が、「帝都復興のための諸材料の需要上」、近い未来には潤うだろうとの見込みは立つが、それ以前の段階においては、「商売の取引上、手形なンかの支払い上」、他から一方的に取り立てられるという立場に置かれており、大阪人は「よほど用心深く巾着の口を締めて」いるに違いないという未来への確かな予測を踏まえた上で、あえて選ばれた手段であった。

物語内の時間で「九月八日」、高松は芝浦から出京、清水港までの連絡線に乗船し、以降汽車により「二日がかりの三十六時間」で梅田駅に到着する。実際のところ、大阪へは、その時期まだ船を使うか信越線・中央線を迂回するかの二通りしか行路がなく、それも地方へ逃げ出す罹災者と、在京の縁者などを気遣って地方から救援に入り込む者たちの混雑が極めて激しく、ことに列車内（時に無蓋車《むがいしゃ》の上）はまさに生死の苦しみであったとされるが、「時代相」は高松の大阪行きの模様のみならず、交通機関の途絶した東京への出入りの困難ぶりを、克明な筆で伝えている▼(3)。
大阪の一流銀行にて重役の地位にある帝大出身の同窓生岡田信蔵に飛び込みで面会を求めた高松は、記者の名刺を差し出しこの危機に際しての関西経済界の影響について問う。旧交を温めながら高松が聞き出したところによれば▼(4)、東京横浜と盛んに取引する積極策をとる銀行の打撃は著しく、逆に、「今日まで東京に支店をもうけない」姿勢を貫いた地元優先の消極主義が功を奏して、旧友岡田の銀行は震災の火の粉は浴びたが堅実な経営を続けていると言う。更にはこの岡田、震災を期に積極経営に打って出るつもりか、「あの東京と横浜の灰の中へ貸出そうと思ッてる考案中」で、「あの焼野原へ支店を出して大に貸出を遣ッて見ようといふ考え」を持っていることを漏らす。来阪早々金になりそうな匂いを嗅ぎつけた高松は旧友の案に諸手を挙げて賛意を示し、それが成功の見込みのある事業であることを裏付けるべくこう述べる。

「や、面白い、財界の事も銀行の事も委しく分らないが、あらためて灰の上から出直す相手は安心だといふ一言、いかにも面白い、実に痛快だ、のみならず銀行としては総ての過去にも因縁にも囚はれないから相手の選択が自由だし、痛手を負うた同業者に対しては新手の勢力旺盛だし、第一また今まで東に手を伸ばさないものがこの際に押し出すといふ事は、つまり帝都復興に対する金融機関の意義を全ふすると共に権威を発揮する所以で、

どこから考えても適切に財用の時機を得て居る（後略）」（一一月一一日）

早速焼け跡にて在京銀行の状況や支店を開く土地の調査に出向くつもりだと言う岡田の意向に乗じて、高松は一緒に帰京する約束を取り付けた上、災後の混乱で宿も取れず長期の滞在がままならないことを理由に、在京中の旧友の世話を一手に引き受ける算段をする。共に帰京の後は、震災による被害のなかった「与論新聞」社長宅に岡田を率い、社の自動車を足にして調査の焼け跡めぐりに付き添い、更には、銀行の新支店を出す土地を取得する名義人として社長桑原の名を貸出すことにまで同意する。友人を媒介とした大阪資本への接近という、復興資金獲得のためのわかりやすい高松の戦略は、作中とんとん拍子に進んでゆくわけなのだが、「九月八日」に出京し、高松の大阪滞在が一週間だから、帰京後、つまり罹災後半月ほどの東京に、勢力圏の拡大を狙う大阪の銀行が資本投下を狙いとした行動を起こすという筋書きが、果たして当時の経済状況や金融情勢に照らして現実味を有していたのだろうか。高松の行動の軌跡は、震災直下の東京においてどのような意味を持つものであったのか。そして高松は、果たしてどのような「時代相」を呼吸していたのだろうか。

モラトリアム直下の金融市場

九月一日の地震発生以来、日本政府は混乱の沈静化と予防を意図した応急の措置を次々と講じた。九月一日即日、救済資金として剰余金より九六〇万円の支出を決議（後に増額）。二日、戒厳適用令及び非常徴発令を公布即日施行。五日、朝鮮人迫害に対する内閣告諭及び関東戒厳司令官より自警団その他へ禁止令、七日、治安維持令、暴利取締令、支払延期令（モラトリアム）を公布即日施行、と喧《かまびす》しい。その効果疑わしく、強権的かつ政府の責任回避的な傾向が批判されることの多い諸令に対して、支払延期令は、予想された金融不安を鎮める効果を持ったという意味ではある程度の力を発揮した。

九月一二日に福岡を経ち、中央線経由で一四日新宿に辿り着いた九州帝国大学の竹内謙二が、震災直下の金融情勢を現場で調査した生々しい報告書（『震災当月に於ける東京金融事情概観』九州帝国大学、一九二四年二月二〇日）によれば、震災によって横浜の銀行は本支店あわせ全店が焼失、東京では府下は災を免れたが、「東京市中焼失行は本店百二十一、支店二百二十二、合計三百四十三にして震災前の本支店合計四百四十八に対する略《ほぼ》七割七分に当る」という状況であった。以下「時代相」の高松や岡田信蔵とほぼ同じ時期に東京入りする経済学者竹内謙二の記述を参考に、直下の金融状況を略述し、「時代相」の物語内容との距離を測定する足掛かりとしてみたい。

銀行復旧の可否を危ぶんだ預金者による取付け騒ぎが起きることを恐れた金融業者たちは、第一次世界大戦当時欧州諸国がとった金融政策に習って、支払延期令（モラトリアム）の施行を九月三日政府に向けて請求、七日に実施されるに至った。これにより給料や労働賃金、および銀行預金の一日百円以下の支払いを例外として、被災地における全ての支払いは猶予され、金銭上の債権債務関係は一時留保されることとなった。これに加えて九月一〇日、日本銀行が、金融安定策として日銀第一次援助声明を行い、平素の取引銀行以外にも広く門戸を開放し、資金供給に対する制限を撤廃、各銀行に対して無制限援助（融資）をする旨を公表する。こうした対策が功を奏し、一時休業となっていた諸銀行の開店以前に、決定的な金融不安は取り除かれ、大きな混乱を招く要因はひとまず排除された。

さらに、震災直後の政府の金融政策の柱を成すものとして、モラトリアムに加えて九月二七日の日本銀行手形割引損失補償令をも挙げておかなくてはならない。この令は、一〇月一日にモラトリアムの期限が切れて効力が失われた後の金融市場安定を意図して出されたものであり、日銀が他銀行の手形を再割引して損失を被った時に、政府が一億円までに限って損失を補償することを定めており、日銀の市中への資金提供を促す効力を持つものであった。モラトリアム同様、この令も震災後の日本経済の安定に力を持ったといえ、震災直下の特異な経済状況を生み出す一因となってゆく。

やや脇道にそれるが、後述する問題と深く触れ合う部分があるため、加藤俊彦「地震と経済―関東大震災と日本経済」（『東京大学公開講座24　地震』、東京大学出版会、一九七六年一一月）の該当する解説を、理解の補助線としてここで引いておこう。

（前略）銀行は手元に金が不足する場合は、日本銀行からかりいれることがある。この場合、銀行は企業や商社の手形を日本銀行にもちこんで再割引をしてもらうわけである。前述の例でいえば商品の売り主である商社は九〇日の手形をもらい三〇日目に現金がほしくなって銀行にもちこんで割り引いてもらったわけだが、銀行は六〇日目に手元資金が不足したとすると、これを日本銀行にもちこんで再割引してもらい現金とするわけである。商品の売買が順調に進めば九〇日後には買主は代金を支払うから、企業—銀行—日銀の債権・債務関係は片付いてしまうわけである。

ところが震災がおきたとき東京・横浜地方の倉庫にあった商品は二億円といわれたが、それが全部焼けてしまった。そうなればこの商品売買にともなって振り出された手形が危なくなるのは当然である。当時、震災にともなう信用の収縮などで流通困難となる手形は二十一億円、このうち決済の困難なものは五億円とみなされていた。そこで日本銀行が寛大な貸付方針をとり、再割引をおこなうとすれば、結局こげつき債権を背負いこむこととなり、損失をうけることになる。そのさい一億円をかぎって日本銀行の損失を補償してやろう、というのが、この二七日の日本銀行手形割引損失補償令であった。

つまり、被災地の銀行破綻を回避し資金流通を停滞させないように、政府は日銀を通じて矢継ぎ早に手を打っていたということである。

これに対して市中の銀行は実際にはどのように動いていたのか。前掲竹内謙二の調査と同時期の報道を参照しつつ確認してみよう。

急激な預金引き出しを最も憂慮して、諸銀行への資金提供が実施され、諸行も手元の準備金の充実を第一に目指したわけだが、現実には銀行業者の当初の予想を裏切り、預金の引き出しは案外少なく、小規模銀行から一流銀行への預け替えがある程度見られた位で、預金高漸増の形勢が見られる銀行も少なからず存在し、開店後の被災地銀行の状況はまずは平穏に推移する。銀行の営業再開も相次ぎ、支払延期令施行の翌日八日頃から開店する銀行が現れ、「十五日前後には一流行は大体開店」（竹内）している。ただしもちろん、モラトリアム解除の二日後の一〇月二日に『国民新聞』が伝えているように、「開業不能の銀行四十三行に及ぶ─日銀の救済策は全く失敗」「惨めな小銀行─当局救済策を考慮」といった、従来の資金力の多寡に基づいた銀行間の生存競争や自然淘汰の動きが見られたこともまた事実である。

ともあれ、政府と日銀の方針は、豊富な資金供給によって取付け騒ぎに結び付く金融不安を取り除くことにあり、竹内謙二の見立てによれば、開店した銀行の多くが安定した業務を行ったことからも、大方のところそれは成功した。問題はむしろ、供給を受けて豊富に蓄えられた資金が、予想に反して払い出しをされず、銀行側の警戒感が強いこともあって、それがプールされたまま流動しなかったことの方にある。銀行は目下《もっか》の利益より経営の安定を優先して、貸し出しを手控えたのである。

「時代相」の連載が再開されようという一〇月の半ば頃になると、そうした状況が顕在化してくる。連載再開六日後の一〇月一五日『国民新聞』経済面には、「資金の融通渋滞―銀行に対する非難多し」と題された記事が出現する。

（前略）銀行業者の極端なる消極方針と云ふ問題を看過してはならない尤も未だ真の復興に入らぬ経済界のこととて資金もさしたる必要は無かるべきも商工業の復活はその性質上一刻を争ふものとして災後既に四旬を経た今日其資金の要皆無なるの理なく現に勧銀興銀等には融通を乞う者殺到しつゝあるに見ても伺はれる然るに市内一般銀行は災害を以って信用の根本破壊なりと解し一部物的の資力ある者の外一切の取引を拒み仮令《たとえ》有為の事業家にして永年取引関係のある者までをも没常識的な態度を持して顧みぬ有様である勿論今日の如き非常の際銀行が自衛上警戒を厳にすることはその事務の本質より洵《まこと》に当然なることゝは云へ度を過したる目下の小心翼翼さは其の金融機関たる公共的な使命に反し復興の勢いは之が為少なからず殺《そ》がるゝことは疑いなければ（後略）

実はこうした事情は大阪においても全く同じであった。支払延期令の直接の庇護を受けない大阪の金融市場は東京の被害報道を横目で睨《にら》みながら微妙な動向を見せるが、一時複数の銀行で取付休業が見られたものの、金融業者の要請を受けて京阪神の新聞がそうした不安を煽る記事を差し控えたことや、七日のモラトリアム実施と共に、八日未明には日銀本店より大阪支店に電話が通じ、本店との連絡諒解のもとに、円滑かつ徹底的に資金融通する方針が決定、翌日公表を見たことなどが相俟《あいま》って、状況は徐々に落ち着きを見せた。しかしながら、「時代相」のなかで大阪に向かう高松も承知していたように、モラトリアムの効力によって、在阪銀行は債務は履行しなければならないが、債権は行使できないという一方的な立場に立たされ、当然、東京横浜との関係の深い金融機関ほど、一時的とはいえ切迫した経営危機に見舞われたと言える。そうした中、金融機関は自己資金の流出に尤《もっと》も神経を尖らせ、結果、大局的には貸し出しを手控えて消極的な経営で激動の時期を乗り切ろうという傾向が顕著に見られるようになったのである。大正一二年一一月一七日発行の『東洋経済新報』中の記事、「震災と大阪財界」には次のようにある。

他方、心理的に、自己の大打撃の影に怯えることを免れ得ない銀行家は九月迄も、多くは前途悲観に傾きモラトーリアム撤廃後の金融界の経過を見る迄は依然之を続けた。而して漸く銀行家の間に楽観論の多からんとするに至れるは、十月第二週以後のことであつたと謂ふ。しかも、銀行家のその楽観論の多くは関西に於ける景気の出現を一時的変態的と見てゐる。自然此の景気を的にせる新規の商工資金に対しては、仮令貸出す信用ありと認むるも、極めて制限的態度である。而《しか》して、また、此の銀行家の見解、即ち一時的変態的景気観は、殆んど総ての事業界を支配せる楽観論の正体らしい。／斯《か》かる事情の下に於て一向に新規の産業資金の動かざるは洵に自然である。

大阪の銀行家が焼け跡と化した東京への進出を目論見、旧友の誘いに応じて実現へ向けて動き始めるのが、モラトリアム実施直後の九月中旬前後という金融市場の先行きの見えない時期であったことを思い返せば、「時代相」の設定はややリアリティを欠いていたと言えるかもしれない。東京大阪に関わらず、取付け騒ぎを極端に警戒するモラトリアム直下のその時期、銀行の経営は厳重な守りの姿勢であったはずで、新たな事業を立ち上げ新たな投資を計画する銀行役員は皆無だったとは言わないまでも、非常に珍しい存在ではあったはずだ。どうやら「時代相」の岡田信蔵とは、時代を先読みすることにかけては、まるで相場師賭博師並みの大胆な冒険者であって、復興資金を得るために成算なく大阪へ飛ぶ高松剛三を遥かに超えて、無軌道な勇気と活力とを有する過剰な存在であったと見て差し支えなさそうだ。

しかしながら、「時代相」の連載が再開される一〇月半ば以降の金融事情を視野に置けば、資金供給の援助策や景気上向きの高揚感に抗して、「小心翼々」の消極的な経営を続ける金融機関への燻《くすぶ》る不満が、復興へ向けて歩み始めた現実の「時代相」の側から押さえ切れない形で沸き上がってくる局面と対峙《たいじ》せざるを得ない。芽ぐみ始めた復活への希望と、焼け跡に目覚めつつあった人々の野心を摘み取るかのごとき金融機関のありように対して、高松の思惑と相呼応して動き回る岡田信蔵の過剰な存在は、痛烈な批判と嘲笑とを浴びせかけるものであり、また、荒れ野の中に孕まれつつあった罹災者の前向きな活力と野心を、見事に形象化し、震災直下の金をめぐる多様な劇を、暗示的に具現化する装置でもあった。この高松や岡田の言動が描き出す物語の軌跡は、「時代相」という連載小説が、震災の激烈な衝撃によって流動する巨大な価値体系の中で、新たにどのような価値が台頭するかを問うまさに「予言小説」であり、価値の変動に対応して、何に投資することが最も有益であるかを探る、災後社会を背景とした経済的な実験小説でもあることを物語っているのである。

湧き上がる「野心」と「商魂」

「失業者は五十万」「芝浦が五千人解雇　失業者市中に満つ」（一〇月二日）、「商工資金融通問題」（一〇月一五日）、「震災前に無つた主婦の求職者　此ごろ目だつて増加」（一〇月二二日）、「警戒気分の金融界　此際人為的に日銀が利下げしても一般に影響なし」（一〇月二三日）、「復興院の大怠慢から工場新築の出願たつた二三件　方針が何時迄たつても判らず市民の蒙る大迷惑」「災後の各工場に労働争議続出す　悉《ことごと》く事業縮小の余震　当局は穏便な解決法を執る」（一〇月三〇日）……。「時代相」連載再開前後の『国民新聞』を一わたり見渡してみるだけで、震災が罹災地の経済社会に与えた影響の大きさはすぐに理解できる。罹災者の貧困と生活苦を伝える記事に加えて、災後の市中の経済事情と触れ合うこうした報道はこの時期本当に枚挙にいとまが無い。工場閉鎖、事業規模の縮小、失業者の氾濫、復興資金の渋滞、目の前に暗雲垂れ込めるばかりに感じられるこうした報道は、その実、罹災社会が大変災の痛烈な打撃から立ち直り始めていることを意味している。生と死の境を潜り抜けた人々は、肉親の死や自家の崩壊焼失と向き合い、まずは食料や住居といった当面自らの生命の安危《あんき》と関わるものを確保して初めて、明日のことを思い煩《わずら》うことができたはずだ。バラック避難者はバラックでの配給生活に馴染み、事業主は被害規模の大きさに意気阻喪せずに耐え、罹災地周辺部の者たちもまた、都市崩壊の衝撃に充分に慣れ親しんだ後に、「復興」という共通の指針へ向かう視点を持ち得たのであり、失業や再就職、事業再興や資金停滞が問題として初めて浮上し得たのである。東京市に対して、「『食えぬ』と申告した罹災者―三十万人」(『国民新聞』一〇月三一日)というように、未だ自活の見込み立たず、市からの援助を待つほかない人々の群れも多く残っていたが、公的援助の可否が論ぜられる際にも、徐々に「惰民養成」の危機が憂慮されるようになり、罹災者の経済的自立が目下の重要な懸案となる程度に、天災直撃の悲劇からの、いち早い脱出が、社会的な関心事となりつつあった。

実際のところ、刻々と明らかとなる悲惨凄絶きわまる被害状況を前にして、絶望と諦念に満たされていた時代の雰囲気は、徐々に変貌の色を濃くしていた。それは、やはり新聞報道を眺めてみても、震災発生ほぼ二ヶ月を過ぎて尚、震災に関与しない記事が依然皆無に近い状況の中で、前述のような経済記事が登場の頻度を高めてゆくなど、震災の後遺症には違いないのだが、そこに微かに復興の兆しを感じ取れる類《たぐい》の報道が日を追うごとに比重を増していく傾向が明らかに窺え、当然のことながら、時と共に復活へと動きゆく世相の推移を紙面と共に実感できるといった具合なのである。それはもちろん、政治、経済、社会、文化諸領域に渡る傾向であって、新聞紙面の項目で言えば、婦人欄、広告欄、求人欄、書評劇評欄などが日ごとに充実し、震災の衝撃から復興へという明白なコンテクストに貫かれた方向性を眺めることができるわけなのだ。しかし、そうした漸進的な推移の中でも、ひときわ高い足音を響かせながら、復興へ向けて強い歩みを始める動きが見られるようになっていたことにも注意を向けておきたい。「時代相」の高松が銀行員の岡田を焚き付ける際に口走ってもいたように、考えようによっては、震災とは「過去にも因縁にも囚はれない」再出発をするにはまたとない格好の機会なのであって、全くの白紙から、同じスタートラインに立って、自らをリセットし、改めて競走を始めるには二度とない好機であったことは疑いないのだ。徒手空拳で現実と向き合い、自らの才覚が何を生み出すかという、まさに高松剛三の位置と企みを体現するかのような、初手からの出発の気分が、焼け野原のそこここに充満してきていた。諸価値が転倒し、否応無く市場の再編が行われる、見ようによってはまたとないこのビジネスチャンスに、隙《すき》あらば打って出ようとする人々の野心が、微かにではあるが、しかし確実に芽生え蠢《うごめ》き始めていた事実が、新聞紙上には鮮明に刻印されている。

例えば次のような記事。一一月六日に『国民新聞』が読者へ向けて発信した「新東京に相応しい新しい商売」と題された懸賞募集記事である。

大災後の東京は唯だ努力するものの勝利です。五十円か百円の小資本で即座に出来る、焼跡の東京に相応しい商売を考えて見て下さい、現に実行されてゐる面白い商売の実験談なら尚結構です、材料の仕入方や収支計算や注意事項を詳しく書いて下さい（後略）

この読者公募企画は、月末の二八日に当選発表が行われ、一等の「食料販売車」、二等の「綿の行商」、三等の「切りたんぽ」「不用品交換所」、および選外の一〇点の結果が紙面に掲示されている。このうち一・二等については、翌二九・三〇日の「婦人と家庭」欄にその内容が詳細に掲載公表されており、そのいずれもが、依然生活に困窮する「バラックの御方若くは山ノ手の避難者達」（一一月三〇日）を主たる顧客と想定した商売であって、素人の目にも、罹災者の欲求の周辺に醸成されてゆく需要が新たなマーケットを形成するという確たる予感があった事実を伝えている。また、こうした持続性ある記事が読者参加の形で作り出されていたということはそれ自体、災後社会における「新しい商売」、つまり何が新たな経済価値足り得るか、をめぐる問いが、同時代の重要な課題として人々の間に共有され始めていたことを意味している。一一月七日の『国民新聞』紙上において、国民新聞社会部が、「読者課の新設」を宣言し、「読者課の仕事は復興に関係ある人事、職業、建築、土地その他の相談相手となり、且つ個人と云はず、団体会社と云はず、その諸事業を天下に紹介して、努めて復興の進捗をお扶《たす》けしたい」という呼びかけを行ったことの裏面にも、もちろん、同様の符牒を読むことが可能だ。社会の諸価値が動揺する中で、未来への指針となる価値的な生き方を、現実社会の中からいち早く掬い上げてゆこうという社会部の意図は明瞭なのだ。都市と市場の再編、制度と組織の本質的な改革、そして何よりも不定形な人心の惑乱に包囲され、それらと対峙しつつ、初めの一歩をいかに踏み出すかという問いへの具体的現実的な解答が、何よりも広く強く求められていた「時代相」を、新聞紙面はくっきりと浮かび上がらせている。

もはや言うまでもないことだが、村上浪六の連載小説は、掲載時期に徐々に前景化し始めるこのような「時代相」と正面から向き合おうとしていた。罹災社会の核の部分で芽吹き始めていた人間の活力と野心とを、モラトリアム経済下で市民のアンテナに敏感に触れる場となっていた金融市場の舞台に溶かし込もうと試みたのである。金融機関の消極性を痛烈に批判する生の声が聞こえていた時期においては、大勢に抗う資本投下の試みこそ、リスクを負った真のベンチャービジネスであり、なおかつ「復興」という秩序の下での「善」の行使で有り得た。「時代相」高松・岡田のスクラムは、震災モラトリアム直下の「倫理」と沸き上がる「商魂」とを見事に凝縮した表現の試みであったと言えるだろう。

「時代」を追うテクストとして

高松の大阪資本誘致の企みは、結局のところ、列車の衝突事故による岡田の即死によって頓挫することになる。というより、物語の起点において官吏としての道を断たれて以来、現実社会へ向けて次々と繰り出される高松の目論見は悉《ことごと》く失敗に終わっているのである。岡田に頼った「与論新聞社」復興計画の挫折の後も、実は事態が好転することはない。高松の右腕で、高松以上の道化師《どうけし》振りを発揮する饒舌な個性派、村田雄太郎▼(5)の、復興を目指した異色のアイディアがこの後の物語の見所となってゆくのだが、専売的に扱われている有効な売薬の薬品成分・調合の内訳を公表し、暴利を奪う売薬業者のお株を奪うという現在のジェネリックを先取りするかのような妙案は、複雑な権利関係と新聞社の公共性とを鑑《かんが》みた上で却下され、自ら書き溜めた「恋愛辞典」の刊行計画▼(6)も、疑いもなく売れると予想されるが故に村田本人のために良くないという理不尽な高松の主張によって宙に浮く。時代流転の相を鋭敏に嗅ぎつけて、世に相渉《あいわた》る糧《かて》としようという高松の意志は、明らかにこの一書生村田に受け継がれてはいるものの、所詮それが作中で身を結ぶことはない。「時代相」の中を歩む人物たちは皆、その颪に煽られ、たゆたう他ないのである。

しかしながら、上述の村田のアイディアにしても、震災発生後の薬品不足や疫病の発生、加えて、冬を迎え気遣われるバラック生活者の健康など、まるで連載小説を読むかのように持続的に新聞報道される罹災都市の健康・衛生事情や、「『恋愛を奪われた東京』の婦人雑誌」(『国民新聞』一二月八日）などの記事に顕著に窺われるような、見合いや結婚の自粛とも関わる特殊なバックグラウンドを視野に置いた意識的な計画立案だったとも思われるのである。企みは企みのまま終り、結果として実を結ぶことはないのだが、そんなところにもこの小説の迂遠《うえん》で喜劇的な色調が感じられ、そして何よりも、捨て身で世に打って出ようとする焼け跡の人々の意欲に形を与えようとする試みに象徴されているような、「時代相」に直《じか》に関わり、大衆の欲望から目を逸らさない物語の基底に流れる力強い性格は、決して最後まで損なわれることはないのである。

第四章　菊池寛と婦人雑誌の被災

――舞台焼失の後始末――

震災発生による「文芸」基盤の露呈

メディアと直結している限りにおいて、震災の「文学」領域への影響は不可避であった。特に震災直下の状況にあって、関東在住の職業作家たちは、それまでに一度も経験したことのない危機に見舞われていたと言っていい。震源に近い逗子にある自家を失った里見弴《さとみとん》や、辻堂に新築したばかりの自邸が崩壊した中村武羅夫のように、直接の被害を蒙った作家も存在したが、作家たちを襲った危機はもう少し本質的で、根深いものであった。それがたとえ一時的なものだとしても、あらゆるジャンルの虚構の文学に対する読者の側の欲求が消滅するという事態を、そうした事態が現実に我身に起こり得るのだということを、事前に予測できた書き手が果たしてどれだけ存在しただろうか。事実、中央気象台の針が全て吹き飛んだ瞬間から、外部からの要求を度外視すれば、関東一円における「小説」の需要はほぼ一時的に消滅するといって差し支えないだろう。そしてそれはことによると、読者の衣食住が満たされるまでは続くかもしれない事態なのである。もちろん多かれ少なかれ職業作家たちは、自らの置かれた立場を意識していた。メディアの復旧に伴って百出する議論の中でも文芸の未来を深刻に悲観する書き手は多かったし、直ちに関西移住を決め込む谷崎潤一郎や一時郷里金沢に落ち延びる室生犀星のように、外部を目指して壊滅した首都を後にする者も少なからずいた。だが中でも、書き手の立たされた位置の危うさに最も自覚的であったのは菊池寛であっただろう。菊池は、『都新聞』の取材に対していち早くこう答えている。「私は今回の震災に拠つて文芸などは贅沢品だといふ事を痛切に感じました、実際斯《かか》る際には何の役に立たない事は素より、誰も文芸などを振返つても呉れません、それに今後とても、焼け残つた東京に多少の印刷能力はあるとしても、次で来る経済的な不況のために、恐らく出版業者とても従来の利権をそのまゝ進展する事は不可能でせう、とすれば、此の五六年間文芸などは駄目だと見なければなりません」（九月二五日）▼（1）。

予言とすれば決して当っているとは言い難い述懐だが、この言葉は、変事に際しての芸術の無力説などと簡単に要約できないところに、実は大きな問題性を孕んでいる。「珠《たま》は砕けず」と芸術の普遍性を説く里見弴の発言▼（2）は、この菊池寛への反論として即座に対置できるものではない。変事における急激な読者の喪失は確かに作家にとっての重大な危機だが、そもそも読者の増減は印刷・出版・流通・宣伝といった諸機能の能力と密接に関わっている。まさに「印刷能力」の有無と「出版業者」の盛衰は、読者の数や作家の生存と直に結び付いていると言えるのだ。震災発生の八ヶ月前に、職業作家としての地位的独立を夢見て『文藝春秋』を創刊する菊池寛は、少なくとも、活字メディアとメディアを取り巻く大きな産業構造が作家の生を支え、それが「文学」の立脚する基盤としていかに強固な存在であるかということに目を向けていた。

現実を見れば、「此の五六年間文藝などは駄目」どころか、震災直後から大正作家は「震災文章」の執筆に追われ、活字欠乏に端を発する出版ブームが到来するという一面がある。しかし活況を呈するかに見える「文芸」とは飽く迄も、「震災」を核とする災後の市場において改めて価値付けされ、震災報道や更新された出版・流通システムと深く関わりながら新たに生み出されてゆくものでもある。「文芸」は「珠は砕けず」式に維持されるというよりは、書き手の手を離れ、以前よりも一層強力に管理・統制された場において、活字メディアと関わる複合的な構造への依存を深めながらその命脈を保つのである。既に版元となっていた菊池寛は、そうしたメディアの役割に気付いていていた。

では一体、震災発生の渦中において、「文芸」とそれを提示するメディアとはどのように手を結んでゆくものなのだろうか。両者の関係に目を向けてゆくことにしよう。

「天譴説」の変奏

関東大震災発生後、職業作家の位置に極めて自覚的であった菊池寛は、「震災」をめぐる刺激的な発言を多く残している▼(3)ばかりではなく、自ら執筆した小説を通じて、「震災」の見え難い相を照らし出す重要な役割を担っている。同時に、震災期の菊池寛の作家としての軌跡は、震災直下におけるメディアの不安定なありようを象徴的に表現してもいる。震災を挟んで菊池寛が連載を続けた小説が、『婦女界』掲載の『新珠《にいたま》』(大正一二年四月～一三年一〇月)であるが、その掲載動態の分析を行うためにも、まずは震災期における婦人雑誌の誌面状況を概観しておきたい。『婦女界』は当時発行部数で日本の全雑誌中の第二位であったと推測されるのだが、発行部数第一位の『主婦之友』をも含め、婦人雑誌二誌に照明を当てることから始めてゆこう▼(4)。

六月に駿河台に社屋を移転したばかりの主婦之友社は、既に九月号を発行し、ほぼ一〇月号を校了した状態で震災に見舞われる。新社屋を全焼するが、牛込榎町の印刷所が無事で一〇月号の紙型はそこに残された。だが、「この大事変を正確に記録して報道することが、後世に対する「主婦之友」の使命であると考えた」(『主婦之友社の五十年』主婦之友社、一九六七年二月)社主、石川武美の決定により、校了済みの一〇月号は破棄され、新たに特集号の編集が行われることになる。

『主婦之友』一〇月号「東京大震大火画報」は、雑誌協会の取り決めに従う形で一〇月の上旬に発売される。森戸辰夫、吉岡弥生、久米正雄、山室軍平といった「名士」による「大震大火遭難実記」を中心に、帝都東京はもちろん、横浜、鎌倉、横須賀の惨状を報ずる記事によって被害の全貌を概観し、「家を失い飢餓に泣く避難所の観察記」、「住む家も食ふ物もない避難者慰問の記」といった罹災者の現在の声を掬い上げるルポルタージュを配し、写真、スケッチをふんだんに使って視覚的立体的に「震災」を再現する誌面構成は、事態を分かり易く伝えるという意味では完成度の高いものであったと言える▼(5)。そして耳を澄ませば、震災後に各所で聞かれる声がここにも反響していることは容易に気が付くはずだ。渋沢栄一を典型とする周知の震災天譴《てんけん》説が、災後の様々な議論を誘発する大きな契機であったことは疑いないが、それを肯《がえ》んずる論調がこの誌面にも早速現われていた。渋沢の言葉を引きつつ「有島事件は風教堕落の絶下でありました」、「東京市民の霊魂は、其財産と肉体とが滅びる前に既に滅びてゐたのであります」と言う内村鑑三はさらに次のように述べている。「大地震に由りて日本の天地は一掃されました。今より後、人は嫌でも緊張せざるを得ません。払いし代償は莫大でありました。然し挽回した者は国民の良心であります。之《これ》に由て旧き日本に於て旧き道徳が復たび重んぜらる、に至りました。新日本の建設は茲《ここ》に始まらんとして居ます」(「天災と天罰及び天恵」)。

批判、揶揄《やゆ》する者も少なくなかった天譴説だが、この「主婦之友」震災号においてはそれが主張低音として響いていた。震災は爛熟した都市文化と軽佻浮薄化した人心への警告であり、これを機としてそれらの「一掃」と「旧き道徳」の復活が図《はか》られねばならないという見方が誌面には横溢《おういつ》していたのである。

より正確に言えば、震災が天譴であり警告であるとする、時代を広く覆った論調は、この婦人雑誌面において、まずは女性自らが生活と精神を引き締めねばならないという、家庭婦人の身の丈にあった戒めの文脈によって周到に変奏されていたと言える。「震災前の日本ことに東京市民中には、健全な生活状態でないものがありました」と言い、「それが一朝にして、すべてを奪い去られたのでありますから、もとの真面目な生活に復へるべきは当然だ」（「婦人の立場から」）とする『主婦之友』記者の呼びかけは、天譴の認識から歩を進めて、復古と自戒の精神を湛えている点において先の内村鑑三の発言と通底している。

　またそれは、危機に際する「婦人の働き」の重要性に目を向け、「消費の節約」を説く衆議院議員田川大吉郎《たがわだいきちろう》の主張とも響き合う。田川は、「握り飯一つ、沢庵に梅干し、渋茶の一杯」で誰もが満足して食事をしている震災直下の現状を習慣化することを勧め、欧州大戦において、華美を廃し活動的たるべく婦人の服装が質朴になったことを例に挙げて、日本の婦人が服装の面でも「欧州の婦人に劣らない程度の真面目さをもて」この危機を乗り切るべきだと主張する▼(6)のである。そこには、洋装の普及や家庭の電化、共同住宅の建設など都市復興の過程において一挙に浮上してくるライフ・スタイルの合理化、「文化生活」の実現へと繋がる視点の端緒が既に内包されていた▼(7)と言えるかもしれない。というのも、数箇月先の『主婦之友』までを視野に入れてみれば、震災後の婦人雑誌の主要な課題の一つが、過剰な華美を排除した上で、読者に対して家庭生活の根本的な組織化・合理化・科学化を推奨してゆくところにあった▼(8)ことは明らかだからだ。だがしかし、先の田川の思考の起点には、やはり「節約」と

「質朴」とがあったことを忘れるべきではない。震災後に本格化する家庭生活の合理化をめぐる議論とは、震災後直ちに加熱するものではなく、飽く迄もそれは、震災天譴説とも触れ合う都市文化の現状に対する疑義や感情的反応の先に出現してくるものなのだ。少なくとも、極限状況での様々な体験を回顧し、復興へと向かう「都市」と「婦人」の物語を編み上げる震災直下の『主婦之友』誌面が、「合理化」待望の声とはまた別の、「真面目な生活」や「旧き道徳」への郷愁と、質素倹約を是とする後ろ向きの慨嘆に満ちていたことは疑いようのない事実なのである。

復刊当初の『主婦之友』誌が反動的ともいうべき言説に覆われていたのは、震災直後の衝撃がそのままに反映していたと見れば当然のことであった。菊池寛の「新珠」が連載された『婦女界』に眼を転じてみてもそれと同様の傾向を窺うことができる。『婦女界』一〇月号「関東大震災写真実記」は、『主婦之友』と同じく震災印象記、被災地・被災者ルポルタージュを軸にした特別号である▼(9)が、編集長都河龍《つがわしげみ》の手になる巻頭文「大震災から受けた大教訓」にも、やはり、天命を受けて我身を正せという強固なロジックが脈打っている。「大自然の大破壊は来たらずとも、奢侈《しやし》の風、浮華《ふか》の俗に充満していた我が古き大東京は、早晩、その亡びの日の来るべき運命にあつた」と捉える都河は、時日が経つにつれて、女性の化粧など奢侈浮華に傾く兆候が再び見え始めていることを指摘しつつ、「どうぞ自重して下さい、緊張してください、罹災者でなくても。生活に余裕のある身分であっても」との呼びかけを行うのである。

来るべき未来の建設に向けて、震災を機に堅実な生活へ立ち返れとする都河の主張は、一一月「婦人修養訓▼(10)」における「批判会速記録」中の発言▼(11)でもさらに繰り返されてゆくものであり、この期の『婦女界』に底流する志向をはっきりと物語っている。

それまでの婦人雑誌が、必ずしも華美を煽り立てることにのみ執心してきた訳ではなかったにせよ、新時代にふさわしい、都会的で洗練された趣味や生活様式を提案することによって多くの読者を牽引してきた一面があるだけに、震災直下の『主婦之友』、『婦女界』に見られるこのような傾向は、大変災に直面した婦人雑誌というメディアの立つ位置を、たいへん不安定で難しいものにしていたと言えるのだ。

登場人物の変心を促す震災

ところで、菊池寛「新珠」を含めて、こうした婦人雑誌に連載されていた長編小説はどのような道行きを辿るのだろうか。『主婦之友』、『婦女界』連載の小説に目を向けてみよう。まずはその掲載状況から確認しておく必要がある。

震災前に刊行されている『主婦之友』九月号には、翻訳小説と漫画紀行を除き三編の連載小説が掲載されていた。三上《みかみ》於菟吉《おときち》「焰《ほのお》の歌」、久米正雄の「嘆きの市」の連載開始は共に一二年一月である。「焰の歌」は毎号一〇程度の小断片それぞれに挿絵を付す形式で、他の記事の片隅に分割掲載されていた「絵画小説▼(12)」である。一方、この九月号からは、不評であった沖野岩三郎《おきのいわさぶろう》「星は乱れ飛ぶ」に代わって里見弴《さとみとん》の「火蛾《ひとりむし》」の連載が始まっていた。

翌一〇月の震災特別号では、まず「焰の歌」が休載となっている。誌面はもちろん震災記事で埋まっており、遭難体験記や被災地の視察記と同じページ上に、美人画に彩られた通俗的な物語を配するのを回避するための処置であったと推測できる。連載形式が不可避的に招いた休載だった。他に、坪内逍遥の学校用小歌劇「人と波」が読み切りで掲載されており、久米の「嘆きの市」と里見の「火蛾」は通常通り震災記事に囲まれるように掲載されている。震災前の記事は基本的に廃棄された訳だが、九月一日の時点ですでに校了済みであった連載小説が、混乱のさなかに短期間で書き直されたとは考えにくく▼(13)、この一〇月号の「嘆きの市」と「火蛾」に限っては、震災前に執筆された原稿がそのまま掲載されているものと想像できる。

注目すべきは、震災直前の『主婦之友』九月号より連載が始まっていた里見弴「火蛾」の物語の運動である。東京の資産家の末娘として生まれながら、望まれて母の兄弟にあたる「漢詩人一家」にもらわれ養女として海辺の町で育てられた美佐子が、「文芸講演会」の催しで「東京から招かれてきた壮い作家たち」の一人である岩井隆吉と出会い（九月号「講演会」）、美佐子が上京の折り箱根の温泉に逗留していた岩井と偶然再会する（一〇月号「蜘蛛の糸」）までの経緯が語られた後、物語内では、岩井の宿において二人が対座する場面で九月一日の「十二時十分前」を迎える。

「九月一日」の見出しを付された一一月号誌面では、恋に落ちかけた男女が箱根の温泉宿で大地震に遭遇する生々しい瞬間が描かれることとなる。既にほのめかされていた、かつて若い婚約者に死なれた小説家岩井と、洋行帰りの富裕な青年長谷部との間の美佐子をめぐる恋の駆け引きは一時棚上げにされ、物語は一転罹災体験記の様相を呈する。倒壊する宿屋から投げ出されて助かった二人は、近くの山上の松林で一夜を明かした後、「一望焼野原の横浜」を目にしつつ数日かけて東京市内へと歩き着く。避難民にもまれ、焦土と化した被災地を辿りながら歩みゆく過程において二人は、互いに対する思いを深めてゆくのである。

震源に近い箱根の震度七の揺れを直截に書き込んだこの稀有な小説は、その実、もっと深い部分で震災を抱え込んでもいた。美佐子は自分の出生の秘密を知って以来、家産傾きかけた養父母の下での質素な生活を厭《いと》い、実父の遺産が残された東京の生家、大和家での華美な日常に馴染《なじ》んでいた。親孝行のつもりで養父母の住む「南海外れの市」へと一時帰省した際に同じく東京から来ていた岩井と出会った訳なのだが、その後の生母清子や兄の輝顕、その友人の長谷部らに囲まれた箱根でのホテル暮らしは、やはり生家でのブルジョア生活の延長線上にあった。老母と二人千駄ヶ谷の「小さな借家」に暮らす作家の岩井は、箱根での再会当初美佐子に対する階級的な違和感を覚えていた。しかし、そうした感情は共に震災を生き延びることによって一変する。「大和家の富や名望も」、「美佐子の社交や才女ぶり」も、「岩井の作品や文壇的地位とともに」一切の背景と属性を無化し、二人を、「男が女を愛する心、女が男を愛する心、それだけ」にしてゆくものとして震災体験は機能していたのである。

もともと「振子地獄」の題名で構想されていたこの小説（八月号「新小説予告」に拠る）は、大和家に連なる長谷部と岩井との階級的対立を下敷きに、美佐子をめぐる三角関係を描き出そうとしていたと考えられる。そして、その大きな枠組みは最後まで壊されることはない。東京に帰還してひとまず岩井の自宅に避難した美佐子は、そこで岩井の母から手厚い看護を受けた後、大和一族に奪い返されるようにして岩井家を去る。大和家に戻った美佐子を待つものは、不自然なまでに執拗な長谷部からの求婚とそれを支持する資産家一族の論理であった。

最も重要なのは、それに応ずる美佐子の対応振りであるだろう。美佐子は長谷部からの求婚と共に、慣れ親しんだ大和一族からの干渉を一切拒絶し、既に心情的には乖離《かいり》していたはずの養父母に自らの将来を委《ゆだ》ねることを決するのである。選ばれたのは貧しき岩井であると同時に、美佐子の養家であったと言っていい。資産家である生家を去り、「善良」で、「貧乏」で、地方にて慎《つつ》ましやかに生きる「老漢詩人」の養父の元に帰る美佐子の思いは、もちろん、震災直下の婦人雑誌に漲っていた思考や感性と通じ合うものであるだろう。美佐子の選択、そして生き様は、掲載誌『主婦之友』の誌面に現れた一つの志向を裏切らないものとして選択されていたと言えるのだ。

連載継続のガイドライン

一方、『婦女界』の連載小説はどうであったろうか。

『主婦之友』同様、ライバル誌『婦女界』も震災当時三編の小説を連載中であった。小栗風葉《おぐりふうよう》「地上の星」、菊池寛「新珠《にいたま》」、及び挿絵小説である大倉桃郎《おおくらとうろう》の「処女」の三編であるが、これらは全て同時代の、つまり震災前の東京を背景とする物語であった。そこで、これら「現代」小説をどう処理するかという問題が、当然のごとく浮上してくる。そして、連載継続と関わる問題の処理方法を、恐らくは書き手の裁量に委ねたと思《おぼ》しき『主婦之友』とは異なって、『婦女界』は書き手との擦り合わせを経た後に明快な解答を出している。『婦女界』一〇月の震災特別号には、「本誌の連載小説に就て」というたいへん興味深い社告が掲載されている。同種の議論や判断は、多くの媒体内部で行われていたはずだが、それが読者にはっきりと告知された極めて珍しい例である。

▲今次の大震災によって、元の大東京の大半は跡形もなく破壊し尽されて、当分の間、五年、十年、或は二十年後でなければ、復興された新帝都を見ることが出来なくなりました。▲そこで目下本誌に連載中の小説『地上の星』『新珠』『処女』等は、その筋道は何れも元の東京を背景として運ばれてゐるために今後の場面に於て事実に相違する処多く、それかといつて俄に焦土となつた東京を持ち出すのも余りに作者の芸術心を傷《そこな》ふものであるといふことから、今後の運筆方針に就て各作者から交渉がありましたが、本社としては、折角今まで運ばれた筆を、急に挫折して模様替をするの不可なるを思ひ、矢張り今まで通りに

して、更に一段の光彩を添へるよう霊筆を揮《ふる》つて戴くことに致しました。
▲従つて今後本誌の各小説に現はれる背景は、依然元の東京によること、なりますので、それは過去の東京を偲ぶよすがとして、その心持の上にご愛読くださることを特にお願いしておきます。

連載継続にあたって一つのガイド・ラインが与えられた以上、物語はそこからの逸脱を回避して伸長する他ない。都市壊滅の現実と凄惨な被害報道を横目で見ながら、綱渡りのように、モダンで都会的な『婦女界』連載の小説は書き継がれたのである。

菊池寛「新珠」は、名声轟《とどろ》く「日本画の大家」の家庭周辺で巻き起こる恋愛事件を描く通俗小説である。「大家」であった父が死して後、残された三人の美しい令嬢たちが、「華族出の青年洋画家」として知られる子爵の淫蕩《いんとう》な欲望の魔手に、次々と絡め取られてゆき、新時代の女性を最も力強く体現する奔放な末娘によって姉二人の無念が晴らされるという復讐譚であった。権勢高き父死後の家庭の不遇という状況が設定されてはいたものの、アトリエと展覧会を行き来し、三越や帝劇▼(14)に足を運ぶ登場人物たちの日常はまさにブルジョワ階級のものであった。そこでは、子爵と共に帝劇でヴァイオリンの演奏を聴き、評判の女優劇を見ることが、若い娘たちにとっての恋の成就を意味していたのである。

震災後の連載部分では、さすがにそうした象徴的な都市の風俗に触れる場面を書き込むことが慎重に避けられていると見えるが、雑誌の要請と連動するかのように、物語の結構に大きな揺れはなく、したがって、震災の暗い余韻に浸る民意を掬い上げることができないのは無論のこと、恵まれた環境に置かれた登場人物たちの生活意識に何らかの変化が見られるわけでもない。姉二人を傷つけた色好みの子爵が、末娘の手で退治されるという勧善懲悪的な結末を迎えるとはいっても、そこに華族の滅びが暗示されている訳でもなく、なにより、当の娘たち自身の階級的な意識や感情には大きな動揺がないのである。

「社告」がいくら「過去の東京を偲ぶよすがとして」この小説の背景を眺めて欲しいと願ったところで、燃え上がる帝劇の様をルポルタージュする記事の傍らに掲載されたこの「新珠」から、過去を「偲ぶ」気持ちを呼び起こすことは難しかったのではなかったか。地方在住の読者は別として、震災で我身の揺れた読者が多少なりともこの連載に違和感を抱いたであろうことは容易に想像できる。結果として、『主婦之友』の「火蛾」とはまさに対照的に、「新珠」は震災直下の雑誌面の構成や婦人雑誌に漲《みなぎ》っていた論調とは逆行する物語を展開した。それが、不可測の事態によって招来された、不可避の選択であったとしても、作品の作り手であった菊池寛が、当時の婦人雑誌同様の不安定な位置に立たされた自分に、割り切れない思いを抱えたとしても不思議なことではなかった。

菊池寛の「冒険」

複数の震災文章の隅々に窺える震災発生当初の菊池寛の衝撃の大きさは、九月一日当日の自身のサバイバル体験と深く関わっている。大地が揺れた後、ほんの数時間以内に菊池寛が体験していたことの概要は、包子《かねこ》夫人も書き残しており、文壇ゴシップとしてもよく知られている。

その時、菊池寛は転居間もない自邸にいた。本郷区駒込神明町三一七番地。母屋二階建て、離れは洋館、周囲はコンクリート塀に囲まれていた。小石川中富坂町、林町と手狭な家を移り住み、同年一月に刊行を始めていた『文藝春秋』の編集作業のことも考えて手に入れた悠々たる邸宅である。定石本を見ながら一人将棋を指していた菊池寛は、最初の揺れと共に、庭に飛び出した。自邸に損傷なく、本人、家族ともども無傷であった。家族の無事を確認し、続く余震を気にせず彼は即座に妾宅《しょうたく》に走る。妾は日本橋葭町《よしちょう》水戸屋の芸者文栄《ふみえ》。本人は日本橋の身寄りを見舞ったとだけ書いている。妾には既に菊池寛との間に小さな男の子がいた。愛人とその母、そして愛人との間の子供と女中の四人を引き連れて、菊池寛は躊躇なく本郷の自邸へ向けて走る。もちろん、二つの家族は初めて出会うのである。菊池寛が決断をためらっていないことは、震災直下のすさまじい火炎と群集の中を潜り抜けて走った彼自身の記憶から浮かび上がってくる。

死生の境に出入りするなど云ふことは、すべて戦国乱世のことと思ひしに、九月一日三時半頃我日本橋より本郷への帰途、万世橋を渡らんと思ひしが、濛々《もうもう》たる煙に襲われ居るを見て、引き返せしに、三越の背後と思しき所に、新しき煙出ず。

多くの事柄を捨象し、文語体で書かれた実に簡潔な震災文章の一節である。

地震発生は一一時五八分のことだ。地震発生と同時に、火災は東京市内十五区全てに起こっている。道は寸断され、徒歩以外の交通手段は失われていた。そんな中を、本郷の自宅を抜け出た菊池寛は、日本橋界隈に住む女子供ばかりの四人を連れ出し、すでに「午後三時半頃」には、一気に万世橋まで駆け戻っているのである。自宅のある駒込神明町から日本橋葭町界隈まで、直線距離でも片道五キロはある。道を選んで進めば、恐らくそれに倍する距離があったはずだ。しかも文字通り寸秒刻みで、付近は炎と黒煙に包まれていた。万世橋を渡れなかった菊池寛は、錦町と大手町を焼く炎の間から僅かに見える空を目指して西の神田橋方向へ進む。橋のたもとを焦がす火を避け、かろうじて神田橋と一つ橋の間の濠端に出る。右手も左手も焼け、行く手に見える商科大学も焼けつつあった。濠端には避難者が密集し、無数の荷馬車や荷車が交錯して逃げ道をふさいでいる。頭上からは火の粉が降りかかってくる。車上の箪笥や布団の間で泣き叫ぶ子供たちの声を掻き分けて、菊池寛は辛うじて自宅へと逃げ戻るのである。

地震発生直後、関東大震災において最も被害の甚だしかった地域を一気に走り抜けた菊池寛の劇的な体験の記憶は、震災に対する強烈な心象を結ばせずにはおかなかったはずだ。芸術悲観論の代表者に祭り上げられるほどに各所で絶望感を吐露したことと、この九月一日の体験とは深く関わっているだろう。

主題化される二次災害

必死のサバイバル体験を有する菊池寛が、にもかかわらず、ある意味で震災から目を背ける小説でもある「新珠」を、『婦女界』の方針通りに書き継ぐことができたのには理由がある。それは、震災を主題とする小説を本格的に作り上げるもう一つの構想の存在である。菊池寛は、関東大震災を背景とする長編小説の傑作と呼ぶべき震災小説の執筆計画を練ることで、「新珠」を書き終えることができたと言えよう。

菊池寛は、『婦女界』での「新珠」の連載を大正一三年一〇月まで続けることになるが、それと並行して、『東京日日新聞』・『大阪毎日新聞』紙上では新しい長編小説「陸の人魚」の連載を始めている（大正一三・三・二六〜七・十四、全一一一回）。震災発生およそ半年後に連載が開始され始めるこの作品において、菊池寛は初めて関東大震災を基底に置いた物語を構築する。

もちろん、状況は半年前とは異なる。半年の間には、メディアに表出する震災をめぐる言論状況も大きく様変わりしていたし、震災を取り込んだ連載小説や文士によるルポルタージュ、概括して「震災もの」と称された身辺雑記的な小品なども既に数多く発表されていた。逗子の自邸を失うばかりでなく赤坂の旅館で家屋倒壊を経験する里見弴が、その罹災体験を元に、迫力ある遭難場面に見所のある「火蛾」を作り上げたような虚構化の手法も、もはや時期的な新鮮さを欠いていたと言える。体験記や遭難記の類の文章は飽和状態に近く、その「瞬間」を描くことや単調な「美談」「哀話」によって読者の関心を引き寄せることができるような状況は既に終わっていた。「陸の人魚」はそのような場所で書き始められるのである。

実際、年明けて大正一三年になると、陰鬱に沈みがちであった時代の空気も、復興へ向けての力強い歩みによって一掃されてゆく観がある。「復旧でなく復興」とのスローガンを掲げて、前例を見ない壮大な都市改造計画を立ち上げた後藤新平の構想は、縦割りの官僚機構と各省庁の打算に阻まれて縮小に縮小を重ねるが、ひとまず一二年末には、修正案を受け入れる形で帝都復興予算が予算総会を通過しており、社会的な復興への地盤は整いつつあった。また、震災の発生によって延期されていた皇太子裕仁親王と良子《ながこ》女王の結婚を一月二六日に控え、各新聞紙面には前々からこの一大慶事を祝い盛り上げようとする記事が頻出し▼(15)、国家と帝都の新しい幕開けがそこに象徴されているかのような趣《おもむき》で、復興ムードは一気に高まっていたのである。

だが一方、人々の震災に対する関心は完全に失われてしまったわけではない。『大阪毎日』の客員を務めていた菊池寛と関係が深く、「陸の人魚」が掲載される『東京日日新聞』の新春以降の紙面に注目してみたい。『東京日日』の朝刊第一面に度々掲載されることのあった大々的な書籍広告欄は、新年の話題としてどのような情報が流通していたのかを明らかに伝えている。そこでは、必ずしも「震災」の文字ばかりが踊っていたわけではないが、震災や復興、そして罹災下の耐久生活と関わり、読者へ向けて文明の展望を示す書物が、圧倒的な支持を受けて版を重ね、出版物の切り札として宣伝されている様を目にすることができる。大正一三年一月二日の石丸梧平「最後の東京▼(16)」二五版、「禁欲」五三版出来の広告を始めとして、「地震の科学」(一月四日『東京日日』以下同様)や「世界の終わり」二三版(一月四日/二月一四日)といった自然科学系出版物の広告、震災で死亡した唯一の文学者厨川白村《くりやがわはくそん》の絶筆を含む「十字街道を往く」(一月一〇日)、長田幹彦「大地は震ふ」の重版広告(二月九日)、室伏高信「文明の没落」(二月一〇日)、堺利彦「地震国」(三月六日)などの大きな広告が目を引く。第一面書籍広告欄以外でも、講談社「大正大震災大火災」の発行が五十万部を突破したとの報知広告(一月一六日)など、他にも多数の震災関連刊行物の宣伝紹介が見られる。内容に関わらず、「震災」や「復興」、「文明一新の季節」といった表現を絡めた宣伝文句を付す刊行物も非常に多数に上っている。震災騒ぎに便乗するだけの宣伝も少なくなかったと考えられるが、むしろその騒ぎに積極的に関与することによって、利益の大きい商いを可能にしてくれる読者の市場が、この時期になっても依然存在していたことは確かなのである▼(17)。

それればかりではない。新年を迎えて尚、清浦《きようら》新内閣の出発や御成婚祝賀関連の記事の傍らでは、震災後遺症とでも呼ぶべき、それ以前とは明らかに次元を異にする震災後日譚が少しずつ露呈してきていた。阪神淡路大震災の後、仮設住宅での孤独死やＰＴＳＤ(心的外傷後ストレス障害）が時を経て社会問題化していったのと同様に、大正の震災もまた、当時の社会と人間の深層の部分を徐々に侵《おか》し始めていたのである。例えばそれは、「避難女の投身自殺」（一月四日）、「罹災者妻を殺して自殺」（一月七日）▼(18)というように、罹災後不自由な生活を余儀なくされた人々が、自己の内部や家庭内に複雑な問題を抱え込んで、自殺・心中・殺人に及ぶという形で現象化する。建築資材を中心とした物価の異常な高騰が、この時期盛んに報じられているが、そうした経済的な動揺に代表される諸層に渡る社会システムの不安定化は、人々の生活環境に直截に投影していたと考えられ、震災の圧力は、いわば二次災害のように、民衆の心身に食い込んでいたと思われるのだ。

そして何よりも重要なことは、未曾有の災害によって自己の運命を蹂躙されたり、たとえ目に見える被害を被っていなくとも、今ある自己の生がたちどころに破壊され得る危うさを孕んでいることを実感として知った人々が、震災後半年近く経過した時点において尚、滅びの予感に震え、更なる「天譴」の到来に畏怖し続けていたことではないだろうか。「震災」が決して過去のものではなく、まさに現在形の脅威として在京の人々の心を覆っていたことは、やはり当時の『東京日日新聞』紙面を辿ることで見えてくる。「マニラに激震」（一月三日）、「イタリーにまた強震」（一月六日）と外国の地震が過敏に報じられる中、一月一五日に神奈川地方を襲う比較的強い余震は新たな「大地震」の到来であるかのごとく大々的に報じられ、「横浜市民は極度の不安」（一月一六日）といった過剰反応を引き起こしていた。来日したイタリア人彫刻家の地震予告を、「外人の予言を一笑に附する気象台」（一月二〇日）とわざわざ打ち消す報道や、「熱海の海鳴り地震と無関係」（三月一三日）などと混乱を憂慮した報知が行われていたことは、それ自体、天災へのただならぬ不安が潜在していたことを裏付けている▼(19)。

「無形の損害」への照明

上述してきたような現実的な不安や不可知の未来への戦《おのの》きは、「震災」を素材化して描く新たな創作の契機足り得る。震災関連出版物の盛況も充分にそれを支えていた。メディアとの周到な対話が日々行われてさえいれば、「震災」を取り巻くありうべき「読者」の分布図と、「震災」と「読者」との距離が正確に測定できていたはずだ。描かれるべきは、その「瞬間」でも被害の「実態」でもなく、社会と個人の隅々に分け入った、「震災」のデリケートな相であるはずだった。

「陸の人魚」は、震災発生のおよそ一ヶ月前、大正一二年八月を起点とする物語として書き起こされる。失脚した政治家の娘麗子と、敏腕をうたわれる「三井系の実業家」を父に持つ敏子の、家庭の浮沈を背景とした従姉妹同士の確執は、夏の軽井沢の別荘地で、麗子の恋人北川の存在をめぐって激化する。麗子へのライバル心旺盛な敏子は、麗子の恋愛を壊し、北川の心を自分のものとするべく、様々な策略を張り巡らすのである。経済界に名の聞こえ、実行力のある父に、敏子が北川との婚約をねだったことにより、その話は麗子と北川の恋を知らない麗子の父藤島定一に伝えられ、藤島家に出入りする北川は、好きな女性の父親から別の縁談を持ちかけられるという不本意な事態を招くことになる。

そんな中、物語内部で地震が発生する。震災は敏子の姦計を助ける役割を果たし、北川は麗子への愛を裏切ることになることと承知しながら、敏子との望まぬ結婚へ向けて踏み出すことを余儀なくされる。病に倒れた麗子の存在を無視して実現する北川と敏子の結婚式当日、「一つの爆弾」のように投げ込まれる麗子からの手紙を得て、罪の意識から自制心を失った北川は、大勢の待つ式場を抜け出し元の恋人の元へ駆けつける。引き返すことのできない場所へ来てしまった二人は、「二人とも瞳孔が開いて心が狂いかけてゐる」姿のまま、「恋愛の国へ死を賭して」の「旅立ち」に出るのであった。

この物語の優れたところは、地震や火災そのものを持ち込みながらも、主要な登場人物たちが誰一人、震災火災の「有形の損害」を受けていない点にある。悲劇の契機は、「全滅」した鎌倉にいる恋人北川の安否を気遣うあまり、麗子が「胸の病気」を重くしたことと、北川の横浜の叔父が財を失い、「復興の金策にもがき苦しんだ」ことにあった。叔父は北川との関係を通じて敏子の父から復興資金を借り、北川はその借金を成立させるために、一時曖昧な形で敏子との結婚を承諾しなくてはならない羽目に陥る。北川の不徹底な態度や、冬を迎えて転地療養のために麗子が東京を去ることが、幾つもの行き違いを生み、二人の悲劇の進行を加速させていたのである。

語り手の言うように、ここには、「当人も気づかず、しかも一生そのために苦しみ通す」ほどの影響力を持った震災の、「無形の損害」の一端が描き出されている。震災を機として種々の誤解や関係の齟齬《そご》が生まれ、それらが複雑に縺《もつ》れ合って一つの悲劇が招来される。言うまでもなく、これは震災後暫く時間を経た後の、都市の不健康な空気を連想させるものである。二人の関係の破綻は、災後の社会の動揺期に、事実として充分に起こり得た劇を再現するものであったのだ。

一方、「畏《かしこ》き辺にお目出度い儀式があるのに倣つ」た正月下旬の敏子と北川の結婚式が、「御慶事を記念に結婚がふえた」(大正一三年一月一三日『東京日日新聞』)とされる社会の動向に連なるものであったことをも確認しておこう。同様に、震災にも揺らぐことのない敏子の父の「三井」の資金が、北川の叔父復興の糧《かて》となり、その裏面で北川と麗子の運命を左右する重要な動機となっていたことも、「金融界復興の先駆　新陣容を整へた三井銀行」「模範的社会奉仕　三井合名の活動」「貿易の復興と三井物産会社」(一月一四日)と大々的に報道される震災後の三井資本の余力と完全に符合するものであった。

震災後刻々と移りゆく世相の中で、「震災」をめぐって人々の抱くイメージも多様に変化する。メディアの発信するその時々の震災余譚と復興の物語に耳を澄ませながら、人々は「震災」を幾度も反芻し続けていた。ある時は復興の勇ましい足音に身を任せて、華々しく蘇りゆく四囲の風景に魅了されたかと思えば、またある時は自らが立ち尽くす足元を見つめて、相も変わらず焼け跡の中にいる我身を嘆かわしく思った。そして気がつけばいつでも、「震災」に寄り添って、「この際だから」と呟く自分がそこにいる。新聞や雑誌や井戸端会議といったメディアに取り巻かれて日々を送ることが、新たな「震災」と向き合いつつ生きることを意味する日常がそこにあった。

「陸の人魚」という作品は、関東大震災の発生による価値観の変化や、文化・社会の大がかりな再編の中で形作られていった物語である。物語の生み出されてゆく起点が震災にあるというばかりでなく、「震災」をめぐる言説の微妙なうつろいを充分に呼吸し、メディア上に明滅する「震災」の相貌と、そこに投影されている人間の意識のありようを物語の骨格として重ね合わせている。

「陸の人魚」が向き合っていたのは、全国に散らばる二〇数万の婦人雑誌読者を遥かに超える、東京およそ四五万、大阪一〇〇万の不特定の大規模な読者の層▼(20)であった。増加する新聞講読者や、大量出版時代の雑誌・書籍購買者の不透明な実体を枠付けるやり方として、当面の社会事象を取り込み、メディアを彩る言論の状況に機敏であることはきわめて有効な手段足り得た。メディアで連呼され、既に選別淘汰された価値的な言葉に連なろうとすることは、確かに、大量消費時代の中での小説の商品化を一層促進する危うさを孕んでおり、また、「文学」の二極化を強力に推進する圧力を多分に含んでいる。事実、菊池寛が「文学」の大衆化の急先鋒を担った職業作家であると考えることに大きな異論はないだろう。しかしながら、大正末のこの時期において、読者と情報を圧倒的な力で統制し、書き手としても無視することの難しい重大な創作の契機として、「震災」が横たわっていたことの方に、より大きな問題は潜んでいるのではないだろうか。明らかに、「震災」は、同じ方向を見つめる大きな読者の束を生み出している。小説の素材としての「震災」は、「文学」の二極化の裏面にある小説読者の均質化・一元化に深く関与し、色濃い社会性を帯びた小説を待望する受容層を開拓し定着させる大きな要因ではなかっただろうか。菊池寛が狙い撃ったのは、震災による死亡者約一〇万の周囲を取り巻く人々、それは、「震災」の傷の痛みを反芻し続ける在京の罹災者であり、メディアを通じて顕在化する「震災」の後遺症に心を痛める人々であり、「天譴」へのリアルな畏怖を潜在させていた都市住民であり、ひいては、「震災」を未だ忘れ去ることのできない、同時代の「大衆」であった。

第五章

震災と新聞小説挿絵
——竹久夢二の「眼」——

継続する「震災」

友人である竹久夢二と有島生馬《ありしまいくま》は、関東大震災直後の焦土と化した東京を、二人で陸軍被服《ひふく》廠跡《しょうあと》まで見て歩いているという▼(1)。またそれからちょうど一年後、夢二の絵に色濃い影響を与える年若い恋人お葉が夢二のもとから家出するその日▼(2)に、震災一年後の町中を一緒に歩こうと思ってやってきたと言って渋谷区宇田川町の夢二宅を訪れる有島生馬の誘いに応じて、夢二は再び復興途上の東京市中を共に散策している。

二人の画家の眼底に焼き付けられた焦土東京と復興過程の街の風景の記憶は、およそ七年の時を経て有島生馬の「大震記念」という大作となって結実する。一九三一年完成のその絵は、縦横一九八×三六一センチという大作であり、見るものを圧倒する迫力ある震災下の光景を描き出している（**図1**及びカバー、カラー画像）。柳原白蓮《やなぎはらびゃくれん》だとされる炎と煙に追われ荷を引く女を中心に据え、山本権兵衛や後藤新平、大杉栄から画家自らの姿までをも画面中に配している

図1

有島生馬《大震記念》（東京都復興記念館所蔵）

と言われるこの有島の絵は、実は、震災直後の風景ばかりを再現しているわけではない。ここには夢二とともに歩いた一年越しの二つの情景の記憶が、平面図の中に重層的に畳み重ねられているのである。

図の中央にある地割れを境として、画面の左手が火炎に包まれた赤黒い色彩に覆われ、画面の右手が一面緑の色彩で彩られるように描かれていることに自然と目がゆく。左から右への眼差しの移動によって、日暮れから夜明けへ、震災発生から復興へという時間の推移が浮かび上がってくることに気付くが、同時に、図の中央の断裂が、そうした時間の流れと画面全体とをはっきりと二つに分かつ構造を持つことに着目すると、この絵が過剰な意味に満たされた図像であることが理解できる。画面左にはまさに文明崩壊を象徴する鉄塔炎上の光景が配され、その手前に描出された人々は皆裸体か半裸の罹災者であり、バラックを遠景としてまだなお震災の衝撃から立ち上がることができずに困窮し続ける人々の群れとして表現されている。他方、心地良い緑に覆われた画面右手には、軍服やネクタイで正装した者たちが、自動車を囲んで議論する様子が描き込まれている。画面中央の地割れとその上に横たわる死者の群れを、地震発生の時点か震災それ自体の表現であるとすると、画面右側に表現された現実から遊離した帝都復興計画が、左側の、罹災者たちの改善されぬ窮状と完全に相容れぬものであることを剔抉《てっけつ》する意図が底流しているとも考えられる。

有島生馬がこのように濃密な意味に満たされた震災を象徴する絵を残し得たのは、震災の実体験のみならず、地震発生後の一年間、あるいはそれ以上の年月を、画家として意識的に生きた経験を持ち得たからに他ならない。つまり、「震災」が地震そのものの揺れと火炎による物理的被害に留まらず、事後的な人災の作用を伴って拡大化し、生活の隅々に浸透してゆく持続的な相貌をも併せ持つことを、画家の眼は見通していたと言えるのだ。実際、天災と人災との絡み合う局面においてこそ、関東大震災の「未曾有」の脅威は顕現していたのである。

有島生馬が、災害の持続の相に目を向けそれを表現してゆく一方で、その傍らでスケッチをしていた竹久夢二は、もう少し切羽詰った形で震災の「持続」と対峙する経験を持つことになる。夢二は新聞連載小説という特殊な場において、震災の持続的な位相を自ら生きることを余儀なくされるのである。

この章では、竹久夢二の新聞連載小説を軸として、複数の新聞連載小説に視線を注ぎながら、震災によって生み出され前景化してくる個人相互の関係性や人間の新しい感性のあり方について、それが同時代の視覚像や小説言説とどのように関わっていたのかを考察してゆきたい。「連載小説」という前後を繋ぐ、そして日々継続されざるを得ない恰好《かっこう》の場において凝縮的に現出する「震災」の持続的な相貌を、絵と言葉とが結び合う地点において眺めてゆくことにしよう。

竹久夢二の震災スケッチ

大正一二年、竹久夢二は、洋画、日本画、さらには商業美術や各種デザインにまで及ぶ内容を網羅する月刊誌『図案と印刷』を恩地孝四郎《おんちこうしろう》らと共に企画、「どんたく図案社」という組織を作り、印刷会社とも提携、創刊を間近に控えていた時期に関東大震災に遭遇する。既に多数の画集を出版し、新聞・雑誌のコマ絵、挿絵画家としても大衆的な人気の高かった夢二の、商業デザインという新しい分野に乗り出そうという企みと意志を一挙に打ち砕く打撃であった。

新企画潰《つい》えた夢二はスケッチブックとカメラを片手に災後の東京を見て歩き回り、その震災風景は直下一〇月発行の『婦人倶楽部』や『文章倶楽部』の誌面に掲載されるなど、「焼け太り」したなどと言われた「文士」同様、震災報道に追われるメディアの手足となって震災後の東京を活発に動き回っている。実際に夢二は大量の震災スケッチを各所に残してもいる。

九月一四日から一〇月四日まで『都新聞』に連載した「東京災難画信」も代表的な震災スケッチの一つであり、夢二はそこに、震災直下の東京の情景を二十一回に渡って描き、毎回一枚の絵に四百字程度の文章を自ら付して掲げている。掲載初日、夢二は、震災に直面し、数日を経ても未だ立脚地の定まらぬ自らの思いと、生の目的を喪失して何も手につかない状況にある罹災者の様子を次のように活写している。

昨日まで、新時代の伊達男が、所謂文化婦人の左の手を取って、ダンシングホールからカフェーへとジヤック・ピックルの足取りで歩いてゐた、所謂大正文化の模範都市と見えた銀座街が、今日は一望数里の焦土と化した。／自分の頭が首の上に着いてゐることさへ、まだはつきりと感じられない。／科学も、宗教も、政治も、暫く呆然としたやうに見えたのに無理はなかつた。／大自然の意図を誰が知つていたらう。自然は、文化を一朝一揺りにして、一瞬にして太古を取返した。路行く人は裸体の上に、僅《わずか》に一枚の布を纏《まと》つてゐるに過ぎない。何を言ふべきかも知らず、黙々として、たゞ左側をそろそろと歩いてゆく。命だけ持った人、破れた鍋をさげた女、子供を負つた母、老婆を車に乗せた子、何処から何処へゆくのか知らない。たゞ慌しく黙々として歩いてゆく。おそらく彼ら自身も、何処へゆけば好いか知らないのであらう。（九月一四日）

夢二が目を向け描き出す風景は、あるいは「市役所の施しの自動車」が罹災者に食料を配給する風景であり（図2）、被服廠後で「最後の死体を焼いてゐる」風景（図3）であり、その被服廠跡地の「諸々に高く積まれた白骨の山」を前にして、近親や遺族の者たちが誰のものだか分からない骨を拾い上げようとする光景（第八回「骨拾い」九月二一日）であるというように、いわば「震災」の陰惨な余韻を悲痛に反芻する象徴的な風景であるわけだが、「セザンヌのリンゴ」を口癖にしていたという夢二の独特で繊細な描線の美は、震災被害のリアリティと、「前古未曾有」と連呼し続けた報道の気負いとを遥か遠景に追いやって、どうにも自由になら

図2　第三回（九月一六日）

竹久夢二「東京災難画信」挿絵 無題（『都新聞』）

図3　第七回（九月二〇日）

竹久夢二「東京災難画信」挿絵「被服廠跡」（『都新聞』）

ない生と死と存在の重みを引き摺りながら、息の絶えるまでは歩み続ける他ない人間の本来的な疲労感を滲《にじ》ませており、まだ九月という混乱収まらぬ状況であるだけに、それは一種不可思議な静けさを伝えてくれるものとなっている。そこには、自らも検束され、交友のあった幸徳秋水を失う大逆事件の衝撃以来の社会意識の覚醒や、夢二の心の内奥に燃え残っていた体制への反逆の精神とを直ちに読むことはできない。むしろ、かつて見たことのない光景と人間の表情とを、斬新な視覚像と捉えて追いかける画家としての職業意識や、純粋な興味の方が色濃く刻印されていると言えるのではないだろうか。実際、「警察力が恢復《かいふく》したら軍隊は早晩撤退―民衆奮つて自警団を組織し、強窃盗《ごうせっとう》の頻出を防げ」というものものしい記事のすぐ隣に、浅草観音堂の「おみくじ場」に集う人々が、自らの未来を一心におみくじに託して祈る様を写し取る感性には、やはり尋常ならざるものがある（第二回「おみくじ場」九月一五日）。「東京災難画信」には、その他にも、「着るものも不自由なバラック生活の中でも、望月の供物を忘れない人」に目を向ける回（第十二回「仲秋名月」九月二五日）や、「事変の瞬間から通信機関を失つた」場において、「唯一の通信機関」と化したポスターに着目して、東京市から陸軍司令部、市民同士の尋ね人のポスターまで、震災後の街の其処此処に貼られた通信用のポスターについて述べる回（第十五・十六回「ポスター」九月二八・二九日）、震災後の流行語「かういふ際だから」を婚約破棄の理由にされた男の話（第二十回「現金取引のこと」一〇月三日）など、震災被害の報知や通信に留まらぬ芸術家・画家としての夢二の自在な発想が感じられる絵と文とをふんだんに見ることが出来、紙面上の他の報道記事とは一線を画した、また、ルポルタージュとしても異色の存在感を放つ連載であった。ある意味では、周囲の報道記事の緊張を和らげる、連載漫画めいた役割を果たしていたとすら言えるかもしれない。しかしここにおいて重要なことは、鋭角的な社会意識と批判精神とをあらわにしない「東京災難画信」ではあっても、それが必ずしも夢二の政治意識の希薄さや、時局に対する鈍感さを意味しているわけではないという点である。震災下の政策や為政者たちに対して、夢二がとりわけ過敏に自らの政治的位置を認識し身を律していた、と言いたいのではない。夢二は「東京災難画信」でも、目的と行き場を失った罹災者たちの人間の生態を描こうとしている。暫《しば》しの空白の後に人間が何をし始めるかを描き出しているのである。おそらく夢二は、震災があてどもなく漂泊する罹災者の群れを生み出すばかりでなく、罹災者とそれを取り巻く人間たちの意識と感性とをその根底から束縛し規範化する強固な要因であることを予感していた。夢二のそうした側面に目を向け、それを正しく評価してゆくためには、「東京災難画信」に加えて、歴史から忘失された同時期の夢二の新聞連載小説「岬」をも視野に納めておく必要がある。

青年画家挫折物語の構想

「岬」は関東大震災の発生以前、八月二〇日より、やはり『都新聞』にて連載が開始される作品である。震災を間に挟んで一二月二日まで、計七十六回（最後の一回は「作者付記となる」）

に渡って連載が続けられる。新聞紙面全体の約六分の一程度の正方形の掲載欄に掲げられ、およそ三分の二ほどの比重が夢二の絵で占められており、その傍らに文章を配した「絵画小説」の連載形式を採っている。画業は既に世に広く知られ、『東京日日新聞』の「月曜文壇」(明治三九年)へのコマ絵掲載、『平民新聞』への参加(明治四〇年)、『読売新聞』入社と紙上にての「房総紀行　涼しき土地」の連載(明治四〇年)など、新聞とも早い時期から深く関わってきた夢二ではあったが、後に「女の嫉妬について、三つの話を書くつもりであった」(「作者付記」大正一二年一二月二日)と述べていることからも窺えるように、執筆当初からかなり壮大な物語を構想し、力を入れて臨んだ試みであったようだ。夢二の自伝的な絵画小説としてよく知られる昭和二年の「出帆」(『都新聞』全一三四回)以前における最初の本格的な新聞連載小説執筆の試みであり、「秘薬紫雪」(大正一三年九月一〇日~一〇月二八日)、「風のやうに」(大正一三年一〇月二九日~一二月二四日)と『都新聞』紙上で続けられてゆく連載の起点に置かれる作品であった。

黄昏の微光に包まれた「九十九里の北端、犬吠岬の避暑地」において、「揺籃車《うばぐるま》」に乗せられた「やつと二十を越したかと思はれる年頃の女」と、それを押して岬を静かに歩みゆく男のシルエットが浮かび上がる光景を写し出す挿絵と共に、燈台の光にほのかに照らし出されるその男女の横顔を、傍らの「海浜ホテルの露台」の避暑客たちが好機に満ちた目で眺めやる場面から物語は始められている。ホテルに滞在する「一座」のうち、その男女の数奇な過去を知る一人の女が、「揺籃車」に乗った「美人」をめぐる「気の毒な話」を語り出す。女の避暑客を語り手として浮かび上がる岬を行く謎めいた男女の過去──「一品洋食と自然主義の全盛時代」であり、「世を挙げて唯物主義の時代」を生きる男女の過去──が物語の基盤を形成してゆくのである。

男は、葉山草太郎という美術学生であり、自然主義全盛時代の風潮に抗して「卒業制作に「久遠の女性」といふ、ひどくロマンチックな画題」を選んでいて、「いつまでも処女性を失はない、夢を捨てない女性」をモデルとして探し求めていた。学校に「手本」として現れた「おみき」を見初めることで、描き手とモデルという二人の関係が成立する。「見たところ十五六」でしかない娘を、自らの画題のモデルとして「裸体にすることの困難」を感じた葉山ではあったが、それは葉山の「杞憂」に過ぎず、裸になった彼女が「子供が悪戯をする時のやうに小走りにカーテンの中から出て」来る姿は、「緑の森を飛ぶ白い小鳥のやうに自由で、自然で晴れやかであつた」（第十一回、八月三〇日）。よいモデルに巡り会えた葉山の制作が進捗し、一週間ほどが経過した後、葉山がおみきの手相を眺めた上、「愛の線」が「割れて消えてゐる」ことを指摘したことに反応して、「悪いことがあるんでせうか?」と自らの未来を悲観する少女の言葉が発せられた時（第十三回、九月一日）に物語は断裂する。そして一〇月一日の連載再開に至るまでの一箇月という特殊な時間が、物語そのものを根底から揺さぶり、文と線とを籠絡《ろうらく》すべく浸透してゆくのである。

長丁場の連載を予定しながら、連載は僅か十三回で中断した。『都新聞』は麹町内幸町の社屋に被害なく九月八日には復刊するが、他紙同様の震災報道専従体制を敷き絵画小説連載継続の余地はない。そしてこの「岬」の代りに紙面に登場するのが前述してきた「東京災難画信」であった。つまり夢二は意気込んだ連載小説の執筆を一時中断して、大勢の「文士」たちと共に焼け跡を自らの足で歩き、雑誌掲載分を含めて多数の震災スケッチを集中的に描いた後に、再びこの「岬」の執筆に戻っているのである▼(3)。

「自然主義の時代」を回顧する物語の中に地震の起こる形跡はない。しかし、震災後の物語が、その骨格の部分で当初の計画から大きく変化していただろうことは、この連載小説に一つの偶然が起きているために推測することができる。震災発生前の八月二八日、おそらくは製版の手違いであろうが、物語の内容とまったくそぐわない挿絵が掲載されてしまい、翌二九日紙面において書き手は次のような謝罪の言葉を書き付けている。

読者諸君、私達の「岬」の物語の第一の女主人公である所のモデル娘が、葉山草太郎の画室をはじめて訪ねていつて、幾日の後、再び死骸のやうになつて運び出されるといふ、神様の思召しなる不思議な運命の門を叩く場面が、昨日の文章であつたにも拘らず、挿絵の方は、銚子海岸のホテルの露台で、櫛巻きの女や、医科の学生がまたお目見えしてゐます。／どこでどう間違つたのか、神様は一度与へた運命を換て、不幸なモデル娘にこの不吉な門を潜らせまいとする、気紛れな思召しかも知れませんが、作者は、読者諸君への約束を破つて、話の筋道を換る気は、毛頭、ないのです。／否でも、応でも、娘の負つてきた不運な約束の道を、ずんずん歩かせねばなりません。／それで、今日またわざわざ、この娘をこの門の前に立たせます。娘も、自分の身の上に明日の日、どんな事があるかは知らないでせう、さあそれから先を話しませう。

「死骸のやうになつて運び出される」と述べられたこの時点での結末の計画と、画室の窓から自分で身を投じて足を切断するに至る実際の結末との距離は近いようでいて遠い。そもそもこの葉山という男の学生生活は「銚子海岸」で送られていたわけではなく、東京での暮らしであったのだから、彼の画室が「流れに望んで建つてゐた」ことや、「窓の下は数丈の崖になつてゐた」（第七十五回、一二月一日）ことなど、読者は知るはずもない。クライマックスで「おみき」が身投げをする瞬間に唐突にそのことを知らされて面食らうばかりなのである。もちろん女が足に障害を持つに至った経緯はどのみち記さねばならなかった事であろうから、この結末を指して計画の方向転換の影を読み取ることは適当ではない。だが、物語がある程度の振幅を含みながら書き始められており、震災後必ずしも、「話の筋道を換る気は、毛頭、ない」と言うほど直線的に計画通りことが運んでいなかったであろうことは充分に窺い知れるのである。

関係悪化とまなざしの変質

「震災」は「岬」において、人物間の見る／見られるの関係性を支配する形で鈍く根深く浸透する。連載再開第一回目の一〇月一日は、暗闇の中に浮かび上がる母子の像の挿絵と共に、おみきの「不幸な身の上話」により、貧困に追われて身一つで上京した娘の境涯が明かされる。進捗していたはずの葉山の絵の制作は一転してはかどらなくなり、「絵の具を塗つてゆくに従つて、力のある描写がだんだん沈んで」、「色が濁つて、だんだん暗くなつてゆく」（第十五回、一〇月二日）ようなおもわしくない傾向を見せ始める。そして絵を描けない自分に腹を立てた画学生は、モデルであるおみきの存在を睨《にら》むような視線で射抜くのである。

葉山は賚布《カンバス》の上で絵の具をこねまわしながら憎悪に充ちた眼でモデルを睨みつけた。葉山のこの不機嫌な焦慮を見ると、おみきは、泣き出したいほど悲しかった。もし自分の身で出来ることなら、どんなことをしても厭はないと思ふのだつた。しかし、どうすればあの不機嫌がなおるのやら、おみきには考えも及ばないことであつた。／いつぞや、この人が喜んできいてくれた、おばこ節を歌つたら機嫌がなおるかもしれないとおもつたが、いまやつたら叱られさうなので、おみきは黙つて立つてゐた。

そこには最初のデッサンの際に葉山が感じていた弾むような喜びは存在していない。「モデルを職業とし、その仕事に馴れて熱意の欠けた女達の、もはや持つことの出来ない美点」として、おみきの「素直な自由な心持」を喜ぶ心のゆとりは失われて、おみきをただ悲しませる葉山の「不機嫌」が漂うばかりなのである。葉山のモデルへ向けた視線の鋭さは、以下に掲げた同回の挿絵によっても明白に強化されている（**図4**）。夢二が好んで描く単眼の図像なのだが、おみきの裸体へ向けて直線的に放たれた何かを射抜く画家の眼力の形象は、従来の感傷的で潤いを含んだ夢二の「眼」とは異質である。実はこの「岬」中にも、先の第五十二回では、自らの運命を嘆くおみきの悲しみを形象化すべく、今一度単眼のデザインが出現してきている（**図5**）。しかし一見すれば、**図4**との違いは明瞭だ。全身体から切り離された単眼が対象を窃視するかのような**図4**の眼差しは、他者を支配するべく視線の相克を繰り返す、近代社会の都市空間における人間の眼差しを象徴しているようにも思える。

描けなくなった葉山の視線に射貫《いぬ》かれた後、おみきはモデルとしては二度と葉山の前に立つことはできなくなる。恋愛の兆しすら感じられた二人の関係は急速に狂い始める。「製作熱で頭が一杯になつている葉山にとつて、結婚のことは、忘れた大きな重荷であつた」（第十九回、一〇月六日）にもかかわらず、過去の家族関係の義理から取り決められた葉山の「許婚《いいなずけ》」佐保子が突然物語に登場する。その一方で、おみきは「本郷あたりのある医者だといふ男に囲はれてゐる」（第二十回、一〇月七日）姉の企みによって別の「旦那」の囲いものにならざるを得ない道を歩み始める。姉の男に身体を奪われそうになる危機を経て（第二十五～二十七回）、おみ

図4　第十五回（一〇月二日）

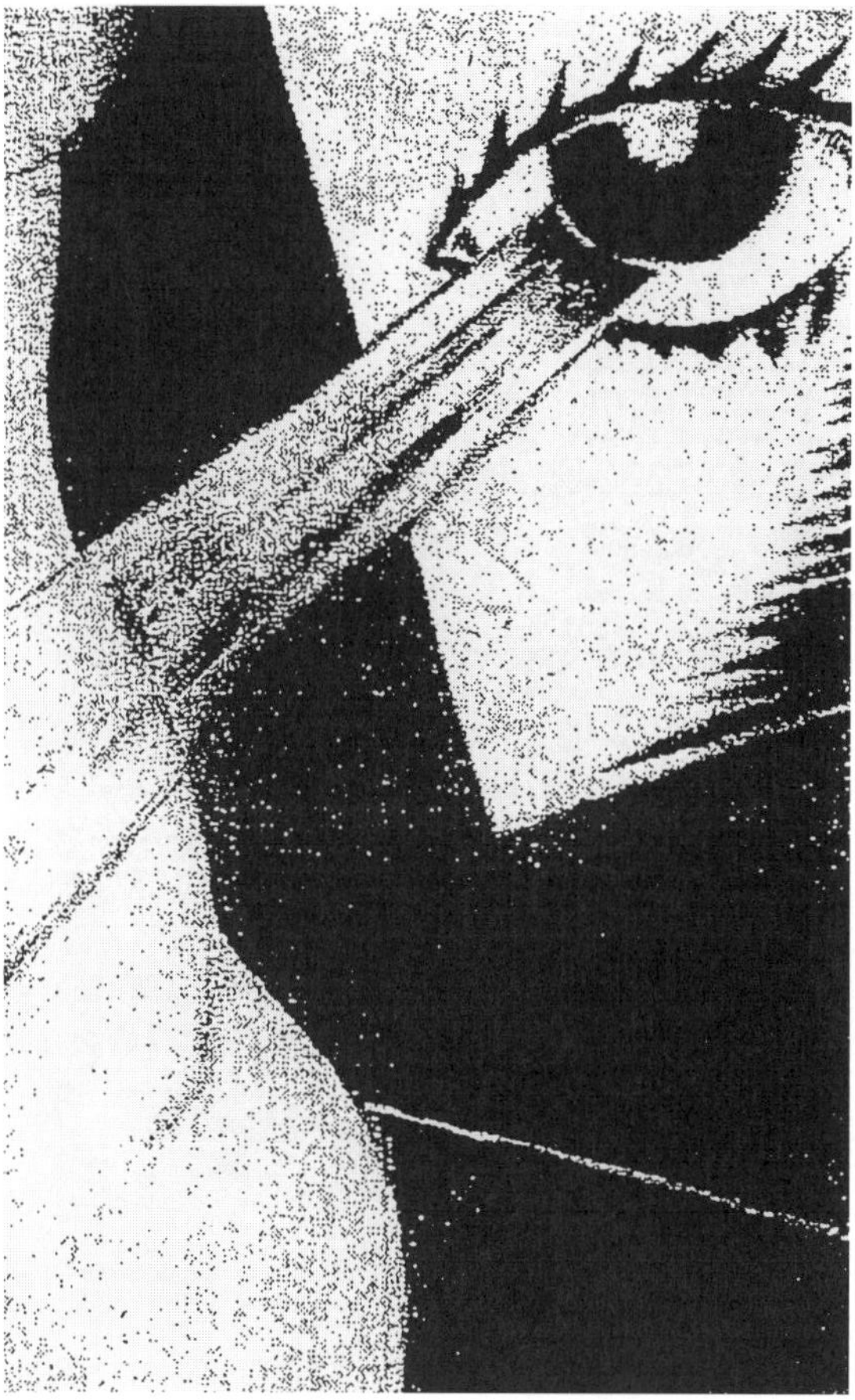

竹久夢二「岬」挿絵（『都新聞』）

図5　第五十二回（一一月八日）

竹久夢二「岬」挿絵（『都新聞』）

きは自らの置かれた境遇と、もはやモデルを続けることができない家の事情とを葉山に告げて、葉山の家を悄然《しょうぜん》と去るに至る（第二十八〜三十回）。自殺を案じた葉山が消息を絶ったおみきを探す場面では、一時悲劇が予感されるが、ここでは決定的な事態は起こらない。むしろ葉山と友人たちの助力によって、姉と姉の男の策謀によって招かれそうになっていたおみきの不如意は、解決の方向へ向けて動き出し、葉山の「ラブ」と「卒業制作」は完成するかに見え始める。

他者の視線から逃亡する物語

ところが、「永遠の女性」、「永遠の処女」としてのモデルの資格がおみきから奪われ、葉山との真の訣別が告げられる局面を迎えるべく、物語内では人為を超えた力が作動し始めるのである。既に金で買われた代償としてその身を追われていたおみきを一時かくまい、自らはおみきの実家のある山形へ向けて諸般の事情を解決に向かう途中、葉山を乗せた汽車は雪崩のために福島駅で止まったまま足止めとなる。「とある旅舎」へ入って幾度駅に問い合わせても、「米沢の工兵隊が応援して復興工事を急いでゐる」が、「何時開通するか解らないといふ返答に異りは」ない（第四十八回、一一月四日）。葉山は「東京の方も気になつたが」、そこで腰を据えて待つより他はなく、復旧を待つ間、偶然その土地に赴任していた従兄弟の医師と、近くの飯坂《いいざか》温泉へつかりに行くのである。そこでの雪止めの間に、東京で追っ手からかくまわれているはずのおみきの元では予想していない事態が引き起こされている。我身を見舞う偶然をめぐる葉山の心境は次のように記されている。

葉山は不慮の天災が運命を換るために起つたやうな気がして、静かに来るものを待ちうけてゐたいのだった。彼は従兄に逢つたことを後悔したが、好意を斥ける理由もなかつたのでやはり飯坂へ出かけることにした。

「不慮の天災」との遭遇により、予定より遅れて鶴岡の雪の中に降り立った葉山は、橇《そり》を仕立てて山中のおみきの村である田川へと向かう。降りしきる雪の中に葉山が幻視するのは、「涙を湛へたお幹の眼」（前掲図5）であり、この眼が暗示していたように、おみきの生の軌跡を辿る生家との出会いの旅は、同時に、おみきの生が汚されることを許し、おみきとの別れを告げる旅でもあった。

東京のおみきは「美術学校の彫刻家の教授」である「南風先生《なんぷう》」の元に預けられていた。もともとこの先生の口利きがあって美術学校のモデルに出ることになった経緯のある以上、先生の傍にいるおみきが請《こ》われて裸体になることは不自然なことではなかった。しかし、「南風先生」の眼は、葉山の眼を超えておみきを射すくめるような輝きを宿していた。「眼差し」へ向けた過剰な関心を示し始めた物語の中で、先生に眼差されるおみきの恐怖は次のように述べられている。

何と言つても、それはお幹の悲しい職業であつた。その上義理にからまれて、お幹はつひに南風先生のモデル台に、はづかしい肌を露はして立たねばならなかつた。緑色の背景の前に立つた白い裸形は、美しい生贄《いけにえ》であつた。酒のためにとろんとした先生の眼は、ある時の葉山さんのやさしい眼でも、製作欲に輝く芸術家の眼でもないとお幹はおもふのだつた。赤い焔のやうなその眼の光は、消え入るやうに逃げ惑ふ白い肌を、執《しつこ》く追ひかけた。お幹は夢の中でもこの眼に追いつめられ、はつとして夜中に起きることさへあつた。（第五十四回、一一月一〇日。なお、第三十一回以後、「おみき」の表記が「お幹」とされることが多くなる。）

葉山に別れて三日目の夜、「今頃はもう田川で母親に私の事を話してゐてくださるだらう」とおみきが夢みていた晩に、おみきは「永遠の処女」としての資格を南風先生の手によって奪われることとなる。もはや葉山のモデルたる資格が失われたと感じたおみきは葉山の帰京以後も身を隠し、結末の悲劇的な場面に至るまで葉山の前に姿を現すことはない。

葉山の「芸術家の眼」に射抜かれ、「南風先生」の「赤い焔のやうなその眼」に射すくめられることを通じて、「モデル台」に立つおみきの運命が大きな変貌を余儀なくされていた点に窺えるように、震災後のこの物語では、眼差されることへの恐怖が主調低音として響き続けている。おみきがモデルとして芸術家の前に立ち、ある視線に捉えられた際の彼女の身中に発する異和を一つの符牒として、物語は大きな転機を迎えているのである。眼差され、捕捉されることへの畏怖《いふ》は、逃げ惑いかくまわれるおみきの行動や身体性にも共通して立ち現れている。姉の差し金によって、おみきを金で買った男が、人を遣っておみきを執念深く探させるが、葉山と友人にかくまわれて、追っ手の眼を逃れるおみきのありようは編中一つの見所を成していた。それにしても、震災前の連載では、葉山を驚かせるほどに無邪気に裸体となって、「小鳥のやうに」身体を葉山の視線の前に投げ出していたおみきの別人のような変わりようは一体どういうことだろうか。もちろんそれは、葉山の視線の変質ということでもあるのだが、連載再開直後において、葉山の視線にすら悲しみと違和感を覚えていたおみきは、それ以後、葉山や追手や先生ら、一切の他者の視線を徹底的に拒否して、そこからの逃亡を企て続けているかのようにすら見受けられる。

「岬」という物語が、その底流において、眼差し／眼差される関係性と、視線に捉われることとの恐怖とを輻輳《ふくそう》させつつ展開していたことは、「岬」掲載紙面に毎回描かれていた作品のシンボル・マークが様変わりしていた事実とも通底するものと考えられる。連載開始当初は「岬」のタイトルにふさわしい「燈台」を中心に据えた海浜の風景（**図6**）を題名の上部に冠していた▼(4)ものが、ほぼ連載の折り返し点に近い第三十八回目（一〇月二五日）以降、夢二の好む単眼のデザイン（**図7**）へと変えられ、後は最後まで「岬」の題名の上にはこの「眼」が光を

岬 1

竹久夢二 作並畫

岬は黄昏の微光に包まれて、青白い海の中に黒く長く横たはつてゐる。折から、點きそめた燈臺の光は、暮れてゆく夕暗の靄の底に淋しいしづかな線を投げてゐた。

この時、岬から波際の方へ、一人の男が[illegible]艇を押してゆくのであつた。輕の中にはや

図6 第一回（八月二〇日）

図7　第三十八回（一〇月二五日）

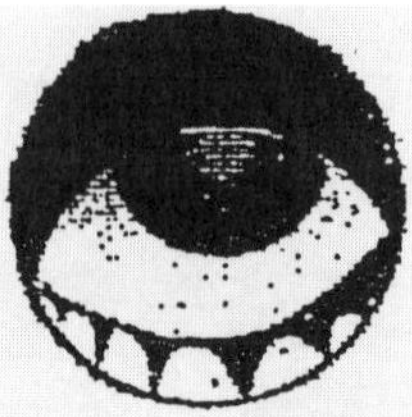

岬《みさき》　38

竹久夢二　作並畫

「おい葉山、お客様だよ」窓の外から、玉井が呼んだ。葉山と松浦は飛上るやうに戸口へ出《で》ると、玉井の後にお幹が立つてゐた。

「お幹ちやん」葉山はさう言《い》つていきなりお幹の手《て》をとつて室へ入《い》れた。

三人は、智恵を絞つて、お幹を今の境遇から救ひ出す方法に就て考へた。お幹は、ほつ放ち続けるのである。

加えて第四十四回目（一〇月二七日）のように、おみきが息を潜めて身を隠す場面などにあって、挿絵中の背景にそれとなく獲物を探す「眼」の模様が忍ばされている回（図8）があったことにも注意を払わなければならないだろう。それはまさに忍ばされ潜まされているのであって、ことによるとそれは見る側の目の錯覚に過ぎないのかもしれない。同様に、シンボルマークの変更される第三十八回や次の第三十九回の絵の背景にも、ややもすると壁の装飾や部屋の調度品の一部とも思われる、一層判然としがたい「眼」らしき紋様が微かにうかがえる▼(5)。それらが確かに「眼」であるのか否かを判定でき**ない**ことは重要である。なぜならそれは、その限りにおいて、あらゆる場に「眼」が潜伏しており、**どこからも**眼差されている可能性を内包するからである。「眼」が挿絵の中に偏在する可能性と、図像の中に「眼差し」を発見する可能性への思考は、マーク変更の意味への思考と相俟って、私たちを一つの問いへと導くだろう。すなわち、それは、誰の、何ものへ向けた「眼差し」であるのかという問いである。その時、テクストの「眼」はおみきの身体を通過して、「岬」の読者をも眼差し始める。文字表象と視覚表象とが響き合って醸成する「岬」の眼差しの過剰性は、視線を忌避し逃亡するモデルの足取りへの追走から読者を逸脱させて、読者自身の背後に注がれている眼差しへの自覚を要請する。一体、誰が私たちを見ているのか。もちろん、「岬」の輻輳する視線は、『都新聞』紙面を繰る震災直後の新聞読者をも絶え間なく見続けていたことになる。

図8　第四十回（一〇月二七日）

竹久夢二「岬」挿絵（『都新聞』）

戒厳令下の総員監視体制

連載小説「岬」が、鋭く他者に向けられた無数の視線に満たされていたことは、若い頃平民社と深く関わった作者の竹久夢二が、大震災の頃まで特高の尾行がつくような日常的な監視態勢下に置かれていた▼(6)ことと関わるのかもしれない。あるいはまた、経歴上「おみき」に近い夢二の愛人のお葉が、かつては伊藤晴雨《いとうせいう》ら他の絵描きのモデルでもあったことへの夢二の嫉妬心が、モデルへ注がれる「眼差し」の造型に幾分か投影しているのかもしれない。しかしこれらのことは、連載中断後の言説の変質や視線をめぐる表象の前景化、増殖という事情に充分な説明を与えてはくれない。

「岬」の制作者としての夢二個人が、恒常的に監視の視線にさらされていた可能性もさることながら、最も重要なことは、関東大震災発生後の戒厳令下を生きる全ての人々が、国家権力のみならず無数の他者の強烈な視線にさらされる衆人環視の体制のもとに置かれていたことではないだろうか。しかもそれは、近代国家としての日本が、かつて経験したことのない規模と速度において現象化した強固な包囲網だった。

「震災」は生命の安危をめぐる情報を最高の価値として、圧倒的な力で情報の価値編成を行い、そうした震災下の特殊な情報配置に瞬《また》く間に規範化され汚染されて、特定の言葉に過敏にされた人々は、根も葉もない流言を驚異的な速度で飛散させる。もちろん民衆間の流言蜚語の拡散には、国家権力による後押しと、同時代の中央・地方メディアの無責任な報道のありかたが深く関わっていた。広範囲で一挙に共有された情報は、罹災直後の精神的な動揺や消え止まぬ火災の接近、さらなる大天災への予感や明日の衣食住の欠乏といった異常な状況にも強く支えられて、自らの生命財産を危機に晒《さら》す可能性のある存在としての「他者」を、手の届かぬ「天」にではなく、我が身の周囲に「発見」しようとする心性を育んだ。デマに煽られて棍棒、竹槍を持つようになった人々は、法的には何の根拠も持たない「自警団」なる組織を機能させ、文士芸術家など職業をも問わず駆り集めては、自分の生命は自分で守るとの論理に貫かれて、共同体の内側に忍び込み息を潜める「外敵」の探索に心血を注いだのである。そうした心性は、報道が行われ情報が波及的な広がりを持ったという限りにおいて、程度の異なりはあれ、全国的に共有されたものであった。何しろ、「不逞鮮人凶暴を極め　飲食物に毒薬や石油を注ぐ彼らは缶詰に似た爆弾を所持しつつあり」といったデマは、一気に札幌に飛び、九月五日の『北海タイムズ』にまで報じられているのである▼(7)。

国家的な規模で浸透する国民間の総員監視体制の基盤はこのようにして整備される。訛《なま》りの強い日本人が「鮮人」として虐殺されるなどの事案に窺えるように、戒厳令下の人々は個人間の言語や容貌の差異に眼を光らせ、自らの共同体内部への侵入者に対して絶えざる視線を向け続けた。侵入者を発見し、群衆の中に埋没することが、安全の此岸に自らの身を置くことになるような認知の場が形成され、そうした選別を行う無数のサークルが時と場所を選ばずに出現しては消え、やがて常態化する。「ウカウカしていると警察官自身殺されかねない殺気立った雰囲気」（前掲註（7）書にある「田畑潔証言」からの引用）が、そこには漂っていた。

無論こうした眼差しが醸成されてゆく背景に、自警団を発足させる組織的基盤を着々と整え、震災パニックの到来と共に権力の一望監視体制を一挙に実現する土壌を準備してきた近代日本の歴史的展開があったことをも確認しておく必要がある。近代的な社会空間における主体奪還のための視線の葛藤が、文字通り生命を賭けた他者発見の眼差しの闘争として顕現するためには、近代国家の思惑と、群衆の中に萌《きざ》した人間の盲目的衝動との合意という、危機下における不幸な一致＝歴史的状況が不可欠だった▼(8)。

戒厳令下の日本人を支配する相互監視的状況は、自己と他者の距離を意識化させ、他者に眼差されることへの警戒心を植え付けるとともに、他者の視線に捉えられて在る「私」を内面化させる重大な契機となった。それは、誰もが等しく、あらゆる場所より注がれている、何者かの眼差しを強く意識し始めたということをも意味しているのである。

瀰漫する排他的傾向

竹久夢二の震災スケッチに再び目を移してみると、夢二自身が、「震災」のそうした不可視の相貌にきわめて自覚的であったことがよく理解できる。

たとえば既によく知られた「東京災難画信」第六回「自警団遊び」の図像（**図9**）。夢二は棒切れを武器に見立てて一人の少年を攻めたてる子供集団の絵を描いている。もちろんこれは、

図9　第六回（九月一九日）

竹久夢二「東京災難画信」挿絵「自警団遊び」（『都新聞』）

自警団の行為の表層が既に子供に模倣されて、遊戯として子供社会に浸透していた可能性を告げている。そうであれば、自警団が遊戯となるほどの伝染力を持ったということでもある。歪んだ形でのヒロイズムに対して、「子供達よ。棒切れを持つて自警団ごつこをするのはもう止めませう」という夢二の声が発せられているのが、九月一九日であるのは特筆すべきことである。大杉栄の虐殺事件の決行は九月一六日。戒厳地域内における軍隊、憲兵、警察官吏の警備力は九月の中旬まで増強され続けており、市中はまだ騒然とした雰囲気の中にあった。大杉栄虐殺の記事解禁は一〇月八日、自警団員による朝鮮人中国人の虐殺事件の記事解禁は一〇月二〇日であり、自警団員らによる不法行為の指摘はすでに新聞紙面に現われていたものの、未だ自警団の真の暗部を批判する世論は形成されておらず、群衆の内側で自発的に芽生え肥大化した排他的な傾向をこの時期に見通し警告している夢二の鋭敏さと手腕は記憶に価する。

「自警」という名称で粉飾され正当化された行為への嫌悪を、子供の遊戯として描き出した理由は、言論統制の元での権力からの干渉を回避するためであったろうが、そこに込められた社会告発的な意図以上に、危機的な状況のもとで民衆の間から自生的に萌《きざ》してしまう自衛と排除の欲望、そして、そうした欲望を無邪気に共有し伝播させてしまう人間の盲目的な力が、「遊戯」という模倣＝反復の形態のうちに定着されていることに目を向ける必要がある。夢二は子供たちの遊戯へと韜晦《とうかい》してはいるのだが、荒唐無稽な流言蜚語を驚異的な速度で拡散させ、異物を追尾する群集の潜在力には疑いもなく自覚的であった。

図10「ポスター」は、商業デザインへと目を向けつつあった夢二の関心のありかを示すものでもあるが、「事変の瞬間から通信手段を失つた東京市は、流言蜚語や荒唐無稽の伝説が口から口へ伝へられ止まる所を知らなかつた」という文章と、「有りもせぬ事を言触らすと、処罰されます」という挿絵中の張り紙の文句をあわせ読む時に、既に人気《ひとけ》のない殺伐とした風景の中に張り出された警視庁の警告ポスターを戯画化して表現しようとした夢二の意図は明白である。文中、「此度の陸軍のポスター」の効果を認めている一方で、震災直下の流言蜚語の凄まじさと、政府警察の当初の無策振りを批判する含みの感じられる通信になっていたと言えるだろう。翌九月二九日第十六回は、「ポスター2」の小見出しを付されているものだが、そこでは、政府軍部による「主義者」弾圧を、ポスターの表現の稚拙さを指摘することで婉曲に批判している。

夢二は決して強固な政治的立脚地から「東京災難画信」を発信しているわけではないが、民衆を直接動かす言葉や宣伝や思想のあり方には至極敏感であって、現に大衆を動かしている力と、大衆の中に巣食っている暗い情念を正しく見抜く眼を有していたし、何が民意と世論を作り上げているのかについての絶えざる考察を行っていた。

もちろん「岬」という連載小説を持続させた力や、「岬」に投影されたイメージの総体と、そうした竹久夢二の意識とは無縁では有り得ない。「岬」は、夢二の「眼」を通じて、「震災」が「人災」として都市人民の精神を侵し、不可視の束縛として災後社会の細部に拡散していっ

図10　第十五回（九月二八日）

竹久夢二「東京災難画信」挿絵「ポスター」（『都新聞』）

た様を確かに刻印しているのである。

「告別」としての結末

ところで、「岬」の結末はどうなるのか。

南風先生に身を汚されたおみきは、葉山への愛を自覚し、死を回避すべく努力してくれた葉山のためにも自分が生き続けなければならないことを悟る。だがもはや「永遠の処女」のモデルでは有り得ぬ自分の姿を葉山に見せることはできず、おみきは葉山に手紙を残して身を隠す。葉山はおみきとの告別のモデルを雇うようにとの周囲の勧めをも断って、葉山は未完成のまま自らの「卒業制作」を展覧会に出品する。そこでの高い評判も、おみきを失った葉山を喜ばせることにはならず、葉山は春を待って欧州へと旅立つこととなる。葉山を送るため、親しい仲間内での「しめやかな送別会」が、葉山の画室で催されることになる。画家の新しい門出を祝う意味を持つはずのその会が、葉山にとってのおみきとの告別の会であると共に、関東大震災で死した人を悼み喪《も》に服す遺族や都市住民の心情に連なろうとする意志に貫かれた「儀式」でもあったことはすぐにわかる。

それは実に奇抜なものであつた。まづ画室の正面には「永遠の処女」が掛けられた。額縁をすつかり黒い布で捲いて、下には線香が立てられた。床は一面に白薔薇を敷きつめ、すべての調度は、卓と言はず、椅子と言はず、すつかり黒い色で塗りかくされた。来客は悉く黒のあやしげな喪服を着た。／人の気と、紫色の煙草の煙とで、室の中はまるで南国の朧夜のやうであつた。数限りなく点した蠟燭の光は、線香と花の香の中に立迷って、酔つたやうに揺らいでゐる。人の影も物の隈も、おぼろの空気の中で、ゆらゆらと動いてゐた。／主人公葉山は、頗《すこぶ》る上機嫌で、連中は盛んに、シャンパンを抜いて気勢をあげるのだつた。喪服を着たあやしげな主人も、客も、したたかに酔つ払つて、言葉はすべて歌のやうに話され、歌はすべて、そのまゝ、言葉であつた。

画室の正面に掛けられた「永遠の処女」とは、おみきであっておみきではない。それは文字通り「永遠の処女」をも意味していただろう。この門出の祝宴は、二重の意味で告別式でもあった。そして黒一色に塗り込められた異様な室内で、酒に酔い歌い踊り陶然となる人々の姿もまた、一人の画家の眼を通して眺められた災後の都市の風景と重なり合ってもいたようだ。「東京災難画信」の最終回（第二十一回、一〇月四日）で、夢二はこう書いている。「命を二つも三つも拾つた素裸身の人間は、もう命が惜くもないらしい。浅草公園では手荒い喧嘩の四つや五つないよるはないさうだ。／酒だ、女だ、いつ死ぬか人間に何がわかる、観音様だけがご存じだ。そして喧嘩だ。／東京はバビロンの昔に還つた」。

この饗宴のさなか、言わば自分の葬儀が行われているこの場に、おみきは葉山の許婚であった佐保子に伴われて現れる。葉山のおみきへの愛情を知った佐保子は既に葉山のもとを離れていたが、葉山に幸福になって欲しいとの犠牲的な愛情から、おみきを洋行前の葉山に届けようとしたのである。既に記したように、竹久夢二はこの作において、「女の嫉妬」について書きたいという目論見を持っていたようだが、佐保子とおみきとの間には、全編を通じて「嫉妬」らしき感情が湧き立つ瞬間はほとんど存在しない。「嫉妬」どころか二人の女性には譲歩と互助の精神ばかりが通っているように見受けられるのである。その意味でも物語の進行は、当初準備された道から随分と離れた場へ向かっていたと言える。

葉山の友人たちの口論に巻き込まれる形で、おみきは葉山への真の愛を証明するために画室の窓から身投げを図る。一命は取り留めるが、両足を失い、物語冒頭の「揺籃車」に乗せられた美人と、それを押す画学生の未来の姿へと連なってゆくのである。

「自警団」・「遊び」

「岬」という連載小説は、震災直後の歴史的状況と不可分な形で組織され伸長していた。「震災」が「人災」と化して罹災社会の個人間の関係を侵し、他者の視線が不可視の束縛として瀰《び》漫《まん》してゆく様を、「岬」は確かに、多様な表象の次元において刻印している。「不慮の天災」との遭遇に基づく男女の運命の齟齬を、物語の基本的なフレームを変えないまま巧みに表現し、劇的に進行した市民間の眼差しの変貌を多彩に婉曲に実演する「岬」の姿態は、震災を見つめながら遠ざかる奇妙な孤を描いていた「東京災難画信」の竹久夢二の眼差しとアナロジカルに捉えることもできる。物語内容として地震を持ち込んだ連載小説の関心が、目に見える損傷へのジャーナリスティックな欲望に捉えられてしまうのとは対照的に、「岬」は迂遠《うえん》な道を行きながらも、「東京災難画信」に掬い上げられていた静けさの漂うあの震災の記憶を留めている。戒厳令下の東京の路上で竹久夢二が見た、子供たちのあの「自警団」・「遊び」は、ものの見事に、「岬」の連載継続によって再演されていたといえるだろう。

「震災」の表象としての「岬」の可能性は実に多彩で、視覚を変えて眺めれば、おそらくは未知の震災の相貌にすら遭遇するであろう。ただし上述してきたように、大衆に強く支持された画家が、震災後の社会を汚染した相互監視のサーキュレーションを、自らの絵と文とを通じて反芻していた事実は、特に記憶しなければならない重みを有している。なぜなら、関東大震災を大きな要因として整備されてゆくそうした個人間の関係性と距離感が、無自覚なままに瀰漫してゆくところにこそ、国家の全体主義化を加速させる民衆の側の土壌が形成されてゆくからである。震災直下の騒擾《そうじょう》鎮圧を目的とする戒厳令の施行、さらにはその実践としての軍部警察の市民生活への介入、公権力の巨大化の先に、一九二五年の治安維持法公布が待ち受けているのは言うまでもないことだが、日本の好戦的国家への成長が、そうした政治的な内圧の強化によってばかり招来されていたのではなく、それと相関しつつ進行する市民社会の視線の変質、他者との関係の変容という、震災の余波として無視できない事情と深く関わっていたことを、「岬」は思考させてくれるのである。

「震災」と視覚革命

新聞連載小説と挿絵の話題を一端離れて、震災前後の美術領域を概観してみよう。関東大震災が発生する直前から、日本の美術史を塗り変える新たな表現の営みが、徐々に各所で萌し始めていた。それらは、第一次世界大戦前後に旧秩序への反発や抵抗の表現としてドイツやイタリアで誕生する表現派や未来派など西欧の芸術的潮流の日本への移植作業と密接に関わりながら、ある場においては表現の政治性を先鋭化させ、ある場においては非政治的なモダニズムに与しつつ試みられていた。

　一九二〇年に未来派美術協会の第一回展が開催され、翌二一年には詩人、平戸廉吉《ひらどれんきち》が日本未来派宣言を書き、神原泰《かんばらたい》がマリネッティの戯曲「電気人形」を翻訳してイタリア未来派を紹介する。一九二二年には、中川紀元《なかがわきげん》、古賀春江《こがはるえ》、神原泰らが「アクション」を結成、翌二三年には帰朝した村山知義《むらやまともよし》が「マヴォ」を組織し震災直前の七月には第一回展が開催されている。こうしたグループによって推進される大正末期日本の「前衛芸術」運動は、フォービズム、ダダ、キュービズム、未来派、ドイツ表現主義、構成主義、シュールレアリスムなど、それぞれが固有な歴史性と表現手法とを有する多様な潮流を、生硬《せいこう》なまま直訳的に受容し、諸々の境界を飛び越えて自由に離合させ、総体として時代を特徴づける大きな表現史上の流れを形作っていった。

そして近代日本美術史の系譜を辿る際の問題として、関東大震災を境界とした表現史の変容ということが度々議論される。前述したいわゆる日本の「前衛」美術の潮流にしても、萌芽は既に見られたものの、その開花は震災を経た後のことであるという見方が一般である。針生一《はりういち》郎《ろう》は震災と日本近代洋画との関わりについて次のように述べている。

昭和期の洋画を発端までさかのぼってゆくと、一九二三年の関東大震災が意外に大きな境界線になっているのに気づく。「震災は、結果において、一つの社会革命であった」と菊池寛が嘆じ、過去と断絶した「震災後派」の出現を千葉亀雄《ちばかめお》が待望しているように、この天災が文壇におよぼした影響は大きかったが、美術界におこった地すべりも、ほとんど太平洋戦争の敗戦に比べられるようなものだったと思われる。／第一に、明治の末に成立した印象主義末流の写実の伝統が、これによって決定的な打撃を受けた。社会生活の急激な変化は、当然新しい視覚への要求を目覚めさせたからである。第二に、前大戦後ヨーロッパ各地におこった前衛的な運動が、この時期いっきょに日本におしよせた。大戦後の好況にささえられて、おびただしい海外作品が日本に輸入されたし、渡欧した多くの画家もまた新しい刺激にふれて帰った。世界の美術と同時代の意識が、ほぼこの時期に一般化したのである。第三に、上野の東京美術館（一九二六年成立）をはじめ、いくつかの会場ができて展覧会が活発となり、官展に対する在野の自覚が高まったこともみのがせない（佐々木静一・酒井忠康編『近代日本美術史2　大正昭和』、有斐閣、一九七七年五月）

「震災」が「新しい視覚への要求」を生み出した事実は疑いようもない。ただしそうした感覚変容の要因を、災後の「社会生活の急激な変化」に一括してしまう思考には若干の問題が孕まれている。「前大戦後ヨーロッパ各地におこった前衛的な芸術運動が、この時期いっきょに日本におしよせ」受容されたのは一体何故なのか。渡欧、帰朝者の増加などコスモポリタニズム的な雰囲気の広がりや、西洋画を中心とした美術展の増加など、受容の基盤が整備されてゆく点に加えて、その時代を生きた人々の「震災」体験そのものの中に含まれる特殊な感覚体験が、表現の革新を一層促したということはないのだろうか。一足飛びに震災後を眺めるのではなく、「震災」下の断裂そのものに接近して、舶来の思潮を一気に受容する震災直下の日本の視覚環境を微視的に観察することで、「新しい視覚への要求」を育むコンテクストと、その欲求醸成のプロセスを明らかにする可能性が生まれてくるのではないだろうか。実は、震災直下の連載小説とその挿絵は、その点でも非常に重要な手掛かりを与えてくれるのである。

変形する東京

かつて陸軍被服廠が存在していた現在の両国横網町公園にある東京復興記念館の横には、震災後の火災で溶《と》けて形を変えた列車の車輪や鉄骨が現在でも展示してある。それは、広島の原爆記念館の数々の無残な展示物を見るのに匹敵する衝撃を与えるものである。関東大震災の地震による地の揺れと三日間に渡って広がり続けた火災は、車輪や鉄骨を歪ませたのと同様に、文字通り東京の形を変えたのである。

そして、忘れてはならないことは、大正一二年を生きていた日本人の大多数が、変形した東京を「見た」ことである。自らの眼で、新聞・雑誌の報道を通じて、さらには震災絵葉書を買うことによって、人々はそれを「見た」。上部の崩落した浅草十二階を、火炎を噴き上げる帝劇と警視庁を、一面の木造家屋が燃え尽きてどこだかわからなくなった焼野原を、彼らは「見た」。あまりの悲惨さに一時は発禁処分となる陸軍被服廠跡の炭と化した焼死体が数千数万と折り重なって山となる光景を、わざわざ陰惨な死体を撮り集めた絵葉書を争い求めることによって「見た」のである。

およそ二十年後には、日本の国民が繰り返し眼にすることになる光景が、近代日本にとって初めての規模で展開した。それは、情感に訴える肉親の遭難死や生まれ故郷の焼失とはまた異なった質感を伴って、人間の感覚を鋭く刺す経験となったことは疑いない。築き上げてきたものの崩壊を嘆き、文明の奢《おご》りに対する天譴を畏怖するその前に、自らを律していた感覚の統合を一挙に失う空虚な瞬間を感得したものは少なくはなかったはずだ。揺れ、震え、燃え、焦げ、曲がり、歪み、潰れ、落ち、裂け、飛び、舞い、鳴り、叫び、弾け、溶ける—それらが全て極端な濃度に凝縮されて、人間の皮膚と神経に過激に直進してきたことはかつてなかった。それがメディアを介した、必ずしも身体的な実感を伴わない体験であったとしても、その強度こそ違え、類似の経験をする可能性は存在した。

陸軍被服廠跡に残された焼死体の集積は、現在それを見る私たちの視覚的なバランスをも狂わせる。それは文字通り、炭の「山」であって、焼け焦げ炭化した街中の物象と同等の無機質性を感じさせるが、一方、その手足のしなやかな曲線は、人間のもの以外では有り得ないという矛盾を突きつけてくる。生と死、動と静との認識が激しく混乱させられる視野が実現するのである。「かつて生きていたとは思えない」といった感慨を呼ぶということではなく、人間の生と死をめぐる認識の基盤が、そして、私たちの日常を支えている視覚的な認知の枠組みが、大きく揺さぶられる感覚が生ずるのだ。おそらく、罹災体験者たちは、全身体的な体験として、全方位的な感覚基盤の動揺を経験したはずである。そしてそれは、その後の彼の世界認識の根幹に関わる決定的な体験であった可能性すらある。

竹久夢二は「東京災難画信」の「表現派の絵」と題した文章の中で、「ある芸術家」の話を紹介する形でこう書いている。

「音といつたつて、どんとかがらつとかいふありふれたんぢあないんだ、迚《とて》も素晴らしい音よりももつと素敵な音だつたよ。それと同時に、ガラス窓が、三角派の絵を雲母で描いたやうにきらきらと光つたかと思ふと、畳が波のやうにうねつて押寄せる、天井板が臑《すね》の上で口を開けてゐるんだ。かうなると物の色とか形とかいふものはなくなつて、元素が分解し、細胞が分裂して、混沌とした常暗の神代のおのころ島さ。それでも不思議なものだね、そんな時にも人間は本能的に方角を心得てゐるんだね。真暗な中からどこをどう出たか、一つの壁を破つてその穴からふつと顔だけ出すと、空は真赤で、昼日中さ、天地開明てのはこれだなと思つたよ。見れば眼の限り瓦の波さ、その筈であの辺りは場所が悪いや、がらつとくると同時にぴしやんこになつた田町なんだ。屋根の波の上を四んばいになつてはつたものだ。山王の森が、緞帳《どんちょう》芝居の浅黄幕のやうに、ふわりふわつと揺れてゐるんだから、人間が歩けないのに無理はないやね、ドイツの表現派の絵がやつと解つたよ」とある芸術家が話した。

「表現派」とは第一次大戦前ドイツに端を発する芸術思潮であり、ノルデやカンディンスキーに代表される抽象の極北と評される奔放な絵画は、当時の日本の画家たちに注目され始めていた。夢二は「ある芸術家」の話を念頭に置いて「表現主義」や「三角派」（キューヴィズム）の描法を実践してみたのだろうか、この「東京災難画信」中の他の絵とはまるで異なる「震災」の表現に挑戦している（**図11**）。

「芸術家」の言う、「物の色とか形とかいふものは無くなつて、元素が分解し、細胞が分離し

図11　第五回（九月一八日）

竹久夢二「東京災難画信」挿絵「表現派の絵」（『都新聞』）

て、混沌」化する震災イメージとは、当時の日本人を取り巻く急激な社会進化に伴う、加速化され、機械化され、物質化され、合理化され、微分化された日常の「生」感覚とも符合するイメージであるが、「芸術家」はそれを他ならぬ震災体験に見たと述べているのである。震災において、物の形は平常の想像力の枠組みを超えてグロテスクに変形し、地と火焔と風と群衆の運動が日常の平衡感覚を損なわせてゆく。成田龍一は「関東大震災のメタヒストリーのために」のなかで、震災「哀話」の「導入の状況」の類型が「異様凄惨の音響」と共に生じた「大震動」にあることを指摘していたが、ここにはそうした「哀話」に見るステレオタイプな「音響」は響いていない。「迚も素晴らしい音よりももつと素敵な音」と評される音には、評者による誇張や想起時点のバイアスを考慮する必要は無い。「震災」のエネルギーが瞬時に実現する空白と混沌のうちに、そうした「意味」に出会う一つの可能性が含まれていたと考えるべきなのだ。

「震災」の圧力を証言する新聞小説挿絵

「震災」の膨大な負のエネルギーには、第一次世界大戦が欧州に多彩な思念観念の表象を花咲かせたのと似た、生命の安危《あんき》と関わる極限的な緊張感や、視覚や認識の枠組みの変革を要請する圧力が含まれていた。竹久夢二や「ある芸術家」は、九月一八日の時点で既にそのことに気付いているのである。重要なことは、「震災」の持つそのような可能性について語り、説き、描く「災難画信」のごとき営みが反復的に立ち現れ、「元素」を「分解」し、「細胞」を「分離」する契機としての「震災」のイメージが立体化され、拡散していったことである。「震災」が「色」や「形」、「元素」や「細胞」の破壊者であることを告げていたのは、夢二の「東京災難画信」ばかりではない。第一章で取り上げた橘末雄《たちばなすえお》「焔の行方」の挿絵に再び眼を転じてみよう。

写真と絵画を合成する、新聞挿絵としては画期的な手法を物語の末尾で実践していた「焔の行方」は、モダニズムとリアリズムの間の方法的な模索を繰り返した画家、古家新《ふるやしん》の画業の軌跡を写し出すかのように、非常に質的振幅の大きな挿絵を掲げている。とりわけ第四十一回(一〇月二五日)以降の、物語内容が「震災」と関与し始めた後の挿絵の表現には注目すべきものがある。もともと登場人物の表情姿態を中心として、場面の奥行きと人物の情動を理解させるように、文章の補助的な役割を果たしつつ、写実的常套的な技法で描かれていたもの▼(9)(図12・13)が、物語内部での「震災」の発生によって、線と形態とを大胆奔放に構成する過激な絵画表現として装いを新たにする。第四十一回の挿絵はまさに地震発生の図とでも呼ぶべきもの(図14)だが、地震という自然現象を、「宇宙に浮かぶ丸い怪物の筋肉の一端に小さな痙攣が起こつた」という比喩によって宇宙の軋《きし》みであると捉え、それが「世界中に伝はつたのは数時間以内のことだつた」と世界的な規模で波及する変革の発信源であるかのように語る物語との呼応が感じられる挿絵と言える。キューヴィズムや表現主義への親和性は明白だ。「震災」

図12　第三回（九月一七日）

橘末雄「焰の行方」挿絵（作画は古家新『大阪朝日新聞』）

図13　第十二回（九月二六日）

橘末雄「焰の行方」挿絵（作画は古家新『大阪朝日新聞』）

と関わる視覚像は、時間が経過し、全身体を通じた感覚体験が蓄積されるほど、その表現は困難になる。全身体的な感覚情報は内部にいつまでも雑然と散乱したまま、容易に整合されたり秩序化されたりすることなく、私たちの感覚意識のありように、不断に改変を迫り続ける。なおかつ、「震災」の局所ではなく「震災」そのものを視覚化するという不可能な試みが、物象の写実的な描写を放棄せざるを得ないのは必然の道行きでもあった。揺れの衝撃と火焰の激しさと群集の狂乱を重層的に平面化する困難さというよりも、形と運動の常態を逸脱した過剰さ、「震災」をめぐる感覚情報の持続的な錯乱という問題が、「震災」を描くことの原理的な難しさとして存在していたのである。「焔の行方」第四十五回の挿絵などは、不明確な形象の輪郭を掌握する目論見以上に、熱の体感と輻輳する声や音の視覚化の意図を描く痛ましく浮上させている絵だと言ってよさそうだ（**図15**）。

伊東深水の動揺

「焔の行方」の挿絵もまた、「震災」が視覚表現に本質的な変革を迫る重大な契機であったことを明瞭に物語っている。従来の感覚整序の枠組みを逸脱する、過剰な感覚情報を突きつけてくる「震災」が、表現の素材として対象化される時、画家は生物として自らを律する感覚の再編を迫られると共に、表現者として芸術理念や表現技法の再構築を促された。それはおそらく、ある程度の普遍性を持つ事柄であったと思われる。様々な位相、様々な深度において、「震災」

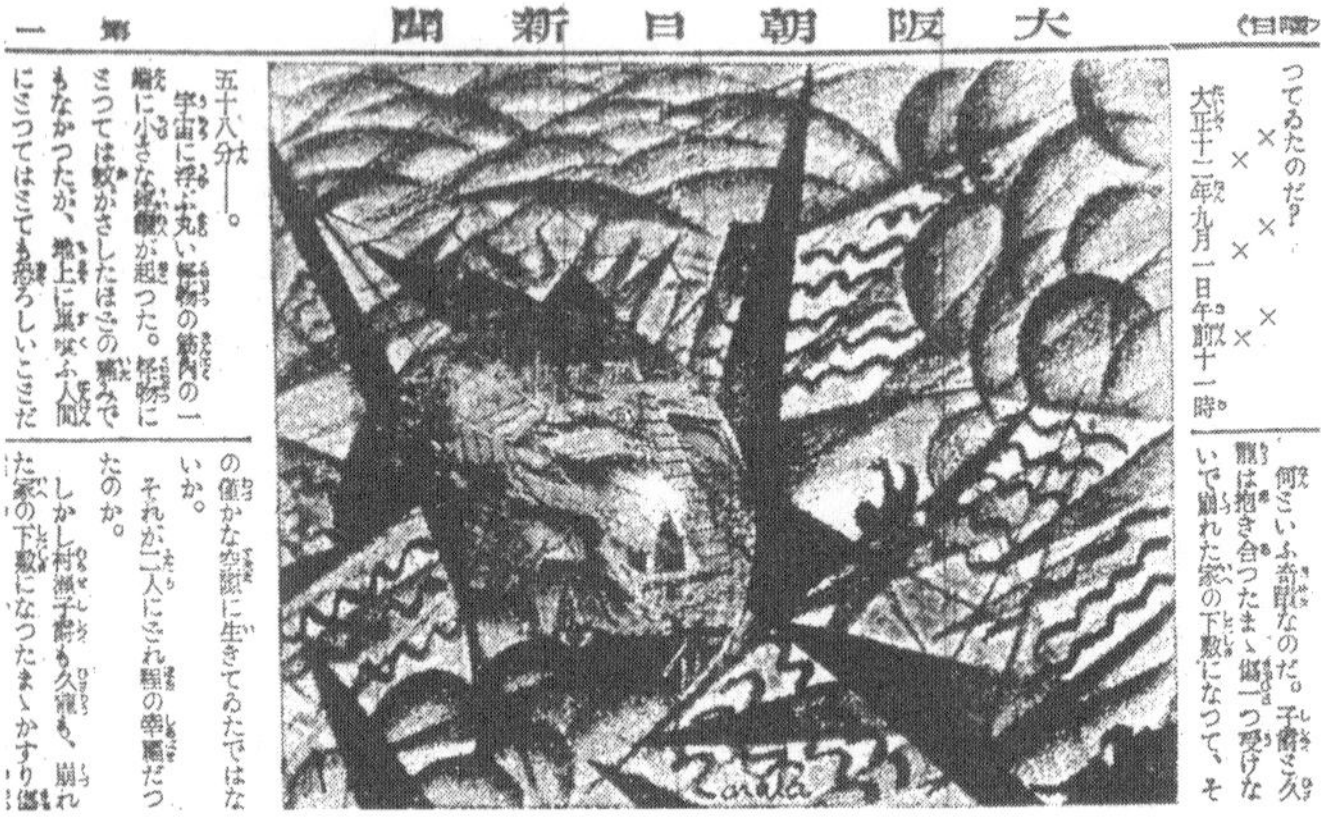
大阪朝日新聞

つてゐたのだ。

× × ×

大正十二年九月一日午前十一時。

五十八分――。

宇宙に浮ぶ丸い怪物の筋肉の一端に小さな痙攣が起つた。怪物にとつては蚊がさしたほどの痛みでもなかつたが、地上に巣喰ふ人間にとつてはさても恐ろしいことだ

何さいふ奇蹟なのだ。子爵さ久顯は抱き合つたまゝ傷一つ受けないで崩れた家の下敷になつて、そ

の僅かな空隙に生きてゐたではないか。

それが二人にどれ程の幸運だつたのか。

しかし村瀬子爵も久顯も、崩れた家の下敷になつたまゝかすり傷

図14　第四十一回（十月二五日）

大阪朝日新聞

胡五郎は、しがみついてゐる宏一をシカと抱へながらいつた。

慘烈な焔が一面に舞ひ下つて來

た。陽の光りはもうどこにも見えなかつた。

き盡す燃料となつて、廓内は名一面の火になつた。

此の世ながらの地獄、喚へき

ぬ焦熱の苦しみに、いかな豪の者も耳をかしてはゐられまい。斷末

図15　第四十五回（一〇月二九日）

橘末雄「焰の行方」挿絵（作画は古家新『大阪朝日新聞』）

を表現する企みは、表現者を表現そのものへの思考へと向かわせ、その改変を迫ってゆく。第二章で取り上げた連載小説「群盲」の挿絵が、震災以後の連載で大きく変容していることなども、その一つの証拠となる。登場人物のうち、極端に女性に偏《かたよ》った選択をして（それも大半は女性の後ろ姿に目を向けて）挿絵を掲げていた「群盲」は（図16）、物語内容の予想できない進展に相呼応して、労働者たちの争議行動における肉体の打突の激しさや速度感に焦点を当てた挿絵を次々と掲載し始める（図17）。労働争議は既に物語冒頭部分から発生していた訳であり、内容に即した推移であるとはいえ、その表現意識の落差は明白である。

「群盲」の挿絵を描いた伊東深水《いとうしんすい》が、十七歳で初めて文展に入選した際の絵、「十六の女」（一九一五年）は、やはり女性を斜め後から捉える構図であり、一九二一（大正一〇）年の木版画「伊達巻の女」の髪を直す女の図像へと引き継がれてゆく深水得意の女性の姿態であった。十六、十七才で院展・文展に入選し、天才少年と騒がれる鏑木清方《かぶらぎきよかた》門下の早熟の画家は、「群盲」の前年（一九二二年）には夫人をモデルとした有名な「指」を東京府主催の平和記念東京博覧会美術展に出品、最高賞となる二等銀牌を得ており、美人画家としての声価を確かなものにしつつあった。後の「陸の人魚」の絢爛豪華な美人画と比較すると、やや調子の落ちる感は否めないが、それでも「群盲」前半が、きな臭い争議の物語の隙間に窺える、女性たちのふとした素振りを中心にした美人画を添えていたのは、いわば当然の成り行きでもあった。

注目すべきは後半、震災後の挿絵であって、そもそも挿絵が添付される回が減少しているの

図16　第百十回（七月三日）

第百十八回（七月一一日）

第百三十五回（七月二八日）

中村武羅夫「群盲」挿絵
（作画は伊東深水『読売新聞』）

図17　第二百十八回（一一月二九日）

第二百二十八回（一二月九日）

第二百四十三回（一二月二四日）

中村武羅夫「群盲」挿絵
（作画は伊東深水『読売新聞』）

だが、労働者を素材とした、それも粗《あら》いデッサンのような大胆なタッチの絵に大幅に変化している。肖像画が影を潜め、場面と光景を写し出す構図が選ばれ、仕上げの行われていないような描線の粗さが、むしろ力強さと速度感とを伝えてくる。伊東深水の描いたものとは俄《にわか》には信じられないこれらの挿絵が、「震災」の暴力性と直に関わった「群盲」の筋と同様、物語内容への応答の必要に加えて、震災後の新聞紙面＝震災後の世相を配慮しつつ採択された表現であることは明らかだ。その意味で、深水は美人画の類型という範疇《はんちゅう》から否も応もなく引き摺り出されており、過激化する労働争議の模様を「現在」においてどのように描くべきかという「表現」をめぐる切実な思考を強いられていたはずなのである。

そういえば、「焰の行方」末尾の合成の挿絵も、「震災」表現と関わる思考の果ての実験的な試みと見られなくはない。抽象画による表現の限界が、新聞小説としての新しい描画の方法を案出させた可能性は高い。いずれにせよ、震災直後における、「震災」をめぐる視覚表現の困難さは、同時代の画家たちに広く共有されていたと考えられ、関東大震災の発生に基づく諸々の現象がもたらす感覚刺激のカオスは、視覚表現をめぐる方法上の根本的な思考を画家に迫り、新たな表現の模索を強く促していた。新聞連載小説の挿絵は、はっきりとそのことを証言している。

もちろんそれは、言語表現の領域においても同様である。「震災」は、結果的に、既存の絵画表現からの離脱を促す後押しとなるが、静的な場に安住する言語表現を強い力で攪拌《かくはん》する役割をも担った。言うまでもなくそれは、『文芸戦線』や『戦旗』、『文芸時代』に依拠する者たちや、アヴァンギャルドの詩人たちなど、若い文学世代の人々による言語表現革命として力強く顕現する。しかしそうした巨視的な文学コンテクストに視野を移す以前に、震災直下の連載小説に刻印されている言語表現の果敢な実験に眼差しを注ぐことも重要だろう。事実、新聞挿絵に見た表現方法模索の痕跡は、言語表象の多様な実験と密接に連携している。罹災者の氾濫する現実や持続的な震災報道に配慮して、予定の筋を大きく変化させる苦肉の策などは、見やすい対処であった。「震災」の典型的な視覚像、瓦礫、崩落、火焔、黒煙、焦土、群集、暴力、逃亡、死体、といった要素を多彩に場面に投影させる「群盲」に顕著な手法は、書き手の意識的な実験として把握し易い。ただし「震災」はもっとデリケートな形で連載小説の隅々に忍び込んでおり、「震災」の余波とそこへの応答が、見分け難い深い層に潜在している場合がある。時にそれは、災後の相互監視的な社会を根深く支配した、他者の視線への畏怖といった、ある種の人間心理の様態であり、そうした内的レベルでの痕跡は、実は目立たぬ形で小説の隅々に伏在しているはずなのだ。「岬」という小説にもし挿絵がなかった場合、読者が物語の中に「震災」と絡み合う層を発見することは容易ではない。戒厳令直下の竹久夢二の眼差しは、挿絵の存在を通じてこそ、その瞳に宿した暗い輝きを伝えてくる。しかしこのことは逆に、多様な「震災」像とゆるやかに結び合いながら生まれていたかもしれない小説たちの、無限の広がりを想像させるものでもあると言える。

第六章　直下の連載小説から「文学の震災」へ

「特定」可能な多数者としてのマス

連載小説は「震災」との衝突によって多様な相貌を見せ、近代日本がその時点で抱え持った諸々の課題を明らかにする可能性を有している。戒厳令下で強化されてゆく国家統制の圧力と、その裏面で醜く膨張する他者の眼差しを恐怖する自己意識を連載小説は掬い上げていたし、同時にまた、そうした中で芽吹いてゆく庶民の若々しい活力を発見し新時代の経済社会を生き抜く発想を模索してもいた。時代の断面を照らし出し暗部を可視化する役割を果たす一方で、危機に際して露顕する民衆の盲目性を逆手にとって生き残りを図るのも、これまた震災直下の連載小説の特質であった。

震災を跨《また》いで連載継続される小説や、震災直後に書き始められる小説は、作品世界の内外の不可分の関わりを生々しく触知させてくれる。そこでは、菊池寛が嘆いたような危機に際する文学の無力さが確認されるばかりでなく、現実の読書環境に強固に支配され、現実世界の構造を参照しつつ読まれる他ない作品世界の立脚地をあらわに見せつけられるのである。

震災は良くも悪くも、閉塞的に自立していた近代の文学領域を外部世界に接続し露呈させる効果を持った。震災発生後、震災を全く報じない定期的な活字刊行物は、地方を含め、日本には基本的に存在しない。これは重要なことである。連載の中断や中絶、掲載スペースの縮小・途絶や発行停止、廃刊といった多様な形で、文学領域を一時的に消去する震災は、掲載欄の存廃、連載再開の可否、発行再開の是非を問う文脈において、文学を成立させている論理や価値意識そのものへの問いかけを行い、その存在の自明性を根本的に問い直す役割を果たす。一時消滅することによって輪郭線を消失する文学は、自らの価値を支える言語を、隣接領域と攪拌《かくはん》された新しい言語の広がりの中から選び出し、新たな輪郭線を構築してゆかねばならない課題を背負う。しかも文学が失うのは他領域との間の境界線ばかりではない。震災前、雑誌メディアでは顕著だった各種文章ジャンルの緩やかな棲み分けや、読み手と書き手の取引を成立させていた各種契約は、焼野原の新たな条件の下で今一度更新されなくてはならない仕儀となる。

労働闘争の中での恋を描こうとしていた「群盲」が、暴徒の騒乱と都市壊滅の光景を鮮烈に印象付ける物語へと成長したのは、書き手とメディアとを通じて作品内部が広義の言論統制に汚染されたということであり、それは労働争議の物語が書き読まれる場の存続が見込めなくなったことを意味する。ただし、掲載継続の場の喪失とは、単に需要と供給の経済バランスが崩れて文学の市場が成立しなくなったということではない。規模の異なる無数の契約によって辛うじて支えられていた書き手と読み手の淡い関係が、一端振り出しに戻ることで、例えば変わりゆく労働闘争の実態に触れることを熱望する読者に応答するというような、一定の読者層を想定しつつ形成されていた書き手の側の自己規範と執筆動機そのものが、その存在基盤を喪失することをも意味している。

ここで、狭隘《きょうあい》な文壇に自閉していた大正作家が、一挙にマスと化した不透明な読者の前に連れ出されて、自らの行き場を見失うといった「文学史的」な風景ばかりを想像するべきではない。なぜなら、マスと化した読者たちの心を掌握することは、その時点においては必ずしも困難なことではないからだ。事実、震災後の書き手には読者のいる場所があまりにもよく見えていた。マスとは常に「不特定」多数を意味するものではない。あらゆる読者の見ている方向があまりにも鮮明であること。このことの方に、事実、書き手たちはうろたえていたのだ。

「特定」可能な多数者としてのマス。そうした均質化した多数の読者を前にして、文学領域は大勢として、自らの欲望を抑圧することでそれに応答する姿勢を見せる。それは、職業作家たちの「震災文章」への積極的参加から、「岬」に見る迂遠な「震災」表現に至るまで、様々な次元において現象する。本来、文学外の領域へと自らを自在に開いてゆく可能性を有するはずのこうした豊かな営みは、しかしながら、総体としては文学領域の均質化・一元化に貢献する側面がある。書き手と読み手が手を携えて、両者が支え合う巨大な場所を生み出そうとするそうした試みのうちに、文学が直面する新たな問題が萌《きざ》し始める。

職業作家の自己喪失

読者の眼差しの向かう方向が明確に示され、書き手が「震災」の価値統制に身を投げ出せば、それまで既にテクストに醸成されていた内的な膨張力は奪われ、一端失われた固有の志向と強度を回復するのは容易ではない。「震災」を皆がこぞって書くことは、裏を返せば、文学の行く手に決定的な自己喪失が待ち受けているということなのである。均質な読者の可視化という現象のうちに、書くべき主題と書く主体の喪失の原因は内在している。震災はその意味でも「文学」を解体している。文士たちが「震災文章」を量産しながらも自らの場が奪われたと感じ、既存の動力を奪われた「文学」が脱中心化した自己の存在を自覚化するのはそう遠い先のことではない。

被害甚大だった博文館から震災の翌年に刊行されるルポルタージュ『東京震災記』の中で、田山花袋は年若い青年との以下のようなやり取りを紹介している。

「とにかく、もう一度、本当のことに立戻る必要があるよ。あまりに低級になりすぎたからね。折角、本当に、第一義的にしたのを、再びもとの面白半分に引戻されたやうな形があるからね。もう一度やり返す必要があるよ」

「さういふ気がしますね。余程、全体の感じが雑誌中心、新聞中心になつて来ましたね。作者が雑誌や新聞に押された形になりましたね。つまり書くものの方が買つて呉れる方の機嫌を取るやうになりましたね。さういふ傾向ははつきりと私などにもわかりますよ。あれは好いことではありませんね?」

「その通りだよ」私は受けて、「さういふ風に消極的になつたといふことは、決して好いことではないね。さういふ空気からは決して すぐれたものは生まれて来ないね。つまり皆なが一生懸命になつていない形だよ。一生懸命なら、雑誌や新聞などを眼中に置いていなくたつて好いわけなんだ。自分さえ本当のものを書いていさえすれば好いようなもんだ……。決して好い傾向だとは思へないね。……だから、これを機会に、それを改める必要があると思ふね?」(『東京震災記』、博文館、一九二四年四月)

文脈から判明するとおり、二人は必ずしも震災の発生による「文学」傾向の変化について語っている訳ではない。重要なのは花袋の相手が語るように、震災発生後、書き手がメディアに「押された形」が強化されているという事実である。花袋はそうした傾向の一掃を願いながらも、依然同様の「空気」が持続していることを認めている。文学領域の大局的な「空気」として、書き手の自己喪失とメディアの指揮権強化という文学市場のマス化・大衆化へと接続する状況が存在したことを裏付ける挿話にはなっているだろう。

「私小説」論争の展開と背景

もちろん、震災の後には、活字の欠乏や出版・流通機構の整備にも促されて、読者の新しい需要が目覚め始める。震災は明確に活字出版文化の隆盛に一役買っている。大正七年から六年間続けて二〇万部台で漸増《ぜんぞう》していた『東京朝日新聞』の一日の発行部数が一挙に四〇万部台に乗るのは大正一三年の事である（山本武利『近代日本の新聞読者層』、法政大学出版局、一九八一年六月）。最も売れていた『大阪毎日新聞』が一〇〇万部を突破するのも同年のことだ。翌一四年には『キング』が創刊され、その翌年には一〇〇万部以上を発行する月刊雑誌となる。新聞雑誌読者層の拡大は顕著であり、震災はメディアと読者のマス化を決定的なものにしている。今日のマス・メディアの原型の成立をこの時期に見るのはもはや定説であり、後の円本《えんぽん》合戦の基盤となる大量出版・大量消費の出版環境は整えられていた。

文壇の再編も加速度的に進行する。メディアの復興に加えて新雑誌の創刊や新聞紙面の改革が大規模に進行する。職業作家の活動拠点は原則的に増大し、活動領域を広げて新たな場に登場しようとする気運まで生まれる。佐藤春夫、山本有三、広津和郎、岸田国士《きしだくにお》ら、新聞に書かなかった者たちまでが新聞小説に登場する。一方では新聞の懸賞小説が以前より活発化し、作家予備軍の整備と秩序化が図られてもゆく。

しかし一見賑《にぎ》やかに見えるこうした状況は、その実、「震災」による広義の言論統制の後遺症と表裏をなしている。職場環境の充実と市場の整備が行われ、小説家たちの職業的な地位は着々と踏み固められつつあるにも関わらず、何かが決定的に失われてしまったことにようやく気付き始めた彼らの深い喪失感は、活発な文学ジャンル論争へと一気に流れ込む大正一四・五年までの文学状況の中にはっきりと刻印されている。

『新潮』の「合評会」を一渡り眺めてみると、大正一三年のうちから既に「通俗」／「高級」の語彙を用いた二項対立的な図式で文学性が論じられる傾向が著しくなっていることはすぐに気がつく。有島生馬の「別荘の隣人」や広津和郎「生き残れる者」などの作品が、「震災物」という震災後に頻出する心境ものの類型と認識され、それらが果たして小説と呼べるか否かという思考（大正一三年六月）に端を発する議論であったことは重要だ。いわば、震災の描き方をめぐってジャンルの問題が浮上していると言えるからだ。

「当時の作家・批評家で、心境小説の問題について発言しなかったものはなかったといっても過言ではない」（臼井吉見『大正文学史』、筑摩書房、一九六三年七月）と言われる文学論争が真に過熱するのは、久米正雄、中村武羅夫のやり取りがあった後、大正一五年六月の『新潮』に「心境小説と本格小説の問題」が特集されるあたりだと言えるが、そのおよそ一年前、大正一四年の二月に、震災後の文学状況と、文学の二極化をめぐる論戦の交通整理を行う重要な議論が既成作家らによって行われている。「新潮合評会」という狭隘な文壇の中心部における議論ではあるが、そこでは新聞連載小説の問題が軸に据えられており、この時期の職業作家たちの新聞連載小説に対するスタンスと、震災後の連載小説というものの位置が象徴的に示される議論となっていた▼(1)。

「通俗小説の問題」、「新聞の文芸欄観」との題目を与えられた「合評会」には、徳田秋声、菊池寛、久米正雄、加能作次郎、千葉亀雄、近松秋江、田山花袋の七人が参加し、編集者である中村武羅夫の司会で議論が行われている。口火を切る中村武羅夫の発言は、「通俗」をめぐる作家たちの当時のおおよその共通認識を示している。

「今月は通俗小説に就て話して頂きたいと思ひます。それから新聞の文芸欄に就て、(新聞紙全体に対する批評に亘って頂いても結構です)、もし時間がありましたら、それと関連して文芸の民衆化とでも言ひますか……文芸の社会的浸潤と言ひますか、さういふ問題にも触れてお話をして戴きたいと思ふのです。で、初めに連載ものですが、婦人雑誌や新聞の一と口に通俗小説と謂はれて居るものに就ての話をして貰へれば結構です。」

既に「通俗」が自明化していること、その効用として読者層が拡大していること、「婦人雑誌や新聞」掲載小説がその推進力になっていること、などが参加者たちの共通理解であったことがこの冒頭の発言からすぐにわかる。もちろん「通俗」が俎上《そじょう》にのせられているということは、それが依然自覚化の渦中にあったということでもあり、その証拠に、この時期以降、「通俗」と「通俗小説」の語の使用は『新潮』誌上で顕著に拡大している。いわばこの議論は、メディアとの関わりの中で無視できなくなっている一つの大きな文学傾向とそのマーケットについて語るという趣旨のものであって、議論開始の地点において既に、文壇の代表者たちが、震災後の「婦人雑誌や新聞」連載の場を「通俗」という語で呼びつつも、その活況を文学領域全体に見られる現象の一環として分かち持ち、そこへの対応こそが、「文学」そのものの活況へと連結するという共通認識を持っていたことを明らかにしているのだ。

　議論の中での「通俗小説」と関わる見解は、「通俗」の質と位置をめぐって提出されており、「通俗」は「通俗」として、独自の領域とその価値を高く認識されるべきであるという、持論の本格小説待望論からはやや距離のある認識を示す中村の意見と、ここでは心境小説に拘泥することなく自らが筆頭に立って推進する通俗小説の向上と芸術化を願う久米に代表される見解が際立って目に付く。そもそも久米の言っていることは通俗小説の本格化の主張であり、これは直前発表の有名な「私小説と心境小説」（『文芸講座』文芸春秋社、一九二五年一月）で述べていた「心境小説」を最高の文学とする自らの認識とも、それに反駁した中村の見解とも何ら矛盾しない。自らの現実的課題として、理想とはあまりにも遊離している「通俗」の新たな展開を夢想しているわけなのである。これは後に拡大してゆく論争においても同様の傾向が窺えるのだが、ここには細部を除けば明確な論理的対立というものが存在していない。この議論は、「通俗」の発見と意識化の、ということはつまり、それとは対極にある文学観の発見と自覚化の作業であり、気が付くといつの間にか膨張していた文学の場とマスな読者とを、職業作家たちが受容するための通過儀礼めいたものだったと言えよう。

新聞連載小説の変質

この「新潮合評会」において顕著に見られる重要な事柄が二点ある。まず第一は、新聞連載小説という場に関する捉え方である。かつては「芸術」と「通俗」との競合共存が見られた場であったものが、ここへきてそれが「通俗」の跋扈《ばっこ》する場と化したという見方が表面化している。「通俗」という用語への距離の取り方は各人に微妙なズレが見られるため、別の表現をするならば、少なくとも新聞小説が大衆向きに発信された小説の集まる場として固定化してきたという認識はほぼ全員に共通している。

久米に言わせれば、花袋や藤村が三部作や「春」などで「新聞の連載小説を折角ある程度まで引上げた」のに、ある時期まで「全然ほかの人々」に占領されてしまっていたが、ようやく自分たちが「始めて新聞小説と文壇とを連結させた感じ」ということになる。久米や菊池、徳田秋声らは自分が新聞に大衆向きに書いているということを明らかに自認しているので、久米の主張には、自分の書いてきたものは確かに「通俗」だが少しはその質を向上させてきたという含みがある。また、花袋や近松秋江の発言には、新聞社の「広告部や販売部」の意向と営業方針によって、「分かり易い、つまり面白いもの」に価値が置かれるようになったとの、新聞主導の現況への批判が窺われる。こうした新聞連載小説の場の変化をめぐる発言の中でもとりわけ注目したいのは、このような傾向と時代の推移とについて述べた中村武羅夫の次の言葉である。

「地震前までは、通俗小説と芸術小説とは同じように新聞に並立して居つたものが、地震以後は芸術小説が俄に減つて、今は通俗小説、絵入り小説だけになつたから、新聞紙の上では、つまり芸術小説が圧迫されたやうな具合になつたのでせう。」

「通俗」と「芸術」の線引きはそれ自体不可能性を孕むが、編集者の目に前述のような傾向が捉えられていたことは重要である。震災を期としたメディア再編の動きの中で、「通俗」の紙面独占状態が促進されていたということは、震災の発生に基づく読者の均質化と紙面の等質化が、「文学」を成型する貴重な拠点の流動性と柔軟性を奪っていたことを意味する。震災がその報道を通じて文学の場の色調を統一してしまったとするならば、それは、「文学」領域そのものの硬直化にも加担していたことになるだろう。

だとすれば、心境小説・本格小説論争を一つのスプリングボードとして、一層推し進められる純文学／通俗文学の二極化の現象とは、大衆読者との遭遇に反応する文壇的文学の「引きこもり」の姿勢に依拠していたと見ることもできる。ある種の書き手たちは、同じ方向を見つめる読者を前に、身を引いて狭い経済圏で処世する選択を迫られたのだ。初めてのマスを前に、そこへの対処が議論されることで極端な二項が先鋭化したのであり、その意味で、震災を経由した均質的なマスの発見とその文学場への浸透という無視できない力こそが、純文学の過激な狭隘化を招くのである。「私」の「心境」に自閉する文学傾向が存在したと仮定して、そうであるならばそれは、文学を一色に染めようとする大きな潮流の反動として存在したと言える。

震災下に発効する例外的な価値観は、震災後のメディア戦略をも決定的に枠付け、新聞社の文芸欄の運営方針にも色濃い影響を与えてゆく。単なる経営上の合理化というコンテクストを超えた意図がそこには見える。震災後の競争激化が紙面再編＝読者再編の動因となるばかりでなく、震災発生を一つの動機として、被災を逆手に取った企業論理が、文学再編に向けて果敢に手を伸ばしてきている兆候を示唆《しさ》してもいる。小説の掲載場所に作り手の関与できない力が浸潤《しんじゅん》してきているという印象を、この合評会の参加者全員が抱いていることは確かである。

台頭する「読者」

震災後の新聞連載小説＝通俗という共通認識に加えて、それと深く関わるもう一つの論調がこの合評会を特徴づけている。

それはやはり参加者全員を貫く傾向であり、長い議論全体を覆って鮮明に刻印された性格であるのだが、ここに参加した作家たち全員の目は、何の惑いもなくはっきりと「読者」の方向を見据えているのである。新聞と婦人雑誌との読者層の差異をめぐる議題から、人気の有無による連載継続の判断や新聞社との事前の契約問題、懸賞小説の是非問題など、そもそも「読者」寄りの現実的なトピックが次々と登場してきているところに、この合評会の特質がある。「通俗」の台頭は不可避という主調低音の響く議論の中で、唯一かろうじて自分「第一義」の小説を主張する田山花袋ですら、新聞に書く際に「受けて居るかどうか」が最も気になると告白するような調子で、設定された議題の縛りを計算に入れても、各人の「読者」を窺う目の色には印象深いものがある。「通俗小説」の是非と関わる認識とは少々異なる次元で、かつてないほどに「読者」が職業作家たちの眼前に大きく立ち現れていたことがわかる。「通俗」から比較的距離を置こうとしている花袋や秋江が、その「通俗」への不満を口にする際も、「読者」の未熟に触れ、自分が「通俗」を書くことの困難をも「読者」の視点から思考しているのだ。皮肉なのは、最も強固に「通俗」の価値を説き、「偏狭」な「芸術小説」との対等公平な審判を求めるべく議論を進める司会者の中村武羅夫が、あまりにも「読者」向きの参加者たちに対して、「自分の中の読者」が問題なのだと冷水を浴びせるくだりが見られた点だといえようか。

書き手が読み手を意識するのは当然であるとして、「通俗」の議題に誘引されたここでの「読者」の肥大振りは、無論いくつかの特殊な事情によるものだろう。周知の経済圏を抜け出て、マスたる読者と本格的に向き合おうとしている書き手の立脚地の時期的な不安定さがそこには現れているのであり、また、「通俗」がもはや卑俗で偶然に充ちた物語といった書かれる内容によってのみ規定されるものでなく、背後に控える「読者」との関わりにおいて枠付けられる、不可解な存在としても現前し始めていたことを示している。書き手たちは、「通俗」の後ろに見える「読者」の影を気にしながら語っていたのである。

忘れてはならないことは、「読者」たるものを掌握しようと議論する彼らが、自らの書くべきものと書く姿勢についてほとんど何も語っていないことである。驚くべきことに、ここでの彼らは書くべき内容と書く戦略とをまるで持ち合わせていない。かつての「描写論」的な方法的自覚すら口にすることはないのである。歴史ある「新潮合評会」で議論されている文学的主題は、その議題の変貌に見られる以上に大きく様変わりしている。大摑みに言えば、ここで語られていることは、今後一体誰に向けて書くべきか、ということに尽きている。「読者」こそが、目下の彼らの関心事であり、主題なのである。

ここに顕著に現れた傾向は、おそらくは震災後の文学領域に広く浸潤したものではなかっただろうか。そしてそれは、文学の「震災」受容＝反応のあり方と無縁ではない。震災下の言論統制にほぼ丸ごと飲み込まれた文学の言葉は、「震災」を規範として再編されるが、以後のプロセスにおいても、新しい読者向きに堅固に配置されたその言語編成から自由であることは難しかった。

何よりメディアは、マスと化した読者に合わせて震災期の一枚岩的な営業戦略をそのままシフトさせていた。「震災」をめぐって考え書き続けた書き手たちも、「震災」を強く求める新しい読者と対峙することを通じて、多数の読者の方角を向いた慣れない姿勢を刷り込まれると同時に、かつて読者と交流し自らの文学的動機を立ち上げていた掌握可能な文学圏＝経済圏から強引に連れ出されて、自らの書くべき主題と動機とを極端に希薄化させていたのである。

このように考える時、作家各人の罹災体験の個人差や、単純な近代化の論理に回収されない震災後の「文学」傾向の一端を、はじめて普遍的に思考したことになるのではないだろうか。これまで、その発生時期を看過する形で言及されることの多かった、大正一四、一五年の文学ジャンルをめぐる職業作家の自己言及の嵐とは、「震災」を通過することでくっきりと見えてしまった、同じ方向を凝視する「読者」の輪郭への覚醒に由来するものではなかっただろうか。文学は、そして職業作家は、今一度議論することで自己のあり方を根底から見定めなければならなかった。震災直下に顕在化する、妄動する群集の脅威とも重なりあう、「読む」群衆の存在こそが、震災後の作家を強く縛っていたのである。

震災後の「大衆」の前景化現象は、震災直下の文学動向と深く結び合っている。そして、「読者」への新たな戦略を要求された書き手たちの中で、文学二極化の論争が巻き起こるのは必然だった。台頭する「読者」をめぐる「新潮合評会」の議論は、確かに、震災から昭和期に至る文学の道筋を凝縮的に照らし出しているのである。

震災直下の連載小説を一つ一つ紐解く営みが、忘却され封印された人間心理の多様な相貌を照らし出し記録する営みであるとするならば、連載小説に促されて、書き手個人に還元されない職業作家全体としての声に耳を澄ませて、文学の持続の相を生きる経験は、現在にまで流れ込む近代日本の固有な文学構造と、現在的な文学喪失の嘆きを立体化する試みであると言える。純文学／通俗文学という遠近法は、日本文学に底流してきた二層構造や、明治期に醸成される文学幻想に帰することができない歴史的位相におかれている。震災体験、そして戦争体験を経て大きく曲折する日本文学のありようを考えてゆくためには、その「直下」の衝撃の持続の中に身を置くことが必要とされる。また、「文学」の輪郭の変容を対象化するためには、その周縁部への眼差しが必要なのである。忘れられがちな「震災」の「衝撃」は、確かに、文学を変形し、その変形の模様は、直下の連載小説にくっきりと刻まれているといえるのだ。

【註】

第一部

序章

（1）東日本大震災直後の東浩紀の発言を念頭に置いている。なお、この件に関しては第一章で集中的に論じている。

第一章

（1）ハイデガーとナンシーの分岐点を含め、ナンシーの思想については、澤田直『ジャン＝リュック・ナンシー―分有のためのエチュード』（白水社、二〇一三年二月）に多くの教示を受けている。

（2）前掲『無為の共同体』二九頁でナンシーが引用するバタイユの言葉。バタイユ『呪われた部分』の草稿からの引用。

第二章

（1）村上春樹は、紀行「神戸まで歩く」（『辺境・近境』、新潮社、一九九八年四月）のなかで、「地震の影の中に歩を運びながら、「地下鉄サリン事件とはいったい何だったのだろう?」と考え続けた。あるいは地下鉄サリン事件の影を引きずりながら、「阪神大震災とはいったい何だったのだろう?」と考え続けた。それら二つの出来事は、別々のものじゃない。ひとつを解くことはおそらく、もうひとつをより明快に解くことになるはずだ。僕はそう思う。それは物理的であると同時に心的なことなのだ。というか、心的であるということはそのまま物理的なことなのだ。僕はそこに自分なりの回廊をつけなくてはならない」と述べている。

（2）テレビ大阪アナウンサー千年屋俊幸の言葉。外岡秀俊『地震と社会　上』（みすず書房、一九九七年一二月）からの引用。

（3）佐野眞一が取材している。『予告された震災の記録』（朝日新聞出版、一九九五年四月）、『クラッシュ　風景が倒れる、人が砕ける』（新潮文庫、二〇〇八年一一月）。

（4）ラカンの思想については以下に記す入門書、啓蒙書から多くの教示を受けている。福原泰平『現代思想の冒険者たち13　ラカン　鏡像段階』（講談社、一九九八年二月）、新宮一成・立木康介編『フロイト＝ラカン』（講談社選書メチエ、二〇〇五年五月）、斉藤環『生き延びるためのラカン』（ちくま文庫、二〇一二年二月）、スラヴォイ・ジジェク『ラカンはこう読め!』（鈴木晶訳、紀伊国屋書店、二〇〇八年二月）。

第三章

（1）国会事故調の報告では、「全面撤退」は官邸の誤解だったということになっている。菅、福山、細野の三者は共に、各々の表現でそこに異を唱えている。

（2）原子炉内で偶然に起きた幾つもの物理的現象のおかげで今回の危機を脱することができた事実について、菅直人は「幸運だったとしか思えない」と述べ、その詳細に触れている。

（3）本文引用部で福山が言う「ギリギリのライン」は結局誰にもわからないのだから、もはや引き返せない地点に到達するまで、原発作業者の生命を尊重する選択は充分にあり得た。菅直人の引用部の叙述が、明言を避けつつも、自ずと語ってしまっているように、福島にいた原発作業者の生命は、あの時、疑いもなく「国民」の命の重みと秤にかけられたのである。

（4）『ホモ・サケル—主権権力と剝き出しの生』（高桑和巳訳、以文社、二〇〇三年一〇月）を第一部とし、全四巻構成で展開される構想。第二部が二冊、『例外状態』（上村忠男・中村勝巳訳、未来社、二〇〇七年一〇月）、『王国と栄光—オイコノミアと統治の神学的系譜学のために』（高桑和巳訳、青土社、二〇一〇年二月）、第三部『アウシュビッツの残りのもの—アルシーブと証人』（上村忠男・廣石正和訳、月曜社、二〇〇一年九月）。

（5）厳密には「剝き出しの生」と「ゾーエー（ただの生）」とは等価ではない。「剝き出しの生」というベンヤミンに起源のある用語は、アガンベンにおいては、「政治的なビオスでもなく自然的なゾーエーでもなく、ゾーエーとビオスが包含し合い排除しあうことで互いを構成する不分明地帯なのだ」（『ホモ・サケル』、一三〇頁）と理解される、議論構築の戦略的な場に置かれる用語である。

（6）アガンベン理解に関しては、エファ・ゴイレン『アガンベン入門』（岩崎稔・大澤俊朗訳、岩波書店、二〇一〇年一月）に多くを負っている。

（7）一九八九年、ニューヨークのカードーゾ・ロー・スクールで行われた講演であり、正しい演題は「法律の力―権威の神秘的基礎」。アガンベンはそれを脱構築して「法律‐の‐力」と表記して第二章のタイトルにしている。

（8）アガンベンが法と言語とのあいだには「本質的な近さ」（『ホモ・サケル』三四頁）が支配している、と断定するのに対し、同註（6）書、九一頁で、「しかし、もしも法の可能性の条件が、すでに根拠を言語のなかにもっているというなら、「例外状態」の分析はカント哲学のような超越論的哲学に似た議論になってしまい、それでは結局《政治》という問題次元をちゃんとたぐり寄せることができなくなる」と述べている。

（9）東海村の臨界事故の教訓から制定された原子力災害特別措置法の第十五条事項に基づいて初めて発令された原子力緊急事態宣言によって、内閣総理大臣は、公務員ばかりではなく、民間の原子力事業者に対しても法的な指揮権を有する者となる。総理には東京電力に撤退を許さない法的権限があったと考えられるが、その権限がどこまで及ぶかまでは明瞭ではない。東京電力職員個人の、その場における離職や辞職を抑止する命令権限まで認められるとは考えにくい。

（10）こうした恒常的な災厄への目覚めを語る言葉は、ある立場や権利を代理する言葉へと収斂しやすい。たとえば、性を語る言葉、地域を語る言葉、所得や階級を語る言葉とは殊に結びやすい誘引を帯びている。そこへの留意が不可欠だ。本稿が最初に明らかにしなければならないと考えるのは、何かの共有を前提にした者たちのいる場所についてではなく、何事の共有も前提としない複数の「私」がいる場所についてである。

第二部

第一章

（1）大正一三年六月号。全誌面が「不安」と「恐怖」を解読するための特集。「大地は揺らぐ」と題した小特集も組まれている。「不安心理の諸相・回避と闘争の二心理」（千葉亀雄）、「消費体系の国家意識とその崩壊」（長谷川如是閑）、「ブルジョアの不安とプロレタリアの悲惨」特輯—三宅雪嶺、菊池寛、室伏高信、本間久雄、小川未明、「大地は揺らぐ」特輯—正宗白鳥、小川未明、長田秀雄、近松秋江、上司小剣、豊島与志雄らが寄稿している。

（2）総死亡者数を含めた関東大震災の被害の実態を統計数値で示すことの困難さは今日既に史的研究の場で共有されている事情である。ここでの数値は内務省社会局発行『大正震災史』（一九二六年二月）に依拠した。ただし、推定の総死亡者数については武村雅之らの調査を受けて二〇〇六年に修正された理科年表の数値「死者・行方不明者　一〇万五千人余」に従い十万人を超えると表記した。

（3）網羅的という意味では圧倒的に詳しい資料であるが、震災直後の文壇人の安否に関わる伝聞を充分な確認作業を省略して集めていると思われるだけに、一つ一つの情報の正確さにはやや不安な部分がある。全九頁の中にできるだけ多数の文壇人の消息を畳み込もうという意志の感じられる書き振りである。

（4）東京出版協会では二一二名中一六七名の罹災。東京書籍商組合では一七二五名中九五六名の罹災。印刷業者、製本業者の数字も含め全て『日本出版百年史年表』（日本書籍出版協会、一九六八年一〇月）に依拠した。さらに同書によれば、東京雑誌協会二一一名+東京雑誌販売業組合八四一名のうち三六六名が罹災し、中等教科書協会五九名中四八名が罹災しているという数字もある。また、東京紙商同業組合でも一六〇名中の一四六名が罹災している。

（5）『東京日日新聞』が九月二日、『報知新聞』が九月五日、『都新聞』が八日にそれぞれ復刊する。

（6）鈴木敏夫『新訂　出版好不況下興亡の一世紀』（出版ニュース社、一九七〇年七月）では、震災後の一時的な出版ブームの原因について、「まず大震災によって、本そのものが版元・取次・書店の業界ではもとより、読者の家庭でも、大量に焼失し、全国的に「本キキン」の状況になり、これが「出版ブーム」を呼び起こしたこと」に加えて、「太平洋戦争の終戦直後に起こった奇妙な出版ブームと軌を一にしていますが、ただ単に本の絶対量が減ったためというだけでなく、何か大きな社会的異変が起こった場合に、心のよりどころとして本を求めるという心理も、確かに大衆にはある」と述べている。

(7) そればかりでなく震災当初において被害規模の確定が困難を極めており、被害総額から死者総数に至るまで当時の新聞報道や同時代の調査報告には大きな振幅があり、そうした「揺れ」の存在自体がむしろ「震災」の全体像を構成するという事実が看過されているのではないだろうか。ステレオタイプ化されて反復される「震災」像とは「前古未曾有」と表現されるような兎も角も大規模な被害をもたらした天災といった程度の曖昧な枠組みであると考えるのが妥当である。

(8) 成田龍一は前掲論文の中で、「「哀話」とは、「多数の人々」が「苦しみながら死んでいった点」に構成され、「瞬時の判断や微細な状況の差が生死を分け、その度ごとに」生み出されるものであり、第二に、「関係性の切断という論点を提供する」。さらに第三に、「「公」の業務に従事し「私」領域を顧みなかったために生じた事態をも取り上げる」とする。それに対し美談は、「「哀話」と同様の詩学をもち、「導入の状況」(ウラジミール・プロップの用語、非日常へと招く共有される符牒、例えば大震動など　引用者註)を前提とし、「われわれ」の価値に基づく物語として展開＝語られるが、①登場人物が固有名を持つことを原則とし、②行為を取り上げ論評することにとどまらず、人の性質・性状にもたちいり、しばしば警察署や地方団体から表彰の対象とされ制度化される側面を持つ」ものだと述べている。

(9) ここで指摘している手法には言及しておらず、また、震災直下の小説言説を直接の考察対象とはしていないが、関東大震災と視覚表象を総合的多角的に検証する決定的な研究書が出現している。ジェニファー・ワイゼンフェルド『関東大震災の想像力—災害と復興の視覚文化論』(青土社、二〇一四年八月）である。本書（第二部）第五章は新聞挿絵を扱っており、同書と多くの問題意識を共有している。

（10）一〇月四日まで全二一回の連載。作・画共に竹久夢二。なお夢二は同じく『都新聞』紙上にて小説「岬」を連載中でもあった。これら二作品の掲載状況や関係についての詳細は改めて第五章で取り上げる。

（11）矢田挿雲「清水次郎長」が『報知新聞』で九月一八日に、田村西男「吉野屋お花」が『中央新聞』で九月一九日に連載開始している。

（12）基本的に前掲『新聞小説史年表』に拠り、年表中、「中止」とあっても後の継続が確認できたものは除外した。また、新聞紙上では連載継続されてなくとも、場を変えてどこかで書き継がれている可能性は完全には否定できない。また、この他連載が継続されてゆく作品群には後に触れる。

（13）『小山内薫全集』第二巻（臨川書店、一九七五年二月）中の水木京太による「解題」。ただし小山内薫は、並行して『中央新聞』に連載中であった「旦那」の方の連載は継続している。

（14）菊池幽芳「彼女の運命」が九月二七日、竹久夢二「岬」が一〇月一日、中村武羅夫「群盲」が一〇月九日、小山内薫「旦那」が一〇月一七日、など。一方で、『万朝報』の長田幹彦「呪いの盾」のように約4箇月もの休載期間を経た後に再び掲載される小説もあった（一二月二一日開始）。ただしこれは震災前に掲載した八回分が若干の修正を経て再び掲載されており、新連載開始に近い掲載形態と言えるかもしれない。

(15) 大正一一年一二月一〇日連載開始当初は朝刊に掲載、一〇月九日の連載再開時からは夕刊に掲載、大正一三年三月二日より再び朝刊に戻っている。一〇月九日からの連載再開以降では「灰の中に芽ぐむ　時代相」の題名となる。ただし作中の人間関係など主たる骨格は変わらず背景となる舞台が震災後の状況に新装されている。『東京朝日新聞』掲載の上司小剣「東京」も「時代相」と同様の連載継続形態をとっており、既に〈恋愛編〉が連載終了し「多大の反響」(『東京朝日』九月二七日「新小説予告」)を得て、しばらく休載の後一〇月一日から〈争闘編〉として新たに全九〇回の連載が始められている。

(16) ここでは前掲『文章倶楽部』(一九二三年一〇月)中の記事「凶災と文壇消息記」に拠った。

(17) 震災後に編集された一〇月号を発行している月刊誌は何らかの形で例外なく震災特集を行っている。一一月に入っても震災関連記事の占める割合の大きい雑誌が多く、以降漸減する。一〇月を休刊し、一一月から発行開始するものや、年末一二月を休刊して新春特別号に備えるものなど、この大正一二年中は雑誌発行の形式に変則性がうかがえる。

第二章

(1) 『(内外労働資料第二九集)統計から見たわが国の労働争議』(労働省大臣官房労働統計調査部、一九五一年三月)中の資料、「労働争議件数参加人員累年比較表」によれば、神戸の川崎・三菱両造船所で争議のあった大正八年の四九八件、六三一三七人から、大正九年には二八二件、三六三七一人へと激減している。また大正一〇年以降の状況も、大正初期と比較すれば件数・参加人員ともに増しているが、大正六〜八年の大争議時代の数値と比較すると減少の傾向にあると言える。

（2）「積極的要求」に分類される要求内容は以下の通り。①労働条件に関するもの―賃金増額、所得税交通費等使用者負担、争議費用使用者負担、飢餓突破越年資金、待遇改善要求、労働時間短縮、公休日の設定、工場設備その他福利増進施設、有給休暇の増加、物資増額及び配給の公正。②経営及び人事に関するもの―監督者排斥、経営参加、人事参与、機構改革、職員労働者の差別撤廃。③組合協約に関するもの―組合の自由または確認、労働委員会設定または組織権限の変更、労働協約の締結、団体交渉権の確立。

（3）「消極的要求」に分類される要求内容は以下の通り。①労働条件に関するもの―賃金減額反対、解雇退職手当の確立又は増額、休業手当の支給又は増額、賃金支払い要求。②経営及び人事に関するもの―解雇反対又は解雇者の復職、争議に関し犠牲者を出さざること、休業反対。

（4）大正一一年二月二一日付けで会社側に提出された「宣言」。『神奈川県労働運動史戦前編』（神奈川県労働部労政課、一九六六年二月）に拠る。

（5）「荊の冠」以前の連載小説、長田幹彦「悪魔の鞭」（全一九五回）、田山花袋「銀盤」（全一七二回）では全期間を通じて一つの投書も掲載されていない。「読者の声」欄は既に大正初期には存在し、大正三年の佐藤紅緑「光の巷」では膨大な数の投書が寄せられていた。

（6）「（前略）が、私の言ふ社会的意識の稍々加はつた作品を、この通俗小説の中に幾らか見出すことが出来ると思ふ。婦人問題、貞操問題、経済問題、階級問題、労働問題、その他の社会意識など、それは安価かも知れないが、安価は安価なりに取り扱はれて居るのは通俗小説に於いてである。（中略）兎も角、或る問題を提供し、若しくはそれに或る解決を与えようとしたやうな作品は、謂ゆる通俗小説の中の或る種の作品より外にはない。そしてそれは殆んど文壇の圏外にしか存在して居ないのである」と述べる論文「文学者と社会意識」が前掲『文壇随筆』に収められており、その執筆期が「群盲」執筆期と重なることが同書の記述より分かる。

第三章

（1）第一巻が『国民新聞』での第一部連載終了直前の大正一二年三月二五日に刊行されている。以下、第二巻が七月一五日、第三巻が一三年二月二五日、第四巻が四月二〇日、第五巻が一四年一月二五日の発行。大正一二年八月末までの連載内容が第三巻までに収録され、震災後の連載内容が「灰の中に芽ぐむ」を冠して第四巻以降に収録されている。なお、新聞連載が全て終了する大正一三年三月二八日までの内容が、第五巻一二七頁までと対応している。従って、第五巻後半の内容は新聞連載終了後の書き下ろしと見られる。

（2）地震の揺れの様子に始まり、殊に暴風に煽られた火災が飛び火し、四囲に次々と燃え移り刻々と火の手が迫る有り様が、体験者の恐怖感と共に伝えられている。九月二日になっても一向に火勢衰えず、しかも焼け出された人々が一斉に流れ込み、「一里あまりの道を、凡そ六時間以上」

費やさなければ移動できないような混乱振りが根岸界隈で発生していたことがありありと実感できる。また、火災の恐怖に加えて流言蜚語の圧力がこの一小説家をいかに強く捕らえていたかということもよくわかる文章となっている。

（3）比率としては圧倒的に東京脱出を図る者が多く、地方出身の労働者が一斉に故郷へ帰るという現象が起きたためもあって、二二〇万人余りいた東京市の人口は、震災後の一一月には一三九万人程度に激減している。車内での窒息死や振り落とされての轢死《れきし》、屋根の上に乗っていたために停車場の跨線橋《こせんきょう》や信号機、電線などに頭をぶつけての激突死が相次ぐなど、震災直下の記者の異常な混雑振りは、その死者の報と共に各所で報道が行われていた。

（4）そもそもこの物語の発端は、同僚である同窓の友人に誘われて鎌倉に骨休みに出かけた折、酒に酔って鬱積した不平を漏らし、省内の改革をめぐって過激な意見を口にしたことをその場にいた友人に密告され、役所を辞めさせられたことにあった。気の置けない仲間であるはずの同窓生の裏切りが、高松の生の流転を生み出していたのだが、ここでは反対に、同窓生が高松の歩むべき進路を照らし出す役割を担っている。

（5）高松が大阪へ赴任中、自警団員として夜警に駆り出されるこの居候青年村田雄太郎の軽口は、自警団という存在の恣意性と愚かしさを徹底的に揶揄し戯画化する役割を果たしている。

（6）新聞連載終了後の、時代相刊行会発行の書籍『時代相』第五巻に収録されている内容。この「恋愛辞典」は本来、震災前に刊行されている『時代相』第二巻において、連載小説「時代相」と何の関係もなく浪六自身の著作としてその刊行が予告されていたものでもあった。

第四章

（1）「震災後の思想界」の題で発表された談話取材記事。『中央公論』一〇月号の特集「前古未曾有の大震・大火災惨害記録」中の「災後雑感」の中でも同様の主張を行っている。引用箇所同様、「文芸」が「生死存亡の境」においては「無用の贅沢品」に過ぎないとの認識を持ったことを述べ、さらに「文芸に対する需要が激減するだらう」と予告し、書店が長く店を閉じていた原因として「印刷能力の減少」、「雑誌の減少」に触れている。「文芸」を一つの産業・市場として捉える視点は明瞭であり、これを契機として菊池寛の芸術無力説が周知されるようになる。

（2）『時事新報』九月二八日夕刊に、里見弴は「珠は砕けず」を寄稿、「関東に大震災が起つて、有らゆるものを破壊し尽したと云ふ。復興すべしと云ふ。而も予は深く信ずる。─芸術には目に見えないほどのひゞすら入らなかつたのだ」と述べ、菊池寛の芸術無力説に正対する見解を提示した。「珠は砕けず」の文末には「十二年九月二十六日　四谷坂町の立退先に於て」とあり、前日二五日の『都新聞』掲載の菊池寛談話筆記に直接反応しているものではない可能性もあるが、九月末の段階で菊池寛の主張が里見の耳に全く届いていなかったとは考えにくい。論争の大勢としては葛西善蔵や上司小剣など、里見側の論調に与する者が目立つ。

（3）震災についてその直後に菊池寛が記している文章としては、註（1）で示したものの他、『改造』一〇月号の「災後雑感」、『女性』一〇月号の「火の粉を浴びつゝ神田橋一つ橋間を脱走す」、『時事新報』一〇月二〇日の「喧嘩過ぎての強がり」、『文芸春秋』一一月号の「災後雑感」、『女性改造』一一月号の「厨川白村氏の思ひ出」がある。

（4）『婦人倶楽部』の編集長を務めた橋本求は、大正一三年頃の『主婦之友』の発行部数が23～24万部、『婦女界』が21～22万部であり、全雑誌中の一位二位を占めていたと述べている（『講談社の歩んだ五十年・明治大正編』講談社、一九五九年一〇月）。

（5）震災後『主婦之友』誌は、さらに発行部数を伸ばしたと見え、「震災前までは、全婦人雑誌の読者の半数が『主婦之友』の愛読者だつたが、震災と同時に雑誌の実力に依つて、新しい傾向を生じて来ました。そして今や『主婦之友』は全婦人雑誌の、約七割以上の読者を占有したと言はれてゐます。即ち十人の婦人雑誌の読者があれば、そのうちの七人は『主婦之友』の愛読者で、他の三人がいろんな婦人雑誌の読者の総数だといふことであります。これは驚くべき現象として、社会の注意を喚起した事実であります。」（『国民新聞』一一月一九日夕刊第一面広告）といった大胆な比較広告を打つようになる。

（6）「震災雑感　日本の悩み」。「震災後の帝都は如何に改造すべきか」、「更に新しき勇気と希望とに生きよ」の副題が付され、本文は、①世界と共通の悩み、②安政の大震と大正の大震、③焼失家屋の損失概算、④婦人の働き・上、⑤婦人の働き・下、⑥東京をどうする・上、⑦東京をどうする・下、⑧東京湾の築港、⑨東京市民の努力、⑩流言蜚語、の十章からなる。

（7）実際田川は翌十一月号の巻頭論文「家庭の隅々を看廻して」において、震災下の質素倹約奨励の主張をさらに先へ進めて、家庭生活の「科学的整理」を婦人読者に要求している。①家庭の問題としての消費節約、②結婚式は出来るだけ質素に、③無駄の多い葬式費用、④家庭の立憲的組織の提唱、⑤家政の科学的整理の急務、の章立てを持つ文章の中で、家庭生活の組織化・科学化・合理化が強く推奨されており、震災が、家庭生活のありようを根本的な部分で思考・反省させる決定的な契機となっていたことがうかがわれる。生活の引き締めの論理の先に、合理化が唱えられるようになってゆく過程が明らかに示されていると言える。

（8）震災体験が日本人の生活の簡素化・合理化を一挙に推し進め、各種産業構造の変革と相俟《あいま》って、ライフスタイルの変容を促進する基盤を作り上げたことは疑いない。『婦人倶楽部』十一月号にも「罹災の経験から痛感した生活改善の新工夫、新考案」といった記事が編まれ、主婦たち自身の経験から生活を簡素にする工夫が語られるなど、家庭生活の合理化は、この時期の婦人雑誌のメイン・トピックの一つであった。

（9）『主婦之友』と決定的に異なっているのは、『主婦之友』が震災関連記事以外の読物を完全に排除した作りになっているのに対して、『婦女界』は恐らく震災前の原稿をも掲載しているためであろうが、「寒さに向かつて起るリウマチスの療法」、「秋をいろどる子供洋服の縫方四種」、「家庭で上手に出来る洗張の秘訣」など、「実際物」として括られる欄が三十頁ほど設けられており、さらには、「最新流行の編物三十種」の別冊付録まで付されている。地方読者をも視野に入れた編集と思われるが、『主婦之友』との方向性の違いがはっきりと出ていると言えよう。

（10）『婦女界』は過去十年間、毎年一〇月号を「婦人修養訓」と定めて発行してきていたが、この年は一〇月が震災特集となったため、「婦人修養訓」は一一月号に持ち越された。

（11）「（前略）今までは生活が非常に華美に赴き浮華に流れて居つた、それが斯ういふ根本的の荒療治に拠つて救われる点が確かにある、国民としては此の荒療治の注射を受けたのだから、ここに目覚めなければならない時が来たのであつて、悪い方の影響を考えれば、勿論それは種々ありますけれども、又此の機会をうまく善用すれば、日本の国民は本当に奮起して、本当に堅実なる国家を新しく築いて行くことが出来るようになりはしないか」というような発言が見られる。

(12) 一般に、絵の比率を大きくとり、紙面全体の演出効果を狙いとして配置された小説。「挿絵小説」と呼ばれることが多かった。

(13) 久米正雄は鎌倉で被災し、里見弴は逗子の自邸を失っている。さらに久米は震災直後に一〇編近くの震災文を書いており、現実的に全面的な改稿などは難しかったと考えられる。

(14) 焼け落ちた帝劇は、浅草十二階などと同様に、震災による都市文化の壊滅を象徴する記号として機能していた節があり、『主婦之友』、『婦女界』双方の一〇月号震災特集においても写真が掲載されていた。

(15) 例えば「良子《ながこ》女王」の人となりを、着物姿や運動中など様々な場面における写真を付して紹介するといった試みが盛んに行われている。『東京日日新聞』では、一月五日に「音楽家としての良子女王―驚くべき御才能　御練習にも偲ばれるゆかしい御性格」、『テニスもお上手―近侍の者も驚く御熱心』という見出しで、四枚の写真を合わせ紙面の半分を占める大きな紹介記事が現れている。また一月二〇日にも、「シャンデリヤに輝くお瞳―その夜の良子女王殿下の印象」の見出しで、「良子女王さまがおわかれに各皇族方をお招待して御内宴を張られた」模様が伝えられている。結婚当日の報道は言うまでもなく各紙盛大に行っているが、二人の肖像写真を大きく掲げ、「けふの佳き日を迎へます両殿下」と、一面全体で報じた『東京日日新聞』の紙面からは、新しい時代の門出を祝うかのような雰囲気が溢れている。

(16) 広告文には「地震国の日本に始めて生れた地震小説最も世評高き芸術作品一時的の際物悉く陰を潜め単り本書は新春の読書界に巨大なる光を投げつゝあり見よ此盛観」とあり、罹災体験記や哀話的な物語との差別化が図られている。

(17) 例えば長田幹彦『幻の塔』が、「高い塔の上には何があるのか、恋愛か、富貴か、栄達か、群つて上りゆく人々の曳く影の寂しく、悲しく乱れることよ、著者最近の力作にして、災禍に戦く現代社会への好ましき鎮剤なり」（一三年一月四日、書籍広告）というように宣伝されるなど、震災や目下の社会状況と絡めた宣伝文句はきわめて多数に上っている。また、大杉栄の著作が盛んに宣伝され、売行きを伸ばしていたことなども、同様の傾向として捉えることができそうだ。

(18) 一月七日には「夥しき自殺と惨劇」の見出しで、五件の事件が続けて報じられている。問題なのは、常日頃から発生している自殺や心中などが、「深川区越中島バラックにて罹災者親子の心中」（二月五日）というように、「震災」と関わることによってそれが「事件」化し、直ちに報じられる土壌が形成されていたことである。時期を広げて見てゆけばこうした報道は数多く見られる。

(19) 大正一二年中に遡れば大きな余震が何度かあり、「けふの流言はうそ大地震はない―昨日のは九月一日に較べて振幅十七分の一」（『国民新聞』一一月二四日）などと報じられることもあった。また、九月二九日に関西で起こる強震なども、関東大震災の記憶から過剰な反応を引き起こしやはり新聞報道されている。

(20)『東京日日新聞』の発行部数については、山本武利『近代日本の新聞読者層』(法政大学出版局、一九八一年六月)中の昭和二年のデータに基づく。『大阪毎日新聞』については、大正一三年一月一九日の『東京日日新聞』紙面に、「大阪毎日の百万部祝賀会」の記事があるのを参考にした。

第五章

(1) 三田英彬『〈評伝〉竹久夢二—時代に逆らった詩人画家』(芸術新聞社、二〇〇〇年五月)に拠る。以降夢二の伝記については多くをこの本に拠っている。

(2) 夢二はお葉こと佐々木カヨ子と大正八年「菊富士ホテル」の自分のアトリエで、画家とモデルとして初めて会っている。「菊富士ホテル」での同棲期間を経て、大正一〇年八月には渋谷宇田川町に世帯を持つが、結局入籍はしなかった。大正一三年九月一日、お葉が夢二のもとを一時去り、藤島武二のもとに身を隠したその日に、有島生馬が夢二を訪ねている。三番目の妻というべきお葉はこの時二十二歳、夢二は四十歳であった。

(3)「東京災難画信」の連載が一〇月四日まで、「岬」の連載再開が一〇月一日からなので、一〇月一日から四日までの四日間は連載が重なっている。「東京災難画信」が五面、「岬」が九面への掲載。

(4) 連載開始以降第三十七回までは灯台を描いたものを掲げているが、連載再開第一回目一〇月一日より、絵の図柄がより抽象化された灯台のマークへと変わっている。

（5）背景に紛れて判別しがたいが、目玉の模様と推測されるものは他にも挿絵中複数存在する。

（6）『本の手帳』（昭森社、一九六七・四）の「特集・竹久夢二（3）」に神近市子の回想が掲載されている。ここでは、秋山清『竹久夢二』（紀伊国屋書店、一九九四年一月、一九六八年刊行本の復刊）および註（1）書などの記載をもとに記述した。

（7）山田昭次『関東大震災時の朝鮮人迫害─全国各地での流言と朝鮮人虐待』（創史社、二〇一四年九月）に拠る。なお、『関東大震災時の朝鮮人虐殺─その国家責任と民衆責任』（創史社、二〇〇三年九月）を含め、震災直下の朝鮮人虐殺事件に関しては山田昭次の知見にその多くを負っている。

（8）震災下の一望監視体制と群集テロルに関わる歴史状況に関して、菅本康之『モダン・マルクス主義のシンクロニシティ─平林初之輔とヴァルター・ベンヤミン─』（彩流社、二〇〇七年一月）の思考を参照している。

（9）第十四回（九月二八日）にキュービズム的な手法による社会階級問題をめぐる表現が見られるが、「震災」を対象化した混沌とした描法とはまた隔たりがある。

第六章

（1）「第二十二回　新潮合評会」（『新潮』一九二五年三月）。なお、この「合評会」の末尾には「大正十三年二月三日小石川偕楽園にて」との記載があるが、掲載時期と内容から見て「大正十四年」の誤りと思われる。

【初出一覧】

＊「書き下ろし」は、今回本書をまとめるにあたり執筆したもので、「未発表」は学位論文である。

第一部　災厄の起源――文学を通じて考える意味と可能性

序章　「災厄」を引き起こした「わたし」とは何者か　書き下ろし

第一章　共同性――宙吊りの「わたし」と分有の思考――　書き下ろし

第二章　表象――鏡像としての「震災」――　書き下ろし

一部『立教大学日本文学』第九七号（二〇〇六・一二）と重複あり

第三章　主権――例外状態と災厄の恒常性――　書き下ろし

第二部　災厄の痕跡――現在を照らす関東大震災直下の連載小説

第一章　「震災と文学」から直下の連載小説へ　未発表

第二章　中村武羅夫「群盲」の亀裂――ある造船争議の結末――

『立教大学日本文学』第八二号（一九九九・七）

第三章　震災モラトリアム（支払延期令）直下の商魂　未発表

――村上浪六「時代相」の実験――

第四章　菊池寛と婦人雑誌の被災　――舞台焼失の後始末――
『第一回松本清張研究奨励事業研究報告書』（北九州市松本清張記念館　二〇〇〇・八）

第五章　震災と新聞小説挿絵　――竹久夢二の「眼」――
『日本文学』第五三巻第九号（日本文学協会　二〇〇四・九）

第六章　直下の連載小説から「文学の震災」へ
未発表

※テクストの引用は原則として初出に拠っている。大正期の新聞小説は大方総ルビに近い表記だが、一部を除いてルビや傍点などの記号は省略し、旧字を適宜新字に改めている。新聞以外からの引用も同様にした。また、記事の見出し部分や雑誌からの引用部分など、原文にはなかったルビを付している箇所もある。

【主要参考文献】

アガンベン、ジョルジョ　二〇〇一年九月『アウシュヴィッツの残りのもの―アルシーヴと証人』上村忠男・廣石正和訳、月曜社。

二〇〇三年一〇月『ホモ・サケル―主権権力と剝き出しの生』高桑和巳訳、以文社。

二〇〇七年一〇月『例外状態』上村忠男・中村勝巳訳、未来社。

二〇〇八年三月『スタンツェ』岡田温司訳、ちくま学芸文庫。

二〇一二年八月『到来する共同体』上村忠男訳、月曜社。

秋山清　一九九四年一月『竹久夢二』紀伊国屋書店（一九六八年刊行同名書の復刊）。

悪麗之介　二〇一一年九月『天変動く　大震災と作家たち』インパクト出版会。

朝日新聞社　二〇一一年五月『朝日新聞縮刷版　東日本大震災―特別紙面集成2011・3・11〜4・12』朝日新聞社。

朝日新聞社・朝日新聞出版　二〇一一年四月『報道写真全記録2011・3・11〜4・11　東日本大震災』朝日新聞出版。

東浩紀編　二〇一一年九月『思想地図β　vol2　特集　震災以後』コンテクチュアズ。

二〇一二年一月『別冊思想地図βニコ生対談本シリーズ1　震災から語る』コンテクチュ

アズ。
いがらしみきお　二〇一五年九月『誰でもないところからの眺め』太田出版。
池上正樹・加藤順子　二〇一四年三月『石巻市立大川小学校「事故検証委員会」を検証する』、ポプラ社。
石井正巳　二〇一三年八月『文豪たちの関東大震災体験記』小学館新書。
稲泉連　二〇一二年八月『復興の書店』小学館。
稲垣達郎　一九六四年一〇月「関東大震災と文壇」、『国文学　解釈と教材の研究』所収。
井上きみどり　二〇一一年一一月『わたしたちの震災物語』集英社。
井上ひさし・こまつ座　一九九九年一月『菊池寛の仕事―文藝春秋、大映、競馬、麻雀…時代を編んだ面白がり屋の素顔』ネスコ。
今井清一　一九七四年九月『日本の歴史23　大正デモクラシー』中公文庫。
今福龍太・鵜飼哲編　二〇一二年二月『津波の後の第一講』岩波書店。
上村忠男　二〇〇九年三月『現代イタリアの思想を読む　増補新版　クリオの手鏡』平凡社ライブラリー。
臼井吉見　一九六三年七月『大正文学史』筑摩書房。
内田樹　二〇一一年九月『他者と死者―ラカンによるレヴィナス』文春文庫。
海野弘　一九八八年五月『日本のアール・ヌーヴォー』青土社。
大澤真幸　二〇一二年三月『夢よりも深い覚醒へ―3・11後の哲学』岩波新書。

大西良生編著　一九九七年一一月『菊池寛の世界』発行大西良生。
大曲駒村　一九二三年一〇月『東京灰燼記』東北印刷株式会社出版部。
岡田温司　二〇一一年一一月『アガンベン読解』平凡社。
岡野他家夫　一九六二年一〇月『日本出版文化史』春歩堂。
岡本岱　二〇〇一年一月『夢二憧憬』おうふう。
荻上チキ　二〇一一年五月『検証　東日本大震災の流言・デマ』光文社新書。
尾木和晴他編　二〇一一年四月『AERA臨時増刊No15　東日本大震災100人の証言』朝日新聞出版、二〇一一・四・一〇号。
二〇一一年・四月『AERA臨時増刊　東日本大震災　レンズが震えた』朝日新聞出版、二〇一一・四・三〇号。
奥豊彦　一九二三年一〇月『惨禍実況　大正の大震災』文星閣。
奥山俊宏　二〇一一年六月『ルポ　東京電力　原発危機1ヶ月』朝日新書。
尾崎秀樹・和田芳恵・岡保生・中島河太郎　一九八〇年四月『大衆文学体系　別巻　通史・資料』講談社。
尾崎秀樹　一九八七年五月『さしえの五〇年』平凡社。
小沢健志　二〇〇三年七月『写真で見る関東大震災』筑摩書房。
小田切進　一九六五年七月「関東大震災と文学」、『昭和文学の成立』所収、勁草書房。
一九七四年一二月「関東大震災と文学」、『日本近代文学の展開—近代から現代へ』所収、読売新聞社。
小田実　一九八〇年九月『基底にあるもの』筑摩書房。
一九八六年六月『われ＝われの哲学』岩波新書。
二〇〇七年一〇月『生きる術としての哲学―小田実最後の講義』岩波書店。
二〇〇八年六月『難死の思想』岩波現代文庫。
小田実・「ロンギノス」　一九九九年二月『崇高について』河合文化教育研究所。
小野一光　二〇一六年三月『震災風俗嬢』太田出版。
尾原宏之　二〇一二年五月『大正大震災―忘却された断層』白水社。
五十殿利治　二〇〇一年七月『日本のアヴァンギャルド芸術―〝マヴォ〟とその時代』青土社。
堅山利忠　一九六六年二月『神奈川県労働運動史（戦前編）』神奈川県労働部労働課。
片山宏行　一九九七年九月『菊池寛の航跡―初期文学精神の展開』和泉書院。
二〇〇〇年一一月『菊池寛のうしろ影』未知谷。
加藤俊彦　一九七六年一一月「地震と経済―関東大震災と日本経済」、『東京大学公開講座24　地震』所収、東京大学出版会。
加藤典洋編著　二〇〇四年五月『村上春樹　イエローページ　ＰＡＲＴ２』荒地出版社。
加藤典洋　二〇一一年一一月『３・11―死神に突き飛ばされる』岩波書店。
河北新報社　二〇一一年四月『緊急出版　特別報道写真集　巨大津波が襲った　３・11大震災～発生から10日間の記録～』河北新報社。

河北倫明　二〇一一年一〇月『河北新報のいちばん長い日―震災下の地元紙』文藝春秋。
河北倫明・高階秀爾　一九七八年九月『河北倫明美術論集　第二巻　近代日本美術の潮流』講談社。
川村湊　一九七八年四月『近代日本絵画史』中央公論社。
姜徳相　二〇一一年四月『福島原発人災記』現代書館。
姜徳相・山田昭次・張世胤・徐鍾珍ほか　一九七五年一一月『関東大震災』中央公論社。
菅直人　二〇一六年二月『関東大震災と朝鮮人虐殺』論倉社。
菅直人・小熊英二　二〇一二年一〇月『東電福島原発事故　総理大臣として考えたこと』幻冬社新書。
菊池夏樹　二〇一三年三月「官邸から見た三・一一後の社会の変容」『現代思想』第四一巻第三号所収。
木村毅　二〇〇九年四月『菊池寛急逝の夜』白水社。
木村朗子　一九九六年一一月『竹久夢二』恒文社。
木村重圭　二〇一三年一一月『震災後文学論―あたらしい日本文学のために』青土社。
木村英明　一九七九年三月『現代日本美人画全集　第八巻　竹久夢二』集英社。
共同通信社　二〇一二年八月『検証　福島原発事故　官邸の一〇〇時間』岩波書店。
銀行通信録記者　二〇一一年四月『特別報道写真集　東日本大震災』共同通信社。
クライン、ナオミ　一九二三年一一月「関東大震災の大阪金融市場に及ぼしたる影響」『銀行通信録』所収。
二〇一一年九月『ショック・ドクトリン―惨事便乗型資本主義の正体を暴く

上・下』幾島幸子・村上由見子訳、岩波書店。
警視庁　一九二五年七月『大正大震火災誌』警視庁。
『原発「吉田調書」記事取り消し事件と朝日新聞の迷走』編集委員会　二〇一五年三月『いいがかり―原発「吉田調書」記事取り消し事件と朝日新聞の迷走』七つ森書館。
ゴイレン、エファ　二〇一〇年一月『アガンベン入門』岩崎稔・大澤俊朗訳、岩波書店。
講談社社史編纂委員会　一九五九年一〇月『講談社の歩んだ五十年・明治大正編』講談社。
紅野謙介　一九九二年一〇月『書物の近代』筑摩書房。
神戸新聞社　一九九九年一二月『神戸新聞の100日』角川ソフィア文庫。
小林和子　二〇〇七年一一月『日本の作家100人　菊池寛―人と文学』勉誠出版。
小林善八　一九七八年三月『日本出版文化史』青裳堂。
小松美彦　二〇一二年一一月『生権力の歴史―脳死・尊厳死・人間の尊厳をめぐって』青土社。
小森陽一編　二〇一一年九月『3・11を生きのびる―憲法が息づく日本へ』かもがわ出版。
小森陽一　二〇一四年二月『死者の声、生者の言葉―文学で問う原発の日本』新日本出版社。
小山鉄郎　二〇一五年一一月『大変を生きる―日本の災害と文学』作品社。
小山文雄　一九九五年一〇月『大正文士颯爽』講談社。
斉藤環　二〇〇八年七月『文学の断層―セカイ・震災・キャラクター』朝日新聞出版。
二〇一二年二月『生き延びるためのラカン』ちくま文庫。
二〇一二年八月『被災した時間―3・11が問いかけているもの』中公新書。

酒井道雄編　二〇一二年八月『原発依存の精神構造―日本人はなぜ原子力が「好き」なのか』新潮社。
佐々木敦　一九九五年六月『神戸発　阪神大震災以後』岩波新書。
二〇一一年一二月『未知との遭遇―無限のセカイと有限のワタシ』筑摩書房。
二〇一三年一二月『シチュエーションズ―「以後」をめぐって』文藝春秋。
二〇一六年二月『例外小説論』朝日選書。
佐々木静一・酒井忠康編　一九七七年五月『近代日本美術史2　大正昭和』有斐閣。
佐々木俊尚　二〇一二年三月『「当事者」の時代』光文社新書。
佐野眞一　一九九五年四月『予告された震災の記録』朝日新聞出版。
二〇一一年六月『津波と原発』講談社。
澤田謙　一九四三年七月『後藤新平伝』大日本雄弁会講談社。
澤田直　二〇一三年二月『ジャン＝リュック・ナンシー―分有のためのエチュード』白水社。
ジジェク、スラヴォイ　二〇〇三年四月『「テロル」と戦争―〈現実界〉の砂漠へようこそ』長原豊訳、青土社。
二〇〇五年九月『厄介なる主体』鈴木俊弘・増田久美子訳、青土社。
二〇〇八年二月『ラカンはこう読め！』鈴木晶訳、紀伊国屋書店。
二〇一三年五月『２０１１―危うく夢みた一年』長原豊訳、航思社。
清水文吉　一九九一年二月『本は流れる―出版流通機構の成立史』日本エディタースクール出版部。
主婦の友社　一九六七年二月『主婦の友社の五十年』主婦の友社。

新宮一成　一九九五年一一月『ラカンの精神分析』講談社現代新書。
新宮一成・立木康介　二〇〇五年五月『知の教科書　フロイト＝ラカン』講談社。
菅本康之　二〇〇七年一月『モダン・マルクス主義のシンクロニシティ―平林初之輔とヴァルター・ベンヤミン』彩流社。
杉程次郎　一九二四年二月「大震火災と金融問題」『銀行論叢』所収。
鈴木氏亨　一九三七年三月『菊池寛伝』実業之日本社。
鈴木淳　二〇〇四年一二月『関東大震災―消防・医療・ボランティアから検証する』ちくま新書。
鈴木敏夫　一九七〇年七月『新訂　出版好不況下興亡の一世紀』出版ニュース社。
鈴木智彦　二〇一一年一二月『ヤクザと原発　福島第一潜入記』文藝春秋。
関谷定夫　二〇〇〇年一〇月『竹久夢二―精神の遍歴』東洋書林。
サカイ、セシル　一九九七年二月『日本の大衆文学』平凡社。
徐京植・高橋哲也・韓洪九　二〇一四年二月『フクシマ以後の思想を求めて―日韓の原発・基地・歴史を歩く』李昤京・金英丸・趙真慧訳、平凡社。
ソルニット、レベッカ　二〇一〇年一二月『災害ユートピア―なぜそのとき特別な共同体が立ち上がるのか』高月園子訳、亜紀書房。
外岡秀俊　一九九七年一二月『地震と社会　上「阪神大震災」記』みすず書房。
一九九八年七月『地震と社会　下「阪神大震災」記』みすず書房。
二〇一二年二月『震災と原発　国家の過ち―文学で読み解く「3・11」』朝日新書。

二〇一二年三月『3・11　複合被災』岩波新書。
大日本雄弁会・講談社　一九二三年一〇月『大正大震災大火災』大日本雄弁会・講談社。
高木健夫　一九九六年一月『新聞小説史年表　新装版』国書刊行会。
高嶋哲夫　二〇〇七年八月『M8』集英社文庫。
二〇〇八年一一月『TSUNAMI　津波』集英社文庫。
二〇一〇年三月『原発クライシス』集英社文庫。
二〇一〇年七月『東京大洪水』集英社文庫。
高野明彦・吉見俊哉・三浦伸也　二〇一二年八月『311情報学――メディアは何をどう伝えたか』岩波書店。
高松市立図書館編　一九八八年一二月『菊池寛伝』高松市立図書館
匠秀夫　一九七九年一月『近代日本の美術と文学　明治大正昭和の挿絵』木耳社。
竹内謙二　一九二四年二月『震災当月に於ける東京金融事情概観』九州帝国大学。
武田徹　二〇一一年六月『原発報道とメディア』講談社現代新書。
田中康夫　一九九六年一月『神戸震災日記』新潮社。
田山花袋　一九二四年四月『東京震災記』博文館。
坪谷善四郎編　一九三七年六月『博文館五十年史』博文館。
中央公論社　一九五五年一一月『中央公論社七十年史』中央公論社。
デリダ、ジャック　一九九九年一〇月『法の力』堅田研一訳、法政大学出版局。

東京市役所　二〇一三年一一月『東京震災録　前輯・中輯・後輯・別輯』文生書院（東京市一九二六〜一九二七年刊の復刊）。
東大社研・中村尚史・玄太有史　二〇一四年一二月『〈持ち場〉の希望学—釜石と震災、もう一つの記憶』東京大学出版会。
徳田雄洋　二〇一一年一二月『震災と情報—あのとき何が伝わったか』岩波新書。
内務省社会局　一九二六年二月『大正震災史』内務省社会局。
中井久夫編　一九九五年三月『1995年1月・神戸—「阪神大震災」下の精神科医たち』みすず書房。
中井久夫他　一九九六年四月『昨日のごとく—災厄の年の記録』みすず書房。
中島陽一郎　一九七三年七月『関東大震災』雄山閣出版。
中村武羅夫　一九三〇年六月『誰だ？花園を荒らす者は！』新潮社。
成田龍一　一九九六年八月「関東大震災のメタヒストリーのために—報道・哀話・美談」、『思想』所収。
ナンシー、ジャン＝リュック　一九九九年五月『声の分割』加藤恵介訳、松籟社。
二〇〇一年六月『無為の共同体—哲学を問い直す分有の思考』西谷修・安原伸一郎訳、以文社。
二〇〇五年五月『複数にして単数の存在』加藤恵介訳、松籟社。
二〇一二年一一月『フクシマの後で—破局・技術・民主主義』渡名喜庸哲訳、以文社。

ナンシー、ジャン＝リュック・バイイ、ジャン＝クリストフ　二〇〇二年七月『共出現』大西雅一郎・松下彩子訳、松籟社。
西谷修　二〇一一年五月「「未来」はどこにあるのか」、『現代思想』第三九巻第七号所収。
二〇一四年九月『破局のプリズム─再生のヴィジョンのために』ぷねうま舎。
二〇一五年八月『夜の鼓動にふれる─戦争論講義』ちくま学芸文庫。
西谷淳一郎　一九二三年一一月「バラック生活の種々相」『太陽』所収。
日本科学技術ジャーナリスト会議　二〇一三年三月『徹底検証！　福島原発事故　何が問題だったのか─4事故調報告書の比較分析から見えて来たこと』化学同人。
日本書籍出版協会　一九六八年一〇月『日本出版百年史年表』日本書籍出版協会。
野田正彰　一九九五年七月『災害救援』岩波新書。
バーク、ピーター　二〇〇七年一〇月『時代の目撃者』諸川春樹訳、中央公論美術出版。
ハイデッガー、マルティン　一九九四年六月『存在と時間　上・下』細谷貞雄訳、ちくま学芸文庫。
橋本求　一九六四年一月『日本出版販売史』講談社。
林秀夫　二〇〇〇年一月『安心報道─大震災と神戸児童殺傷事件をめぐって』集英社新書。
原田勝正・塩崎文雄編　一九九七年九月『東京・関東大震災前後』日本経済評論社。
菱田雄介　二〇一四年三月『２０１１』ＶＮＣ。
日高昭二　二〇〇三年三月『岩波セミナーブックス88　菊池寛を読む』岩波書店。
平野清　一九二三年一一月「震災金融に直面して」『銀行研究』所収。

広瀬隆・明石昇二郎　二〇一一年七月『原発の闇を暴く』集英社新書。
福原泰平　一九九八年二月『現代思想の冒険者たち13　ラカン―鏡像段階』講談社。
福山哲郎　二〇一二年八月『原発危機　官邸からの証言』ちくま新書。
ブランショ、モーリス　一九八四年一〇月『明かしえぬ共同体』西谷修訳、朝日出版社。
文藝春秋編　一九九二年四月『逸話に生きる　菊池寛』文藝春秋。
保阪正康・姜尚中　二〇一二年一一月『戦争と天災のあいだ―記録の改竄、記憶の捏造に抗して』講談社。
細野豪志・鳥越俊太郎　二〇一二年八月『証言　細野豪志「原発危機500日」の真実に鳥越俊太郎が迫る』講談社。
細野正信　一九七九年二月『現代日本美人画全集　第五巻　伊東深水』集英社。
ボルク＝ヤコブセン、ミケル　一九九九年三月『ラカンの思想―現代フランス思想入門』池田清訳、法政大学出版局。
前田愛　一九七三年一月『近代読者の成立』有精堂出版。
毎日新聞出版企画室他編　二〇一一年四月『サンデー毎日緊急増刊　4月2日号　東日本大震災』毎日新聞社。
松岡正剛　二〇一二年七月『千夜千冊番外録　3・11を読む』平凡社。
松崎寿　一九二三年一二月『震災と金融対策』文雅堂。
松本品子　二〇〇一年一月『挿絵画家英朋』スカイドア。

松山巖　一九九六年一〇月『20世紀の日本12　群集　機会のなかの難民』読売新聞社。
水野倫之・山崎淑行・藤原淳登　二〇一一年六月『緊急解説！　福島第一原発事故と放射線』ＮＨＫ出版新書。
三田英彬　二〇〇〇年五月『〈評伝〉竹久夢二―時代に逆らった詩人画家』芸術新聞社。
三宅嘉十郎　一九二三年一一月「支払猶予令撤廃後の金融界推移」『銀行研究』所収。
宮武外骨　二〇一三年八月『震災画報』筑摩書房（一九二四年『震災畫報』半狂堂、復刻）。
三好行雄　一九七六年一一月「地震と文学―関東大震災をめぐって」、『東京大学公開講座24　地震』所収、東京大学出版会。
村上春樹　一九九八年四月『辺境・近境』新潮社。
村山重忠　一九三〇年五月『日本労働争議史概観』文明協会。
山形孝夫・西谷修　二〇一二年三月「生の〈復興〉のために」、『現代思想』第四〇巻第四号所収。
山口一臣編　二〇一一年三月『週刊朝日臨時増刊　緊急復刊アサヒグラフ東北関東大震災全記録』朝日新聞出版。
山田昭次　二〇〇三年九月『関東大震災時の朝鮮人虐殺―その国家責任と民衆責任』創史社。
二〇一四年九月『関東大震災時の朝鮮人迫害―全国各地での流言と朝鮮人虐待』創史社。
山本おさむ　二〇一三年二月『今日もいい天気　原発事故編』双葉社。
山本武利　一九八一年六月『近代日本の新聞読者層』法政大学出版局。
吉田典史　二〇一三年二月『もの言わぬ2万人の叫び　封印された震災死　その「真相」』世界文化

社。

ラカン、ジャック　一九七二年五月『エクリⅠ』宮本忠雄・竹内迪也・高橋徹・佐々木孝次訳、弘文堂。

二〇〇〇年一二月『精神分析の四基本概念』ジャック＝アラン・ミレール編、小出浩之・新宮一成・鈴木國文・小川豊昭訳、岩波書店。

レヴィナス、エマニュエル　一九九六年一一月『実存から実存者へ』西谷修訳、講談社学術文庫。

一九九九年七月『存在の彼方へ』合田正人訳、講談社学術文庫。

鷲田清一・赤坂憲雄　二〇一二年三月『東北の震災と想像力―われわれは何を負わされたのか』講談社。

ワイゼンフェルド、ジェニファー　二〇一四年八月『関東大震災の想像力　災害と復興の視覚文化論』篠儀直子訳、青土社。

早稲田文学編　二〇一二年三月『早稲田文学　記録増刊　震災とフィクションの〝距離〟』早稲田文学会。

渡辺覚編　二〇一一年五月『読売新聞　特別縮刷版　東日本大震災　1か月の記録』読売新聞東京本社。

あとがき

ちょうど本書の校正を進めている最中、二〇一六年四月一四日の二一時二六分に、熊本県熊本地方の地下約一〇キロを震源とするマグニチュード6・5の地震が九州地方を襲った。熊本県益城町では最大震度7を記録し、多くの家屋が倒潰、火災が発生した。

政府はすぐに官邸対策室を立ち上げ、二二時過ぎには災害対策基本法に基づく非常災害対策本部を設置、菅官房長官が記者会見し、原子力施設への被害情報がないことを発表した。熊本県知事の要請による自衛隊の災害派遣決定も伝えられた。

地震発生約一時間後の二二時三〇分前後には、ドライバーに夜道を急がせて現地入りしたNHK取材班が、震源に近い益城町の被災状況を全国ネットで報道し始めていた。大地震の発生に即座に応答しないことが何を意味するかを十分に理解した政府とメディアの対応であった。

しかしその一方で、幾多の体験を積み重ねているはずの地震国日本に、出来事の展開を予測する確かな想像力が未だに備わってはいないことが明らかになった。

熊本市内の被災状況を繰り返し伝える地震発生直後のテレビ各局の初期報道は、最大震度7の数値を幾度も示しつつも、背後の暗闇に広がる無数の倒壊家屋の存在や、被災死者の発生可能性に目を向ける深刻さを伴っていなかった。加えて、連続する「余震」には入念に注意を喚起しつつも、夜間に発生したこの地震が、明後日未明に襲う「本震」の前触れにすぎないと示唆することはなかった。これは結果として、三月一一日を準備する三月九日の意味を見落としたことと酷似している。

自衛隊が派遣規模を二万人体制に増強するのは本震発生後の四月一七日、政府の激甚災害指定は四月二五日と、救援・復興への対応も迅速だったとは言えない。

「熊本地震」本震の発生は四月一六日午前一時二五分、阪神淡路大震災と同規模のマグニチュード7・3の地震が熊本県・大分県を中心とする九州地方を襲い、やはり最大震度7を記録した。二〇一六年四月末の段階で、死者数は四九名、行方不明者一名、重軽傷者約一五〇〇名、最大時の避難者数約一八万人を数える大災害へと発展した。阿蘇大橋の崩落に象徴される大規模な土砂災害が各所で発生、山の半面が大きく抉られて地形が変わってしまう甚大な被害の実相が刻々と明らかになってきている。

五月に入ってなお、震度3を越える規模の大きな余震が幾度も続き、自家用車に避難した人たちがエコノミー症候群で亡くなるなど、関連死者が今も増加し続けているこの地震の被害が一体どこまで広がるのかは、この文章を書いている時点では定かではない。

ただこの地震によって、自らの足元が決して磐石ではないという事実を再び改めて突きつけられた者は少なくないと思う。そして本書で幾度か述べてきたように、足元の揺れは、「私」や「われわれ」へと向かう切実な問いを呼び覚ます。この列島に住む限り、こうした問いかけから完全に自由であることは不可能である。

「熊本地震」を無条件に「われわれ」のものとする力は、すでに不可避的に作動している。そして事実、「熊本地震」は、日本人に、ようやく忘れかけていた国民的な共同性を強く想起させた可能性がある。

もちろん、「熊本地震」に対して、この列島に住む各々が思いを致すことには深い意味がある。

だがそれは、国民総員が同じ姿勢で災厄に応答することとは異なるはずだ。もはやいうまでもなく、「災厄」の前に立ち上がる「われわれ」の共同性とは、直ちに国民国家的な共同性を意味するものではない。

それは本来、国家とは別のものである。

だから今こそ、「地震」を国家や政治にたやすく手渡してしまう従順な「われわれ」となることを、強く戒める必要があるのではなかろうか。

「災厄」は誰のものでもなく、真に「われわれ」のものである。

そして、「災厄」と共にいる「われわれ」が本当は誰なのかは、冷静に問い続けなくてはならないのだ。「熊本地震」の報に触れたことをまた一つの契機として、「災厄」の側にいつも身を置き、そこに巻き込まれつつ、そこで不断に思考し続ける存在でありたいという思いを、私自身が改めて強く持った。

ここで本書の成り立ちについて少しだけ触れておきたい。

本書は異なる時期に書かれた二つの論考からなる。

第一部「災厄の起源――文学を通じて考える意味と可能性」は、基本的に、二〇一一年三月一一日の東日本大震災発生以降に執筆した文章で構成されている。

執筆の直接の動機は東日本大震災の発生によるものだが、その発想の起点は、一九九五年一月一七日の阪神淡路大震災にまで遡る。一六年間を隔てる二つの震災は、私に自らの生き方を省みさせる大きな出来事だった。長期に渡って、その都度感じたり考えたりしてきたことが蓄積され、それらが徐々に発酵して、堪えきれず漏れ落ちた言葉が第一部の論考を形作っている。

第一部の執筆がどのような経緯で始められたのか、また、どのような問題意識に基づくものなのか、という点については、「はじめに」と第一部「序章」において、ほぼ書き尽くしている。

第二部「災厄の痕跡――現在を照らす関東大震災直下の連載小説」は、もともとは学位論文であり、二〇〇一年九月三〇日に立教大学より博士（文学）の学位を授与されたテクストに、加筆訂正を行ったものである。

題名の通り、震災発生前後の文学的言説を対象とする考察であり、一九九五年阪神淡路大震災発生以降に考え始めたことを契機として、二〇〇〇年前後に執筆した論文が中心となっている。元となる論文はすべて第一部「災厄の起源」より一〇年以上も前に書かれたものであり、執筆期の人文学的研究の趨勢であったカルチュラルスタディーズの影響を色濃く受けている。関東大震災の発生により、当時の新聞・雑誌に連載されていた小説がどのように変貌してゆくのかをつぶさに追跡し、小説言説の変遷を克明に跡付けることで、それを取り巻く言説空間の断裂と再編の諸相を主題化する試みである。地震発生と連載小説の動態との関係を考察対象とする論の背骨となるアイディアは、一九九九年以降、すでに幾度か学術雑誌や研究報告の場で公表してきてもいる。

この第二部は、第一部とは執筆意識が根本的に異なり、思考の形式も考察の手法も第一部とは明らかに違いがある。その意味で本書は、第一部と第二部との間に、修復しがたい断裂とねじれを抱え込んだテクストになっているといえる。ただしこの断絶は、結果として、約一〇年という時間の流れと歴史の変転を鮮明に表現してくれているのみならず、ある主題をめぐって考え続けた一人の人間の思考の、本来的かつ自家撞着的なありようを克明に記録する痕跡となっていて、埋めがたい断絶を孕むテクストとして提示することに多少の意味があるのではないかと考えている。

この第二部では、第六章を大幅に改稿したことを除いて、基本的に、元の文章に根本的な修正は加えていない。とはいえ、誤字脱字を含め、散見される論としての不備への手直しはやはり必要であったし、また、被災者・研究者にとどまらない広い範囲の読者に読まれることを期待しつつ、論旨を変えない程度の改稿は行っている。

なお、本書の一部はその基礎となる文章がすでに別の場で公表されているものであり、それについては「初出一覧」で示した。

また、第二部第四章「菊池寛と婦人雑誌の被災―舞台焼失の後始末―」は、北九州市松本清張記念館主催の「第一回松本清張研究奨励事業」（研究報告書刊行は二〇〇〇年八月）における共同研究の賜物である。さらに、第一部各章は、二〇一二年度日本近代文学会春季大会におけるパネル発表「文学と〈例外状態〉」での報告が執筆の端緒でもある。発表の際の討議や指摘から多くの示唆を受けていることをお断りしておきたい。

最後になるが、本書の執筆・刊行にあたり、これまで実に多くの人々から受けてきた数々のご教示やご助力が本書の基礎になっていることを明記し、心から感謝を申し上げたい。大学や大学院の先生方、市井の研究者の方々、震災体験を語り聞かせてくれた方々、共に被災地をめぐった同僚など、実に多くの方々の教えを礎としてこの書物はできあがっている。年を経るごとに、深い学恩と友情をしみじみと感じている。

また、何者でもない人間の訴えに快く耳を傾け、この冒険的な書物の出版に力を貸して下さった、笠間書院社長の池田圭子氏、編集長の橋本孝氏、細部まで入念に読み込んで共に本書を作って下さった担当編集者の大久保康雄氏に、心から感謝を表したい。ありがとうございました。

この書物が刊行されるのは、八月頃になるだろうか。

八月二〇日は、私と共に歩み、本書第二部の元になる文章を執筆する私を支えてくれた後、四二歳で病死した小林佳子の九回目の命日にあたる。

この書物を持ってぶらりと薬林寺を訪れ、いつものように、墓の前で、何もしない時間を楽しんでこようと思う。

彼女が生きていたら何と言うだろうか。

人が、自らの死を他者に与えうるということ。

たとえ何ものも所有していない者であっても、自らの死を他者に分け与えることができるということを教えてくれた小林佳子に、直接感謝の言葉を述べたかった。

二〇一六年五月

前田　潤

著者略歴

前田　潤（まえだ・じゅん）

1966年、東京生まれ。

早稲田大学卒業。立教大学大学院文学研究科博士後期課程単位取得満期退学。博士（文学）。

専攻は日本近代文学。

現在、聖学院大学、予備校等の兼任講師。

主要論文に、「捕獲・介入・現前―漱石のいない写真―」（『日本近代文学』第73集、2005年10月）、「仏教―「孤独地獄」に始まる自己形象化の試み―」（『国文学解釈と鑑賞』別冊『芥川龍之介　その知的空間』、至文堂、2004年１月）などがある。

E-mail：cke86290@rio.odn.ne.jp

地震《じしん》と文学《ぶんがく》――災厄と共に生きていくための文学史

2016年８月25日　初版第１刷発行

著　者　前　田　　潤

装　幀　笠間書院装幀室
発行者　池　田　圭　子
発行所　有限会社　**笠間書院**
東京都千代田区猿楽町2-2-3［〒101-0064］
NDC 分類914.6　電話　03-3295-1331　FAX　03-3294-0996

ISBN978-4-305-70810-6　組版：キャップス　印刷／製本：大日本印刷